KB271599

龍
용들의 전쟁
레디오스 新무협 판타지 소설

용들의 전쟁 2

레디오스 新무협 판타지 장편 소설

초판 1쇄 찍은 날 § 2006년 8월 14일
초판 1쇄 펴낸 날 § 2006년 8월 24일

지은이 § 레디오스
펴낸이 § 서경석

편집장 § 문혜영
편집 § 최하나 · 문정흠

펴낸곳 § 도서출판 청어람
등록번호 § 제1081-1-89호
등록일자 § 1999. 5. 31
어람번호 § 제2-0982호

주소 § 경기도 부천시 원미구 심곡1동 350-1 남성B/D 3F (우) 420-011
전화 § 032-656-4452 팩스 § 032-656-4453
http://www.chungeoram.com
E-mail § eoram99@chollian.net

ISBN 89-251-0266-8 04810
ISBN 89-251-0264-1 (세트)

龍

용들의 전쟁

Fantastic Oriental Heroes

레디오스 新무협 판타지 소설

2

불꽃의 여인

목차

9장

파천대신룡폭열진경(破天大神龍爆熱眞經)

파천대신룡폭열진경
(破天大神龍爆熱眞經)

막당. 막당. 정자의 주변을 가르던 구름이 외치듯 유법의 목소리가 한참 동안 한보의 귓전을 맴돌았다. 유법 또한 그 이름을 눈물로 되새기며 다시 외쳤다.

"한 시주, 지금 막당이라고 하셨습니까? 한 시주께서 찾는 친구 분이 막당입니까?"

한보는 가까스로 고개를 돌려 유법의 얼굴을 보았다. 유법의 얼굴은 핏기가 없었으나 형용할 수 없을 정도로 큰 기쁨이 새겨져 있었다. 한보가 급히 몸을 돌려 유법의 손을 잡았다.

"당아를 아세요? 정말 알아요? 보셨어요?"

유법은 한보의 손을 뿌리치지 않은 채 다시 물었다.

"정말 막당입니까? 그 밑도 끝도 없는……."

"멍청이, 당아! 미련 맞기가 세상에 다시없을 답답한 녀석!"

"맞군요! 맞아요! 이럴 수가! 하하하하!"

유법의 앙천대소. 한보도 기쁨을 이기지 못하여 똑같이 하늘을 보며 웃었다. 장악진이 이유를 몰라 턱수염을 긁적이다가 결국 웃음을 같이 나눴다.

"아무래도 하늘의 인연이 작정을 한 듯싶어요. 이것이야말로 제대로 엮인 사이로구먼. 컬컬컬컬컬."

"당아는요? 지금 당아는 어디에 있어요? 아미파에 있나요?"

"빈승도 일 년 전에 사부님을 뵈었을 뿐입니다, 한 시주. 지금은 어디에 계신지 알 길이 없습니다."

"엣? 사부님?"

한보가 멍한 얼굴로 굳어버렸다. 장악진도 예상 밖의 호칭에 놀라 입을 반쯤 벌린 채 아무 말도 못했다. 그저 유법의 웃음소리만 정자를 맴돌았다. 장악진이 겨우 충격에서 벗어나며 한보를 보았다.

"예쁜 소저는 대단한 친구가 또 있었구먼. 컬컬컬! 이 늙은이도 나름대로 견문이 있는 편인데 들도 보도 못한 절세의 고수가 있을 줄이야. 컬컬컬컬컬!"

"그, 그거……."

한보는 뭐라 대답하지 못하고 여전히 유법의 얼굴만 직시

했다. 유법이 미소를 지으며 한보의 수중에 있던 자신의 손을
빼내었다.

"틀림없습니다. 동명이인이 아닌 제 사부님이 맞을 것입니
다."

"제가 알기로 당아는 무공을 몰라요. 그런데 스님께서 당
아를 사부님이라고 하시면……."

"무공이 전부는 아니지요. 세상에는 그보다 더 큰 가르침
이 모래알처럼 많습니다."

한보는 막당에 대해 좀 더 묻고 싶어 유법의 앞으로 바짝
붙었다. 그러자 당황한 유법이 급히 합장하며 유별할 것을 청
했다. 장악진은 소매를 저어 한보의 몸에 바람을 불어넣었다.

"어?"

한보의 몸이 한 치가량 솟구치더니 저절로 움직였다. 장악
진에게서 낮은 웃음소리가 끊이지 않았는데, 소리의 높고 낮
음에 따라서 장단이라도 맞추듯 한보의 몸이 뒤로 이동했다.
처음의 자리로 돌아간 한보가 멍한 얼굴로 장악진을 응시했
다. 생전 처음 접하는 상승의 무공인지라 입이 다물어지지 않
았다.

"컬컬컬, 예쁜 소저가 그렇게 놀란 얼굴을 하면 이 늙은이
가 부끄럽지. 내 동생이 필시 더한 광경을 보여주었을 터."

"법사님은 이 정도의 상승무공을 보여주신 적이 없어요."

"불가에 귀의하더니 참 인색한 놈이 되었구먼. 컬컬컬컬.

아무튼 이 늙은이의 이야기가 아직 끝나지 않았으니 막 대협의 일화는 차후에 논하자고.”

“어떠한 얘기입니까?”

이제껏 침묵했던 주향상이 조심스레 입을 열었다. 주향상의 굳은 얼굴을 보고 유법과 한보는 자신들의 경솔했던 반응을 후회했다. 일심 법사는 주향상의 사부가 아닌가. 사부가 죽었을지도 모른다는 말이 나왔는데 막당의 이야기만 기쁘게 떠들었으니 속으로 원망하고 있었을 것이다. 유법이 사과의 뜻을 밝히려고 했지만 장악진이 먼저 입을 열었다.

“무슨 이유에선지 모르겠으나 그놈이 정의신검의 폐가를 찾아가서 뭔가 발견했나 봐요. 그 일을 따지러 정도맹에 가던 도중 급습을 받았고, 지금껏 실종 상태지요.”

“장문께서는 그 이야기를 어디서 들으셨습니까?”

유법이 가장 궁금하게 여기던 것을 물었다. 장악진이 얼굴 주름을 활짝 펼치며 눈매에 힘을 주었다.

“아직도 이 늙은이는 청성의 눈과 귀예요. 다른 사람도 아닌 내 동생의 정보를 몰라서야 청성의 장문이라 할 수 있을까? 컬컬컬.”

“그런데 내부에서 누군가가 빈민을 등쳐먹는 건 왜 모르세요?”

대뜸 던지는 한보의 말에 장악진이 웃음 띤 얼굴로 굳어버렸다. 주향상과 유법이 눈치를 주었지만 한보의 불만 어린 눈매는 바뀌지 않았다. 장악진은 소매에서 천을 꺼내어 이마 주름의 땀을 닦더니 당돌한 소녀를 마주 보며 물었다.

"만약 이 늙은이가 그 범인을 알고 있다면 예쁜 소저는 어쩔 셈인가?"

한보가 눈을 부릅뜨더니 냉소하며 외쳤다.

"방관도 죄예요!"

"컬컬컬, 그렇지! 방관도 죄가 맞지. 그러니 앞날을 방관하는 것 또한 죄가 아니겠어?"

"무슨 소리예요? 장문 할아버지는 정말 범인을 알고 계신 거예요?"

"알고 있지."

유법과 주향상은 사뭇 놀란 듯 동공을 크게 하여 장악진의 쭈그러진 입술을 주시했다. 반면 한보의 동공은 잦아들며 분노로 메말라 버렸다.

"어떤 자예요? 말해주세요. 자신의 배를 채우기 위해 수많은 사람들을 고통받게 하는 놈의 이름을."

"약속부터 해줘야지."

"무슨 약속이요?"

"그놈은 예쁜 소저에게 맡길 테니 버릇 좀 고쳐 줘."

한보가 눈을 부릅뜨며 주먹을 맞부딪쳤다.

"걱정 마세요! 뼈를 잘게 부수어 새로 맞추는 한이 있더라도 반드시 그 썩은 정신을 뜯어고치겠어요!"

"큰사부님, 저도 알고 싶습니다. 고 사숙님과 오악 사형, 사저님들 중에 어떤 분이 그런 일을 행할 수 있단 말입니까? 도저히 믿어지지 않습니다."

주향상도 마른침을 삼키며 조급하게 재촉했다. 장악진은 고개를 가로저으며 연신 웃음을 흘리다가 유법을 보며 물었다.

"혹시 빈민들을 만났을 때, 그곳에 있던 젊은 도사들을 만난 적이 있으세요?"

"물론입니다. 두 분 다 건곤자의 제자들이었습니다."

"손가 놈은 너무 늙었어요. 그래서 물자를 받을 때도 제자를 시켜 받게 하죠. 그 일을 맡은 놈이 녹가 놈이에요."

"윽."

유법이 낮게 신음했다. 한보가 휘파람이라도 불 듯 '오호!' 하며 탄성을 지르더니 두 눈에 살기를 띠었다. 그러고도 남을 놈이라는 확신이 선 것 같았다. 하지만 주향상은 고개를 저으며 반박했다.

"믿을 수 없습니다. 그 아이는 청성에 들어온 지 일 년도 채 되지 않았습니다. 아무리 담이 크다 하여도 어떻게 그런 짓을……."

"아비를 닮아서 그렇게 담이 큰지도 모르는 일이지. 컬컬 컬!"

장악진의 웃음소리가 산 정상의 세찬 바람처럼 정자를 오랜 시간 휘저었다. 유법은 장악진의 웃음이 멈추기를 기다렸다가 차분한 목소리로 물었다.

"역시 녹 도사의 아버님은 천산녹왕 녹 대협입니까?"

"맞아요, 맞아. 컬컬컬컬컬. 손가 놈이 간신히 때를 맞춰서 구해올 수 있었지요. 앞으로 청성이 보살펴야 할 놈이니 이 기회에 버릇 좀 확실히 고쳐 줘야 할 거예요. 컬컬컬!"

"하지만 그것을 아시면서 왜 가만히 계셨습니까?"

"이 늙은이가 살면 얼마나 살겠어요? 언제까지 청성의 위계와 시비를 맡을 수는 없는 법이지요. 컬컬. 스스로 알아서 하지 않으면 청성의 앞날이 불을 보듯 뻔할 터이니 이 늙은이는 관여해서는 안 되는 거예요."

"아미타불! 장문인께서 천수를 다할 때가 아직 멀었는데 어찌 그런 생각을 하십니까?"

"인생사 모르는 일이에요. 지금만 봐도 그래요. 본 파에서 누군가 알아내어 바로잡기를 바랐는데, 엉뚱하게도 예쁜 소저가 그 일을 맡게 되었지 않아요? 잘된 일이에요. 이보다 좋을 수가 있을까? 컬컬컬컬!"

유법은 한보를 돌아보며 표정을 굳혔다.

"죄를 묻는 것은 말리지 않겠지만 큰 상처를 입혀서는 아니 될 것입니다. 한 시주께서는 부디 명심해 주십시오."

"그건 책임 못 져요."

한보가 손마디를 꺾으며 볼멘소리로 답했다. 당장 일어나 하산할 기세다. 장악진은 한보가 마음에 들었는지 허벅지를 치며 웃었다. 그 웃음을 멈췄을 때, 장악진의 시선은 주향상에게 머물러 있었다.

"자, 너는 이제 채비를 해야지?"

"예?"

"네 사부를 찾아야 할 것이 아니야! 마침 예쁜 소저가 일행이 되어줄 테고, 천하의 천산녹왕 아들놈을 종으로 부릴 수 있을 테니 이보다 좋은 기회가 어디에 있겠어?"

"사부님을 찾으러 떠나라는 말씀이십니까?"

"그럼 안 떠날 생각이었냐, 이놈아? 하루가 급해. 어서 네 사부를 찾아내어 정도맹에 무슨 일이 벌어지고 있는지를 알아내야지. 너도 네 사부가 보고 싶을 텐데? 그놈이 이십 년 전에 청성을 떠난 이후 한 번도 본 적이 없을 테니까. 컬컬컬!"

"알겠… 습니다."

주향상은 장악진에게 절을 하고서 산을 내려갔다. 그 과정을 지켜보던 한보가 정신을 아직 수습하지 못했는지 반쯤 벌린 입을 다물지 못한 채 물었다.

"무슨 소리예요? 지금 일이 어떻게 돌아가는 거죠?"

"예쁜 소저가 수고 좀 해줘야겠어. 컬컬. 어쩌면 정도맹의 운명이 예쁜 소저의 어깨에 달렸을지도 모르는 일이지. 컬, 컬컬컬컬컬!"

"주 도사님이랑 같이 간다고요?"

"한 놈 더 있잖아. 그 못된 놈. 데려가서 마음껏 부려먹으라고. 컬컬컬!"

"주 도사님이야 모르겠지만 그놈은 별로 마음에 들지 않는 걸요."

한보의 볼멘소리에 장악진은 더욱 소리 높여 웃었다.

"컬컬! 얼마나 좋은가! 명문 청성파의 도인을 종으로 부려먹을 수 있는 기회가 평생에 한 번 올 것 같아? 부려먹어! 부려먹으라고! 컬컬컬! 기분이 좋지 않을 때는 분풀이를 해버려! 그래야 그놈이 정신을 차리고 도를 닦을 거야. 남의 것을 가지고 수작을 부리는 것보다 도를 닦는 일이 천 배는 더 편하다는 걸 깨달아야지. 암! 컬컬컬컬컬!"

결국 한보와 유법이 동시에 웃음을 터뜨리며 장악진의 소리에 음률을 맞췄다. 한보는 임현종이 가져온 음식을 먹으려 하지 않고, 같이 온 구방에게 하산할 길을 알려달라고 졸랐다. 이유를 알게 된 구방이 기꺼이 길을 안내했다. 얼마 후 청성산 아래의 빈민터에서는 세 번에 걸친 곡소리가 울려 퍼졌다. 한보가 처음이고, 종리춘이 두 번째고, 지팡이의 도움을 받고 간신히 내려온 건곤자 손우강이 세 번째였다. 세 번째 곡소리 때 녹지현은 왼쪽 다리가 부러졌다.

"컬컬."

유법까지 하산하여 빈민을 도울 때, 장악진은 호응전을 내려와 조사전(祖師殿)에 들어갔다. 사방의 구석에 짙은 어둠이 깔려 있었는데, 그중 한곳에서 두 개의 동공이 빛을 발했다.

"어째서 상아까지 보내시는 것입니까?"

"후환을 남기는 것은 좋지 않아. 어찌 되었든 그놈은 장현진의 제자니까. 컬컬컬."

"그래도 제 손으로 상아를 죽일 수는 없습니다. 상아는 제게 있어 하나뿐인 조카입니다."

어둠 속의 싸늘한 음성이 장악진의 눈매를 날카롭게 만들었다. 장악진은 쓴웃음을 짓더니 살기 어린 눈으로 암흑을 쏘아봤다.

"사제는 주군의 뜻을 따르지 않을 셈이냐? 주향상이 사제의 조카라면 천축신승 장현진은 내 동생이며 사제의 매형이기도 하지. 일단은 그놈을 찾아내는 것이 우선이야. 사제의 손으로 죽일 수 없다면 내가 주군께 전하여 다른 녀석에게 일을 맡기겠다. 그렇게 된다면 사제의 평생 숙원은 이루어지지 않겠지. 컬컬컬."

"안 됩니다."

어둠이 으르렁거렸다.

"장현진은 반드시 제 손으로 죽여 누님의 한을 풀어야 합니다."

"그렇다면 더는 군말하지 마. 컬컬컬. 아참, 그리고……."

"……."

"막당이라는 놈을 알아봐. 느낌이 좋지 않아. 컬컬컬. 어쩌면 그놈이 누설(漏泄)된 천기(天氣)에 나오는 또 하나의 용일지 누가 알겠어? 낙랑 그놈처럼 예상치 못한 복병이라면 주군의 계획이 실현되기 전에 내가 먼저 늙어죽겠지. 컬컬컬컬컬. 또다시 십 년이나 허비할 수는 없어. 아니, 어쩌면 그 이상일지도 모르니 철저하게 알아봐."

"찾으면 죽이겠습니다."

"이번에는 확실히 해. 만약 이번에도 실패한다면 주군께서도 더 이상 관대하시지는 못할 게야. 장현진이 이미 죽었다면 시체라도 찾아내. 행여나 동방량에게 우리의 계획이 알려지게 된다면 그때는 걷잡을 수 없다."

"절대로 그런 일은 없을 것입니다. 정도맹에는 소주군이 계시지 않습니까."

"컬컬컬컬컬."

우화경은 자신의 앞에서 고꾸라진 물체가 강시라고 생각하여 '꿱!' 하고 비명을 질렀다. 놀라서 달려온 곽성린은 그 물체가 이 개월 동안 방에서 나온 적이 없었던 육모탕이라는 것을 알았지만 역시 '꿱!' 하고 비명을 질렀다. 육모탕이 핏기없는 얼굴을 들어 두 여제자에게 나뭇가지를 뻗었다. 자세히 보니 나뭇가지가 아니라 육모탕의 우수였다.

“나, 나를 물로 데려가 줘.”

“이제 씻을 마음이 나셨어요?”

“가려워 죽겠다. 코가 고약해졌다. 너희들이 이 불쌍한 사부의 요강이라도 치워줬다면 이렇게까지는 되지 않았을 게야.”

“오죽하시겠어요? 보고만 있는 저도 몸이 가렵고 냄새 때문에 죽을 지경인데.”

“언제 물로 데려가 줄 생각이냐? 너희들의 사부가 곧 죽겠구나.”

곽성린이 고민하더니 냉정하게 말했다.

“안 돼요, 사부님. 씻지 마세요.”

“이년아, 그 무슨 망발이냐?”

“물이 오염되어 우리 모두 죽을 거예요. 제가 퍼 와서 뿌려드릴 테니 여기 계세요.”

육모탕이 앙상한 광대뼈를 씰룩거리다가 결국 땅에 코를 박고 오열했다.

“세상에, 이런 매정한 것 같으니! 이 사부가 누구 때문에 두 달이나 방에 틀어박혀 있었는데! 눈에 넣어도 아프지 않을 우리 당아가 절벽까지 뛰어내려 가며 얻었던 기연을 헛되게 하지 않으려고 이 꼴이 된 게 아니더냐! 네년들이 사람이냐? 응? 사람이야? 이 사부는 두 달이나 식음을 전폐하여 공부한 끝에 드디어 파천대신룡폭열진경(破天大神龍爆熱眞經)의 오의(奧義)를 깨닫게 되었느니라! 이제 제자들에게 이 심오한 무공을 가르칠 수 있다는 기쁨을 감추지 못하여 뛰쳐나왔는데, 네년 들은 사부가 목욕하는 것도 불가하다 말하는구나! 이 어찌 서럽지 않겠느냐?”

“식음 전폐라…….”

“말이 그렇다는 얘기다! 정말 이 사부를 물로 데려가 주지 않을 셈이냐?”

곽성린은 육모탕의 소원을 들어주기는커녕 아예 엉뚱한 곳으로 고개를 돌리며 외쳤다.

“당아! 물 떠와!”

“예!”

막당의 고함 소리가 낙화동에 울려 퍼졌다. 육모탕은 좌절하듯 늘어졌다. 곧 막당이 양손에 통을 들고 폭포수를 향해 달려갔다. 다리를 상한 지 삼 개월이 채 되지 않았건만 막당의 달음질은 정상인의 것과 하나도 다를 바 없었다. 오히려 다치기 전에 펼쳤던 무성신법보다 훨씬 수준이 높았다. 그 모습을 보며 제일 기뻐한 사람은 우화경이었다. 분명 다리 병신이 될 것이라 여겼던 막당이 순탄하게 회복되자 우화경의 얼굴에서 미소가 끊이지 않는다.

특히 막당이 달리는 모습을 볼 때마다 눈에 띄게 미소를 지었는데, 그것을 알게 된 곽성린이 특이한 버릇을 갖게 되었다. 곽성린은 오늘도 외쳤다.

“뛰지 말고 떠와!”

“예, 린 사저!”
“또 뛰면 죽을 줄 알아!”
“예, 린 사저!”
“그만 해, 사매. 이제 다리도 다 나았는데 왜 뛰지 말라고 하니?”

우화경은 자신이 막당의 뛰는 모습을 볼 때마다 미소를 짓고 있다는 걸 몰랐다. 그렇기 때문에 곽성린이 막당의 다리를 걱정하여 뛰지 말라고 외친다 여겼다. 언제나 그렇듯 곽성린은 도끼눈을 하며 우화경을 흘겼다. 우화경이 급히 입을 다물었지만 때는 늦었다. 곽성린은 이미 폭포수가 있는 쪽으로 몸을 돌려 외치고 있었다.

“당아! 물 떠오지 마!”
“예, 린 사저!”

막당의 힘찬 대답을 듣는 순간, 바닥에 늘어졌던 육모탕의 어깨가 움찔했다. 육모탕은 슬며시 고개를 들더니 우화경에게 애원하는 눈빛을 던졌다. 경아야, 몸이 가렵느냐? 미소를 지워라. 냄새가 나느냐? 표정을 굳혀라. 네가 미소를 짓고 있는 한 이 사부의 몸에서는 영원히 이와 벼룩이 돌아다니고, 낙화동에는 진정한 오물상인이 존재할 것이다. 육모탕의 눈빛이 무얼 뜻하는지 모른 채 우화경이 한숨을 쉬었다.

“당아는 사매 때문에 고생만 하다가 죽을 거야.”
“호오, 언니가 언제부터 그렇게 당아 생각을 했어?”

육모탕은 모든 것을 포기한 채 폭포수 쪽으로 기어가기 시작했다.

"내, 내가 언제 당아 생각을 했다 그러니, 네가 너무 당아를 괴롭히는 것 같아서 하는 말이지?"

"당아, 내가 너 괴롭히디? 너 괴롭니?"

"아닙니다, 린 사저!"

"물 떠와!"

"예, 린 사저!"

"낙화동에 혼례식이 한번 있어야겠구나. 그래야 이 사부가 천수를 누리겠다."

육모탕이 땅바닥을 향해 길게 숨을 뱉으며 중얼거렸다.

쿵! 쿵! 쿵! 쿵!

수련을 시작한 것은 육모탕이 목욕재계한 뒤 일주일이 지나서였다. 막당의 다리가 완전히 회복되었음을 확신한 육모탕은 자신이 새로 고안한 수업 방식으로 무성신법을 가르쳤다. 그것은 곽성린뿐 아니라 우화경까지 불신의 눈을 가질 정도로 이상한 결과를 낳았다.

쿵! 쿵! 쿵!

"정말 이게 무성신법 맞아요?"

곽성린이 불평했다. 무성신법이 아니라 고성신법(高聲身法)이라 해도 이상하지 않을 정도로 소리가 컸기 때문이다. 육모탕은 고개를 끄덕이며 더 이상 불평하지 말라는 뜻을 비쳤다. 새로운 수업의 첫날은 그렇게 하루 종일 달리기만 했다. 해가 지고 별이 떴을 때 땀에 흠뻑 젖은 두 여인이 폭포수로 걸어갔다. 점잖게 여제자들을 불러 세운 육모탕은 메기수염을 쓸며 말했다.

"오늘은 수고했다. 달리느라 고생이 많았구나."

우화경이 고개를 숙이며 감사하다고 말했다. 하지만 곽성린은 육모탕의 눈매를 놓치지 않았다. 목소리는 근엄했으나 육모탕의 눈은 확실히 웃고 있었다. 곽성린은 폭포수에게서 몸을 돌려 육모탕을 향해 걸었다.

"말해봐요. 오늘 수업은 뭔가 다른 꿍꿍이가 있었죠?"

"사부의 목욕을 방해한 벌이다, 이년아."

"캬악! 이럴 줄 알았어!"

곽성린이 육모탕의 멱살을 잡고 티격태격했다. 같은 시간에 멱살을 잡힌 자가 또 한 명 있었다. 연무장의 소년이었다.

"오늘 수업은 뭐냐, 대체? 그리고 파천대룡신, 아니, 대신룡이던가? 여하튼 그 괴상한 이름은 뭐지? 네 이놈, 정말로 내가 준 걸 전한 게 맞느냐? 어디서 엉뚱한 가죽을 주워 준 것 아냐?"

"아닙니다, 아닙니다. 냄새가 같았습니다."

"그런데 어떻게 고도공(孤島功)이 그런 이름으로 바뀌었어? 낯뜨거워서 하늘을 볼 수가 없었다!"

"모릅니다. 저도 정말 모릅니다. 하지만 파천대신룡폭열진경이 더 좋은 이름 같습니다.”

“이름만 좋으면 뭘 해! 행여나 내가 나중에 고도공 사식 쌍익십봉(雙翼十鳳)을 주면 어떤 이름이 될지 겁부터 난다, 이놈! 아니, 다른 건 다 제쳐 두고 오늘의 수업은 뭐냔 말이다! 내가 그동안 얼마나 기대를 했는데!”

“사부님의 뜻이니 좋은 결과가 있을 겁니다.”

“결과 따위는 필요없다! 재미가 있어야 보람이 있지! 이따위로 달리는 게 무슨 놈의 수련이냐! 내가 왜 네 연놈들에게 고도공을 준지 아느냐?”

“제가 약속을 지켜서 주셨습니다.”

“헛소리! 순서가 바뀌었다, 이놈아! 주니까 약속을 지킨 거지, 약속을 지켜서 준 게 아니란 말이다! 너희들에게 고도공을 준 이유는 내 과거를 보상받기 위해서였다! 나는…….”

“새사부님께서 과거를 보상받기 위해 주셨습니다.”

빡!

“사부가 옛이야기를 하는데 끼어들다니, 어디서 배운 버릇이냐! 듣기만 해!”

“죄송합니다! 죄송합니다!”

제갈당숙은 거칠게 머리를 긁으며 연무장을 이리저리 맴돌았다. 막당이 잔뜩 주눅 든 채 눈치를 살피자 제갈당숙의 입에서 긴 한숨이 새어 나왔다.

“사부가 시키는 건 뭐든지 했다. 그것이 섶을 지고 불로 뛰어드는 일이라도 거침이 없었지. 내가 비록 남상사(南上邪)로서 부끄럽지 않은 무공을 지니기는 했으나 싫었다. 무공이 싫었어. 그 혹독한 수업을 받고서 무공을 좋아하는 이가 있다면 정녕 미친놈일 게야. 그래도 사부님은 계속 무공을 가르치셨다. 나이 오십 먹은 놈에게 아직 반도 배우지 못했다며 더 혹독한 수련을 시키는 게야. 그래서 쉬겠다고 했지. 그것도 겨우 삼 일만 쉬게 해달라고 말했을 뿐이야. 사부님께서 어쨌는지 알아? 쫓아내셨다. 나 같은 제자는 필요없다고 쫓아냈단 말이다. 어디 그뿐인 줄 아느냐? 사부님께서 그러셨다. 길 가다 조심하라고. 다시 한 번 만나면 죽여 버리겠다나? 대체 내가 잘못한 게 뭐냐? 무공이 싫다! 무공이 싫어!"

"……."

"그 혹독한 수련을 겪고서도 얻은 게 아무것도 없었지. 빌어먹을 인생. 그래서 강호행 좀 하다가 남상괴(南上怪)라는 별호를 얻었다. 사부님께서 날 찾으신다는 소문을 들었다. 만나면 죽이실 게 뻔한데 내가 미쳤다고 사부님을 찾아가겠냐? 행여나 용서를 해주신다고 해도 가기 싫었다. 아, 무공이 정말 싫다. 그 혹독한 수련을 할 생각을 하니 지금도 오금이 저린다. 그런데, 그런데 말이야. 요즘은 무공이 좋아지기 시작했단 말야. 그게 어째서겠느냐?"

"……."

빡!

"죄송합니다! 죄송합니다!"

"어째서겠느냐?"

"좋아져서입니다."

빡!

"네 사부의 수업 방식 때문이다. 난 무공이 그렇게 재미있는 줄 처음 알았다. 그래서 다시 알고 싶어졌던 거다. 내가 배운 무공이 헛된 것이 아님을 알고 싶었다. 그저 사부님의 수업 방식이 혹독하여 그 재미를 놓친 것이 아닐까 궁금했다. 그런데!"

"말씀하십시오."

"오늘은 정말 재미없었다."

"죄송합니다."

"조심해. 내일 수업도 재미없으면 다 죽일 테다."

막당이 울상을 지으며 어찌할 바를 몰랐다. 자신의 능력 바깥의 일이었기 때문이다. 제갈당숙이 어둑한 숲을 향해 시선을 돌리는 것을 보니 더욱 마음이 조급해졌다. 막당은 제갈당숙의 고개가 숲을 향하기 전에 재빠른 동작으로 몸을 날렸다. 고개가 돌아가는 순간 신형이 사라지기 때문에 고개를 돌리기 전에 붙잡아야만 했다. 제갈당숙은 자신을 끌어안은 막당에게 눈을 흘기며 콧바람을 뿜었다.

"뭐냐?"

"냄새가 지독합니다."

"그런데 왜 안아?"

"제가 어떻게 해야 재미있는 수업이 되는지 가르쳐 주십시오."

막당의 말을 듣고 보니 절로 한숨이 나왔다. 막당이 제아무리 발광을 해봐야 소용없는 일이다. 자신이 원하는 것은 육모탕이 가지고 있기 때문이다. 제갈당숙은 고개를 저으며 막당을 밀쳤다.

"넌 그냥 열심히 해라. 좀 더 두고 보마."

어느새 제갈당숙의 모습이 사라졌다. 막당은 연무장 바닥에 주저앉은 채 수풀의 어둠을 응시했다. 곧 뒤에서 곽성린의 고함이 들렸다.

"당아야, 우리는 다 씻었으니 너도 어서 씻으렴!"

"예, 린 사저!"

막당은 육모탕이 가르쳐 준 방법으로 낙화동을 향해 뛰었다.

쿵쿵쿵쿵!

숲 속에 막당의 발소리가 크게 울려 퍼졌다.

"자, 오늘은……."

육모탕이 연무장 중앙에 서서 징그러운 미소를 지었다. 아직 태양 주변의 구름이 붉은 기운을 지우지 못한 아침나절이었다. 곽성린과 우화경은 육모탕의 붉은 얼굴에 지어진 미소를 보며 불안감을 느끼기 시작했다. 육모탕이 말했다.

“달린다.”

“하루면 충분하잖아요! 언제까지 괴롭힐 작정이에요?”

곽성린이 기다렸다는 듯 고함쳤다. 육모탕이 코를 후비며 딴청을 피웠다. 이미 막당은 ‘쿵쿵’ 소리를 내며 달리고 있었다.

“너희는 뛰지 않을 거냐?”

“골탕먹인다는 걸 알면서 뛸 수는 없잖아요.”

“그래? 그럼 할 수 없지. 당아야!”

“예, 사부님!”

막당이 달리던 외중에 육모탕의 부름을 받고 방향을 바꿨다. 육모탕의 손짓을 보고 막당이 급히 달려왔는데, 도중에 사부의 손이 형태를 바꿨다. 손바닥을 곧게 펼쳐 세운 것은 오지 말라는 신호였다. 막당이 급히 멈췄다. 그리고 육모탕의 손을 유심히 보았다. 곧 육모탕이 다시 손을 까닥이며 오라고 했다. 그 과정을 네 번 반복한 뒤에야 막당이 육모탕에게 도착할 수 있었다. 막당을 앞에 두고 육모탕이 턱짓으로 거만을 떨었다.

“험! 무성신법으로 달려왔는데 왜 그렇게 발소리가 크냐? 그래서야 무성신법이 아니지.”

“사부님께서 달릴 때마다 발뒤꿈치를 꼭 붙이라 하시니 그리하다가 소리를 냈습니다.”

“발뒤꿈치를 붙이면 꼭 소리가 난다는 얘기냐?”

"그렇습니다."

딱!

"소리가 안 납니다! 잘못했습니다!"

"또 한 번 그따위 소리를 지껄이면 열 배로 맞을 줄 알아라. 네가 누구냐? 너는 천하의 육모탕이 키우는 제자 신룡대협(神龍大俠) 막당이다! 이 사부가 있는 한 네게 불가능이란 없다!"

"신룡대협이요? 작명소를 차리세요, 그냥."

"어허! 시끄럽구나! 린아는 진지하게 수업을 받지 못할까!"

"처음부터 진지하지 못한 사람이 누군데 그러세요?"

육모탕과 곽성린이 이마를 맞대고 아침 참새처럼 떠들었다. 막당은 조마조마한 가슴을 부여잡고 두 사람의 눈치를 보았지만, 우화경은 그저 웃고 있을 뿐이었다. 누구도 육모탕의 입에서 나온 즉흥적인 별호가 막당을 평생 동안 따라다닐 별호의 근본이 될 것이라고는 생각하지 못했다. 숲이 한참 동안 지저귀다가 구름의 붉은 기운이 모두 사라졌을 때 육모탕이 숨을 몰아쉬며 외쳤다.

"이 사부가 직접 보여준다면 믿겠느냐?"

"뭘요?"

"무성신법이 발뒤꿈치를 붙이고도 소리가 나지 않는다는 것 말이다!"

"엇?"

곽성린이 의외라는 듯 눈을 치켜떴다. 무성신법은 대부분 엄지발가락을 중심으로 하여 체중 이동을 하기 때문에 발뒤꿈치를 붙이는 경우가 드물었다. 발뒤꿈치를 붙이고서도 무성신법이 가능하다는 얘기는 무공의 수위가 한 단계 높아졌음을 의미했다. 곽성린이 기대감에 어린 눈빛으로 침묵하자, 육모탕은 거들먹거리며 모두에게서 한 걸음 물러섰다.

"한 번만 보여줄 테니 눈도 깜짝하지 말아라."

"예!"

곽성린이 힘차게 대답했다. 막당은 불안한지 두 손으로 눈꺼풀을 잡고 육모탕의 몸짓을 뚫어져라 응시했다. 우화경도 긴장한 듯 침을 삼켰다. 육모탕은 길게 심호흡을 하더니 모두가 보는 앞에서 천천히 발을 들었다.

"허업!"

육모탕의 고함에 놀란 숲새들이 하늘로 날았다. 곽성린, 우화경, 막당 모두가 입을 반쯤 벌린 채 아무 말도 하지 못했다. 육모탕은 소리없이 달리고 있었다. 아직 첫발이 땅에 닿지 않았으나 동작 자체는 분명히 달리는 모습이었다.

"발을 잘 보거라, 발을!"

너무도 느린 동작이어서 보기 싫어도 볼 수밖에 없었다. 날아갔던 새들이 다시 나무 위로 내려와 지저귀기 시작했다. 바람도 불고 나무가 일순 흔들렸다가 제자리로 돌아왔다. 늦게까지 남아 있던 이슬이 나뭇잎에 떨어져 도르르 구르더니 또 다른 나뭇잎에 잠시 머물렀다가 땅에 스며들었다. 그 땅이 햇살을 받고 말랐다. 드디어 육모탕의 첫발이 땅에 닿았다. 엄지발가락 부위가 먼저 닿더니 조금씩 땅에 닿는 발의 면적이 늘어났다. 엄지발가락이 닿았을 때 한숨을 쉬었던 곽성린이 네 번의 한숨을 더 쉬었을 때, 비로소 육모탕의 발뒤꿈치가 바닥을 눌렀다. 육모탕이 자랑스럽게 턱을 세우며 웃었다.

"하하하하하! 어떠냐? 아무 소리도 들리지 않았지?"

"대단합니다, 사부님!"

딱!

"죄송합니다, 린 사매! 잘못했습니다!"

"대체 언제까지 장난만 치실 거예요! 당아가 커서 사부님처럼 될까 무서워요!"

"넌 이 사부가 하는 일이면 무조건 장난이냐? 소리 나는 거 들었어?"

"그렇게 달리면 소리가 날 리 없잖아요! 아니지. 그게 달린 거예요? 줄면서 걸어도 그것보다는 빠르겠어요!"

"어허! 린아 네가 집중력이 크게 부족하구나. 동작을 잘 보았다면 그런 말이 나오지 않았을 것이다. 토끼처럼 도약하며 한 동작 한 동작에 세심한 달리기를 한 흔적이 정녕 보이지 않았단 말이냐?"

"하이고! 그래서 거북이가 토끼를 이겼군요? 전 그냥 낙화동에 가서 잠이나 잘래요."

"어딜 가! 얘기를 끝까지 들어, 이것아! 어제 그 고생을 하며 달려놓고 아직도 사부의 뜻을 모르겠느냐? 내가 이 과정을 계획하느라 얼마나 고생을 했는데! 무려 이 개월이나 식음을 전폐… 는 아니지만 정말 노력 많이 했단 말이다! 아, 그래도 저것이 계속 가네? 당장 이리 못 와! 나중에 후회해도 소용없기다?"

곽성린이 연무장 아래의 둔덕으로 내려가려다가 잠시 멈추고 침묵했다. 고개를 돌린 곽성린의 얼굴에는 불만이 한 가득 배어 있었다. 육모탕의 씩씩거리는 얼굴을 유심히 응시했다. 육모탕과 눈이 마주쳤다. 곽성린의 무표정한 얼굴이 오랜 시간 유지됐다. 육모탕도 곽성린을 마주 보며 불쾌한 표정을 지우지 않으려고 노력했다. 하지만 얼마 지나지 않아서 육모탕이 '풉!' 하고 웃음 바람을 뿜었다.

"역시 갈 테야."

곽성린은 다시 몸을 돌렸다. 뒤에서 육모탕의 목소리가 들렸다.

"그럼 할 수 없지. 자, 당아와 경아만이라도 배우려무나. 우선은 둘이 바짝 붙어서 서로를 마주 보거라. 서로의 숨소리가 들릴 정도로 바짝 붙어서 눈을 맞춘 뒤에……."

"……."

한 시진 동안 세 제자는 육모탕이 보여준 방식으로 연무장을 돌았다. 소리는 크게 줄어들었으나 속도 또한 현저하게 줄었다. 막당을 제외한 다른 두 사람의 속도는 걷는 것이 더 빠를 지경이었다. 게다가 발소리가 완전히 사라진 것도 아니었다. 쉴 새 없이 툴툴거리는 곽성린의 불평보다 발소리가 더 크게 들렸다. 육모탕은 연무장 중앙에 팔베개를 하고 누워서 노래를 불렀다. 가끔씩 '발소리가 너무 커서 노래를 부르기가 힘들다'고 불평하는 것이 육모탕이 하는 일의 전부였다. 햇살이 강해졌을 때, 육모탕은 모두를 불러 말했다.

"발목이 많이 아프지?"

"예. 하지만 그건 문제가 아녜요. 이게 도움이 되긴 되는 거예요? 헉헉헉!"

곽성린이 여전히 불신의 눈으로 육모탕을 흘겼다. 육모탕이 이를 드러내며 웃었다.

"킬킬킬, 이제 시작인데 왜 그리 조급한 거냐? 그럼 파천대신룡폭열진경의 천자강림신법(天子降臨身法)이 그리 쉽게 익혀질 줄 알았느냐? 자아, 이제부터 중요하니 잘 새겨듣거라."

막당이 눈과 귀를 쫑긋 세우듯 집중력 가득한 얼굴을 보이며 육모탕에게 바짝 붙었다. 하지만 곽성린은 이미 모든 것을 불신하겠다고 결정한 사람처럼 늘어져 있었다. 우화경은 아예 제이의 막당이 되기라도 한 듯 백치미를 보였다. 육모탕은 콧소리로 노래를 흥얼거리며 말했다.

"히힝! 오늘은 그저 달리기만 할 것이다. 발바닥이 땅에 닿을 때마다 모든 부위에 느낌을 가져라. 연무장은 굴곡이 없어서 일부의 부위가 닿지 않겠지만, 곧 이 사부가 작은 돌을 깔아 굴곡을 만들어주마.”

“당아가 깔겠죠.”

“초 좀 치지 말아라, 망할 계집애야. 중요한 얘기라고 했지 않느냐? 오늘은 그저 달리되 오후부터는 사부의 노래에 장단을 맞춰 춤을 추며 달리게 될 것이다. 그때도 잊지 말고 발바닥의 모든 부위가 땅에 닿도록 힘쓰거라. 어떤 동작이 되고 어느 순간에 땅을 딛건 부드럽게, 부드럽게. 발끝에서 발뒤꿈치가 자연스레 땅을 안아야 하느니라. 노래가 흥겨워지면 너희들은 빨라져야 하며, 노래가 구슬프면 너희들의 걸음도 탄식해야 한다. 우리, 한 달 동안 춤판을 벌여보자. 그리고 당아는 오늘 수업이 모두 끝나면 널찍한 나무판 두 개를 만들어라.”

“예, 사부님.”

“나무판은 왜요?”

“밤마다 널을 뛰며 놀자꾸나. 발바닥이 닿는 것을 운용함에 있어서 제일 효과적일 듯싶다.”

“어머? 이제는 좀 진심 같네.”

“제일 높이 뛰는 녀석에게는 사부가 큰상을 주겠다. 하지만 제일 낮게 뛰는 녀석은 사부가 독려하는 의미에서 입맞춤을 해주마.”

"혼자 하세요."

해가 저물었으나 육모탕의 노랫소리가 그치지 않았다. 어색한 춤 놀림이 연무장을 채웠다. 하루가 지나고, 이틀이 지나고, 육모탕이 말한 한 달이 지났다. 육모탕의 가락이 신명 났고, 춤사위도 웃음을 담았다. 달밤에 널을 뛰니 초구가 막당을 상대하고, 곽성린이 우화경을 상대했다. 육모탕은 달을 가리는 그림자의 가락에 맞춰 노래를 불렀다. 그동안 제갈당숙은 단 한 번도 막당의 멱살을 잡지 않았다. 그 대신 수풀 어디에선가 널을 뛰는 소리가 들리곤 했다. 혼자서 널을 뛰고 있었으니 상승무공이 필요했으리라.

뀌익!

초구가 풀을 뜯어먹다가 머리를 부딪쳤다. 고개를 드니 제갈당숙의 허벅지가 보였다. 연무장에서 한참 떨어진 곳이지만 제갈당숙은 수련하는 막당의 모습이 보이는 듯 동공을 움직이지 않았다. 초구는 잠시 제갈당숙을 응시하다가 곁에 자리를 잡고 엎드렸다. 제갈당숙이 미동도 하지 않은 채 풀잎 바람을 받아쳤다.

툭! 훅! 부웅!

막당은 다양한 몸놀림으로 연무장을 뛰어다녔다. 제갈당숙이 주었던 고도공의 무공뿐 아니라 예전에 배운 무공도 함께 시전한다.

"저 수업은 언젠가 한계가 올 것이야."

중얼거렸다. 스스로도 모르게 흘러나온 말이었다. 누구라도 그렇게 생각할 것이며, 가르치는 육모탕 또한 같은 생각을 하리라. 며칠 전부터 제갈당숙은 막당의 본외 수업(本外修業)을 구경하기 시작했다. 스스로도 예상치 못한 일과였다. 제갈당숙이 원하는 것은 재미 위주의 수업이었다. 막당에게만 무공을 가르치면 여제자들이 불만을 갖기에 육모탕이 저들을 달랠 요량으로 만든 수업 방식. 육모탕의 진짜 수업은 오직 막당에게만 집중되어 있었다. 하지만 그것은 혹독했으며, 제갈당숙이 제일 싫어하는 방식이기도 했다.

"네 사부는 대체 무슨 생각을 하는 거냐?"

또다시 중얼거렸다. 고개를 돌려 초구를 보았다. 초구도 연무장의 막당이 보이는 것일까? 검은 눈망울이 한 점으로 고정된 채 꼼짝도 하지 않았다. 이 황소 같은 돼지야, 네 생각은 어떠냐? 제갈당숙이 초구를 물끄러미 응시하며 냉소했다. 초구가 반응을 보이지 않았다. 장난 삼아 입맛을 다셨더니 초구가 벌떡 일어나서 남해(南海)의 게처럼 옆 걸음질을 했다. 제갈당숙은 다시 연무장을 보았다. 막당이 보였다.

붕! 붕! 붕!

막당이 펼치는 것은 자신이 육모탕에게 준 고도공이 아니었다. 그 이전의 무공. 애초에 자신이 막당과 육모탕을 처음 보기 이전에 배웠을 기초 과정이다. 바로 저 모습 때문에 제갈당숙은 '수업의 한계' 를 중얼거린 것이다. 그동안 막당은 다양한 과정을 거치며 수업을 배웠는데, 그중 하나의 과정도 끝을 맺지 못했다. 복습이었다. 하나를 배우고 둘을 배우면 막당이 해야 할 수련은 셋이었다. 셋을 배우고 넷을 배우면 막당이 해야 할 수련은 이전의 하나와 둘까지 합쳐서 십 종(十種)이었다. 막당은 지금까지 수련을 하면서 예전에 배운 것을 단 하나도 떨치지 못한 채 한 번 이상 복습했다. 신이 막당에게 특별한 추가 시간을 주지 않는 한 언젠가 막당은 하루의 모든 시간을 투자해도 부족하게 될 것이다. 그 한계가 언제 올지 궁금하여 제갈당숙은 막당을 지켜봤다.

"이여업!"

휘익! 꽉! 욱! 구훅!

무공 수련이 재미있는 것일까? 곁에 사부가 없는 데도 쉬지를 않는다. 아니지. 쉬면 막당이 아니지. 그게 이상했다. 자신이 수련할 때도 마찬가지였다. 공작왕 금사회는 자신의 수련을 지켜보지 않았다. 하지만 요령을 피울 수 없었다. 금사회는 제자들의 수련을 보지 않아도 노력의 수위를 짐작하는 재주가 있었다. 땀과 근육으로 수련하는 시간과 그때의 열정을 짐작하여 꾸지람의 강도를 조절한다. 그 때문에 어떤 제자도 요령을 피우지 못했다. 연무장의 막당처럼 일순간도 쉬지 않고 연마했던 것이다. 하지만 막당은 다르지 않는가. 육모탕에게는 그런 재주가 없으니 요령을 피워도 상관없었다. 제갈당숙은 기다렸다. 막당이 요령을 피울 때 재빨리 나타나서 조롱하고 싶었다. 어린아이의 심술처럼 육모탕에게 일러바친다며 괴롭히고 싶었다. 물론 그럴 기회는 한 번도 오지 않았다. 막당이 요령을 피우기는 해도 조롱할 정도의 요령은 피우지 않았다.

푸드덕.

초구가 풀을 헤치며 연무장을 향해 달려갔다. 그리고 막당이 볼 수 있는 지점에 자리를 잡고 엎드렸다. 제갈당숙이 또 한 번 냉소했다. 나뭇잎이 떨어져 이마에 붙었다. 그것을 떨구기 위해 이마를 만진 제갈당숙은 큰 충격을 받은 듯 어깨를 떨었다. 나뭇잎이 자신의 이마에서 미끄러지지 않고 계속 붙어 있다. 나뭇잎을 떼니 물기가 느껴진다. 땀. 식은땀이었다. 언제부터인지 알 수 없으나 자신은 식은땀을 흘리고 있었다. 비로소 제갈당숙은 한 시진이 넘도록 스스로의 동공이 막당을 한 번도 떠난 적이 없었음을 알았다.

"이유가 뭐냐? 저 녀석에게 내가 느끼는 불안감이 대체 뭐냐?"

이제까지 고민하지 않았던 것을 후회했다. 막당의 수련이 계속 진행되어 고도공에 이르렀다. 턱에 차오르는 숨소리가 들렸다. 달빛이 희미하여 어둠이 바람 소리를 먹어치운 듯했다. 숨소리만 들렸다. 막당의 숨소리. 내뻗는 주먹에 이끌려 옷자락이 비명을 질렀지만 들리지 않았다. 숨소리. 그리고 어느 순간 그것을 먹어치운 심장의 고동 소리. 제갈당숙은 눈살을 찌푸렸다. 뭐냐? 대체 내가 보고 있는 것이 뭐냐?

두극, 두극, 두극.

심장 소리가 더욱 커졌다. 숨소리가 들리지 않는다. 싫어하는 수련법을 지켜보는 이유를 알고 싶었다. 처음에는 그저 심심하니까 보았을 뿐이다. 하지만 다음날도 보게 되었고, 그 다음날도. 어느덧 지금까지도 막당의 외로운 수업을 지켜보기에 이르렀다. 뭔가 잡히고 있었다. 이마의 식은땀이 알고 있는 무언가가 지금 곧 잡힐 듯 눈앞에서 맴돌았다. 중독이다, 이것은. 제갈당숙의 입가가 미소를 짓기 시작했다. 막당이 고도공 일식을 펼치고 있다. 미소 짓던 입술이 점차 벌어지며 치아를 드러냈다. 제갈당숙의 동공이 커졌다. 잡았다!

"이야아아앗!"

쿠후욱!

고도공 일식 독상일주(獨上一週)! 나무랄 데 없는 공작천의 무공이 틀림없다. 공작왕 금사희가 저 모습을 본다면 상이라도 내리고 싶어질 것이다. 그리고 이식 독리다경(獨移多鏡). 금사희의 말을 빌리면 '혼자 놀기의 진수' 라 불리는 저 기식은 수많은 변초들을 가지고 있었다. 자신이 자신을 상대할 수 있기에 연습을 실전처럼 할 수 있고, 상황에 따라서 스스로를 죽일 수도 있는 무공이다. 또한 여타의 무공과 호환성이 있어서 상승무공으로의 전환도 가능했다. 막당에게는 저

기식과 융합할 수 있는 상승무공이 없다. 아니, 저 이상의 위력을 발휘할 무공 자체가 없다. 때문에 막당의 독리다경은 귀암곡의 기본 수련과 융합된 채 형편없는 위력만을 보여주고 있었다.

"그거야……."

그 형편없는 위력의 독리다경을 보며 제갈당숙은 웃음 짓고 있었다. 부릅뜬 눈은 더욱 커졌고, 늑대의 목이라도 뜯어먹을 듯 입이 한껏 찢어졌다. 전율이 흘렀다. 처음 막당에게 고도공의 무공을 전해줬을 때 삼 년은 우려먹을 수 있다고 여긴 건 완벽한 오산이었다. 고작 한 달이 지났다. 그런데 고도공 이식으로 넘어갔다. 게다가 저렇게 형편없는 위력을 발휘한다. 독리다경의 입문 수준이라면 저따위 위력만을 보일 리 없었다. 최소한 사람 하나쯤 간단히 죽일 정도로 매서운 살기가 흘러야 정상이다. 막당의 독리다경이 형편없는 위력을 보이는 이유는 단 하나였다. 그것과 융화된 귀암곡의 기본 무공이 위력적이지 못하여 독리다경의 본 위력을 깎아먹기 때문이다.

"고작 한 달 만에 고도공 이식을 깨우쳤어."

융화. 독리다경의 진수는 융화였다. 만약 막당이 새로운 상승무공을 익힌다면 위력은 크게 달라지리라. 제갈당숙이 독리다경의 진수를 깨닫게 된 것은 금사희에게서 무공을 배운 지 십이 년째 되던 날이었다. 금사희가 창안한 명왕팔진(明王

八陣)의 초입에 들어가는 순간, 독리다경이 없이는 이 엄청난 상승무공을 익힐 수 없다는 걸 깨달은 것이다.

"빌어먹을 놈. 이래서야 곤란하잖아? 조만간… 아니, 어쩌면 다음 달쯤에 고도공의 남은 기식을 전해주지 않으면 또다시 수업이 막히겠어."

불평을 하고 있었지만 입은 여전히 웃고 있었다. 전율의 웃음이다. 식(式)을 배우면 식을 운용하는 게 상식이다. 자신뿐 아니라 금사희의 모든 제자들이 그랬다.

사부가 고도공을 가르쳤을 때, 단 한 명도 예외없이 고도공 그 자체만을 수련했다. 자상한 선배들은 말했다. '그것만으로 끝이라 여기면 낭패를 당할 것이다' 라고. 하지만 누구도 그 말뜻을 이해하지 못했다. 모두가 고도공의 독리다경이 독리다경, 그 자체만으로 위력을 발휘하는 것이라 생각했다. 좀더 성숙했던 제자들은 '독리다경이 개인 수련에 많은 도움을 줄 수도 있겠구나' 라고 여겼다. 그것이 한계였다. 어느 누구도 막당처럼 고도공의 이식이 지닌 진정한 위력을—비록 지금은 자체의 기식보다 형편없는 위력이지만—보여주지 못했다.

"사식과 육, 칠식을 주면 일 년을 버틸 수 있을까?"

회의적인 물음이 자신의 입술을 통해 자신의 귀로 전달되었다. 고도공은 금사희가 창안한 무공이 아니다. 금사희는 공작천의 팔대 천주이며, '공작천 무공의 완성자(完成者)' 일 뿐이지 '창시자(創始者)' 가 아니었다. 금사희의 무공은 아무것도 없는 무(無)의 상태에서 창안한 것이 아니다. 그저 이전부터 있었던 공작천의 무공을 집대성하고, 있어야 할 놈을 찾아낸 게 사도지존 금사희의 무공이었다. 그렇기 때문에 막당이 수련하는 무공은 금사희의 무공이 아니라 공작천의 무공이었다. 애초에 제갈당숙은 막당에게 금사희의 무공을 건네줄 마음이 없었다. 금사희가 따로 창안한 오식 독상쾌주(獨上快週)를 제외한 고도공의 모든 기식만으로도 육모탕의 즐거운 수업을 평생 즐기리라 여겼기 때문이다. 하지만 지금 스스로에게 던진 회의적인 물음을 통하여 자신의 꿈이 날아간 것을 깨달았다. 위험했다. 제갈당숙은 그날을 맞이하게 될지도 모른다고 생각했다. 즐거움을 포기하는 것과 배신하는 것을 저울질하는 날! 허락도 받지 않고 사부의 무공을 전해줘야 하는가, 아니면 육모탕의 재미있는 수업에 더 이상 욕심을 부리지 않고 예전처럼 허망하게 살아가야 하는가?

"하나!"

막당의 외침이 들렸다. 이제는 육모탕이 일러준 독상일주의 반복 수련으로 넘어간 듯싶었다. 제갈당숙이 지친 듯 한숨을 뱉었다. 끓어오르던 가슴이 가라앉았다.

"둘!"

가장 지겨운 광경이었다. 독상일주의 동작을 끝없이 반복하는 것. 육모탕은 독상일주를 이백 번 반복하는 것으로 하루 일과를 마치라고 했다. 막당이 큰 소리로 백팔십을 외치면 곽성린이 연무장으로 걸음한다. 그때가 제갈당숙이 차가운 굴로 돌아가는 시간이었다. 곧 외로워지겠구나. 널뛰기를 할까? 재미없다. 삼식은 어떤 방법으로 수련할까? 사식의 수업 방식은 어떨까? 오식. 그래, 사부님이 스스로 창안하신 고도공 오식 독상쾌주는 정말 지겹고 힘들었지. 육모탕은 그것도 재미있게 가르칠 수 있을까? 막당은 그것을 얼마 만에 다 깨우칠까? 알려주고 싶다. 사부님이 알면 당장 찾아와서 날 죽이겠지만, 저놈들에게 독상쾌주를 알려주고 어떤 결과를 보여줄 것인지 알고 싶다.

"여섯! 일곱!"

"……."

"여덟! 아홉!"

제갈당숙이 다시 한 번 한숨을 쉬었다. 몸에 흥건했던 땀이 모두 식어버리자 숲 바람에 한기가 돌았다. 끝이 보이는 것 같아서 슬펐다. 자신이 알고 있는 무공 중에 금사희가 창안한 것을 빼버리면 오래가지는 않을 것이다. 당황스러웠다. 강호는 정말 넓구나. 육모탕의 존재도 놀라웠지만 막당처럼 똑똑한 몸을 가진 자가 있다는 사실도 놀라웠다. 머리가 지녀야 할 총명함을 몸뚱이가 다 빼앗아서 저렇게 멍청해진 것일까? 공작천의 무공으로도 평생을 붙잡아두리라 여겼는데 저렇게 빠른 진전을 보인다면 십 년도 못 갈 것이다. 크윽! 전해주고 싶다! 내 무공의 칠 할이나 되는 금사희의 무공도 전해줘서 평생을 함께하고 싶다!

"스물하나! 스물둘! 스물셋!"

"저놈이 또 요령을 피우는구나."

제갈당숙이 쓰게 웃으며 혼잣말을 했다. 요령이라는 말은 막당에게 어울리지 않았지만 분명히 요령을 피운다고 말할 수 있었다. 막당은 말을 잘 듣는다. 시킨 것은 반드시 해내려는 순수함이 있다. 하지만 '시킨 것은 한다' 라는 전제하에서 천변만화(千變萬化)한 요령이 꼬박꼬박 튀어나왔다. '열 그루의 나무를 베라' 고 명령하면 열 그루의 나무를 벤다. 그러나 어떤 나무인지를 지정하지 않으면 가장 쉽게 벨 수 있는 나무를 벤다. '한 품에 안을 수 없는 나무를 열 그루 베어라' 고 명령하면 그렇게 한다. 하지만 한 품에 안을 수 없는 썩은 나무를 기가 막히게 찾아내어 베어버린다. '달리라' 고 명령하면 달리지만 가장 편하게 달릴 수 있는 방법으로 달린다. 육모탕은 막당의 요령을 온전히 알지 못했다. 오히려 곽성린이 막당의 그런 면을 잘 알아서 특정한 명령을 내릴 때 가장 구체적으로 지시를 내리곤 했다. 지금의 막당은 요령을 피우고 있었다. 요령은 요령이나 조롱할 수 없는 요령을.

"스물아홉! 서른! 서른하나! 서른둘!"

제대로 된 독상일주라면 열다섯 번의 기식을 시전하는 데 일각(一刻)가량의 시간이 걸린다. 반 시진이면 육십 번을 시전할 것이며, 한 시진이면 백이십 번이다. 하루가 열두 시진이니 종일을 투자해도 천사백사십 번. 과거에 금사회가 제갈당숙에게 하루 동안 독상일주의 천오백 번 시전을 명했었다. 그것은 독상일주를 수련하기 위함이 아니라 오식 독상쾌주를 위한 수련이었다. 독상일주에서 감을 얻어 창안한 무공이 독상쾌주이기 때문이다. 제갈당숙은 쓰게 웃으며 막당이 요령 피우는 것을 보다가 낮게 중얼거렸다.

"저런 지루한 연습을 계속 볼 이유가 없지."

제갈당숙이 동굴로 돌아가기 위해 몸을 돌리려고 했다. 그때 제갈당숙의 어깨가 심하게 요동쳤다. 마치 누군가 혈을 점하기라도 한 듯 몸이 움직이지 않았다. 억지로 몸을 돌렸다. 자신의 동공이 막당을 떠나려 하지 않는다. 억지로 외면했다. 막당을 등지고 동굴로 돌아가려고 했다. 나뭇잎이 떨어졌다. 이마에 닿았다. 떨어지지 않는다. 이미 숲 바람에 말라 버렸을 땀이 나뭇잎을 붙잡고 있다.

제갈당숙은 전신이 축축함을 느꼈다. 내가 지금 무엇을 본 거지? 제갈당숙은 창백한 얼굴이 되어 천천히 고개를 돌렸다. 어둠 속의 나무들이 각 지듯 흔들렸다. 나무의 잔상들. 나무등걸의 잔상 틈에서 연무장이 보이고, 막당이 보였다. 제갈당숙은 떨리는 입술을 열어 혼잣말을 했다.

"아니겠지."

"서른아홉! 마흔! 마흔하나! 마흔둘! 마흔셋!"

빨라지고 있다. 요령을 피우는 건 분명하다. 저런 속도라면 하루에 삼천 번이라도 독상일주를 시전할 수 있을 것이다. 독상일주의 기식에 군더더기를 없애고 요점만을 추려서 펼친다. 일 초라도 빨리 수련을 마치고 폭포수에 땀을 떠내려 보내고 싶은 마음이 여실히 느껴진다. 숫자를 세는 속도가 조금씩 더 빨라지고 있다. 제갈당숙의 동공이 심하게 흔들렸다. 차마 입 밖으로 꺼낼 수 없는 말이 억지로 입술을 비집고 나오려 했다. 결국 제갈당숙의 입에서 떨리는 목소리가 튀어나왔다.

"독상쾌주!"

두극두극.

날뛰는 자신의 심장이 회광반조(廻光返照)를 겪는 것처럼 느껴졌다. 곧 멎을까? 이렇게 놀랐으니 심장이 견딜 리 없다. 가르쳐 주지도 않은 고도공의 오식을 스스로 깨우쳐 시전하고 있는 저 자식은 어떻게 된 놈이냐! 두극두극! 온몸의 내력이 숲 속 어둠으로 흩어진 것 같았다. 무릎에 힘이 빠져 주저앉을 것이다. 내가 지금 제정신인가? 지금 내가 보는 것이 환영이 아니라 실사라고? 금사회가 불혹을 넘겨서 창안한 독상쾌주를 고작 한 달 배운 꼬마 놈이 시전한다고? 아니, 창안을 했다고? 미쳤다! 이 세상이 미쳤다! 만약 막당이 쉰다섯 번째에서 헛손질을 하지 않았다면 제갈당숙의 심장은 정말로 멎었을 것이다. 막당이 아쉬운 듯 입맛을 다시더니 쉰네 번째에보여줬던 동작으로 기식을 펼쳤다. 독상쾌주에 가장 가까운 동작이었으나 온전한 독상쾌주라고 할 수는 없다. 그저 기식이 엇비슷할 뿐이다. 제갈당숙은 뒤늦게 숨을 내쉬며 스스로를 진정시켰다. 하지만 뛰는 가슴을 가라앉히는 건 불가능했다.

"대체 어찌 된 일이냐? 내가 실수했다. 정말 큰 실수를 했다. 모른다, 몰라. 나는 모르는 일이다. 내가 왜 저런 놈 때문에 죽어야 하지? 하지만 천벌을 받을 거야. 빌어먹을! 이런 빌어먹을! 난 대체 무슨 짓을 한 거냐? 그렇구나. 내가 저놈의 지겨운 연습을 볼 수밖에 없었던 이유가 저거였어."

처음이 아니었다. 어제까지 그저 요령이라고 생각했던 어설픈 독상일주는 독상쾌주라는 변초를 담고 있었던 것이다. 제갈당숙은 자신이 왜 이곳에 남아 있는지를 비로소 깨달았다. 단지 빠른 정진 때문에 관심을 가진 게 아니었다. 앞날에 대한 두려움 때문에 벗어나지 못했을 뿐.

"여든일곱! 여든여덟! 여든아홉! 아흔! 아흔하나! 아흔둘!"

"당아야!"

낙화동 쪽에서 육모당의 외침이 들렸다. 막당이 기식을 멈추고 급히 답했다.

"예, 사부님!"

"수를 세는 속도가 어째 빠르다? 주둥이로만 수련하냐?"

"아닙니다! 절대 아닙니다!"

“아니긴 뭘. 이 사부도 네 마음 잘 안다. 어서 폭포수에 들어가 목욕하고 싶지?”

“예, 사부님!”

“삼백 번. 몇 번?”

“예?”

“사백 번. 몇 번?”

“사백 번입니다!”

“그래 사백 번을 채우고 오너라. 이번에도 주둥이면 육백 번을… 억! 왜, 왜 그러느냐? 어헉! 다, 당아야! 삼백 번이다! 몇 번?”

“삼백 번입니다!”

“아, 아니다. 이백오십 번! 하지만 다음부터는 절대 요령을 피우지 말아야 한다! 억! 이제 됐잖느냐, 망할 계집애야! 이 정도로 타협을 보지 않으면 만 번을 하라 이르고 도망칠 테다! 커헉! 당아야, 이백오십 번이다! 잊지 마라!”

“예, 사부님! 감사합니다!”

낙화동에서 들리던 외침이 잦아들자 막당이 다시 수련을 시작했다. 제갈당숙은 이미 자리를 떠난 상태였다.

“안 돼. 내가 죽을 수는 없어. 이제까지 어떻게 살아왔는데…….”

차가운 동굴 속에 웅크린 자가 쉴 새 없이 몸을 떨었다.

“저놈이 강호에 나간다면, 분명 내가 준 무공 때문에 죽음을 당할 거야. 듣도 보도 못한 놈이 공작천의 무공을 시전하고 독상쾌주까지 보인다면 사부께서 그냥 두실 리 없지. 내가 직접 사부님을 찾아가서 사정을 설명하면 살 수 있겠으나 그 대신 내가 죽는다. 그럴 수는 없어. 어쩌지? 어떻게 하지? 미친놈! 왜 천재고 난리야! 크허! 미치겠구나. 남상괴가 이게 무슨 꼴이냐. 어허헝! 정녕 방법이 없는 건가? 하늘이 무림을 위해 낳은 아이가 분명한데 운명이 계속 여기에 붙잡아둘 리 없지. 아이고! 아이고! 어쩐다? 이를 어쩐다?"

제갈당숙은 우장으로 연신 차가운 바닥을 때리며 통곡했다. 급기야는 울퉁불퉁한 동굴 벽을 이마로 쪼아대며 자책했다. 이마에 피가 맺혔다가 '프윽' 소리를 내며 터지더니 턱까지 핏물이 맺혔다. 방울 하나가 무릎 위로 떨어지는 순간, 제갈당숙은 자책을 멈췄다. 피투성이가 된 제갈당숙의 얼굴에 미소가 번졌다. 희망의 미소였다.

"그렇지! 그렇구나! 내가 왜 그 생각을 못했을까?"

제갈당숙은 컴컴한 동굴의 눈치를 보며 키득거렸다. 죽다 살아난 사람처럼 기쁨의 눈물까지 흘렸다.

"크크큭! 끝까지 멍청한 놈이 되어 죽을 뻔했다. 생각해 보니 저놈이 배우는 건 고도공이 아니라 파천대신룡폭열진경이잖아? 고도공의 기식을 쓸 필요가 없도록 만들면 되는 것이었어. 그러면 저놈이 강호행을 하더라도 고도공을 익힌 자라 여기지 못하겠지. 저놈의 무공은 파천대신룡폭열진경이야! 아무도 고도공이라고 여기지 못하게 만들면 돼! 히히! 무슨 수로? 잇히히히히! 내가 누구냐! 남상괴 제갈당숙이 아니냐! 만들면 돼! 저놈에게 전해줄 다음 무공을 내가 직접 만들어서 그것만 쓰게 하는 거야. 고도공 따위는 단숨에 무시할 수 있는 확실한 무공! 그래! 마음에는 들지 않지만 그 무공이야말로 진짜 파천대신룡폭열진경이다. 자자, 이럴 때가 아니지. 예전에 생각했던… 그게 어떤 식이었더라? 아무튼 만들 뻔했던 무공들을 다 떠올려서 확실한 놈 하나 창안해 보자. 히히히! 아이고, 바빠지겠다! 살았어! 살았다고! 히히히!"

제갈당숙은 굴속에서 춤을 추기 시작했다. 금사희의 십대제자 중에 유일하게 독자적인 무공을 창안하지 못했던 제갈당숙이 드디어 자신의 무를 꺼낸 것이다. 또한 그 무공은 다른 아홉 명의 제자가 지닌 그 어떠한 무공보다도 화려한 이름을 가지고 있었다.

겨울의 달

겨울의 달

바람의 목소리가 높아지기 시작했다. 십일월은 작년과 비교되지 않을 정도로 혹독한 바람을 가지고 일찍부터 기암골을 설경으로 가꾸었다. 노송들이 뒤집어쓴 설모(雪帽)가 흐트러지는 산허리부터는 초록이 흐릿하고 고동색 가지들이 초췌했다. 서리를 머금고 숨죽이는 잡초들이 누군가에게 밟혔다. 해쓱해진 육모탕이 주변의 눈치를 보며 산을 오르고 있었다. 육모탕은 서리 진 두 개의 기암 사이로 갈고리를 던졌다.

덜컥!

갈고리가 기암 사이에 걸리자 비로소 육모탕이 안도의 숨을

쉬었다. 갈고리가 잘 걸렸는지 알아보기 위해 밧줄을 팽팽하게
당겼다. 갈고리가 빠져나와 육모탕의 정수리를 노렸다.

"허엇! 차!"

육모탕은 무성신법으로 회피세를 펼침과 동시에 갈고리의
옆구리를 노려 독상일주를 시전했다. 갈고리가 육모탕의 우
수에 휘말리는가 싶더니 급히 빠져나와 차가운 벽에 부딪쳤
다. 팅겨 날아온 갈고리의 일격이 너무도 강맹하여 육모탕을
놀라게 했다.

"허이엽!"

육모탕은 십성 공력을 사용하여 밧줄을 휘저었다. 갈고리
가 드디어 밧줄에 휘감겨 꼼짝달싹 못하게 되었다. 육모탕은
다시 한 번 안도의 숨을 쉬며 승리의 기쁨을 만끽했다.

"절세무적의 갈고리마저 제압하셨으니 이제 노화순청에
반로환동하실 일만 남았네요."

몰래 갈고리를 빼버렸던 곽성린이 기암 사이에서 고개를
내밀고 시큰둥하게 말했다. 육모탕이 호통 치며 곽성린을 향
해 갈고리를 던졌는데, 적절한 곳에 틀어박혔다. 육모탕은 밧
줄을 잡고 낙화동으로 올라가기 시작했다.

휘이이이이익!

매서운 겨울바람이 아우성쳤다. 살을 에듯 차가운 바람이
었다. 강호의 혈풍도 작년 겨울이 무색할 정도로 차가웠다.
동방량이라는 거대한 묵운(墨雲)으로부터 끝없이 혈풍이 불

었다. 사도맹과 마교에게만 흐르는 혈풍이 아니었다. 동방량은 팔 년 동안 열일곱 개의 정도맹 세력을 몰살시켰다. 모두가 정도맹을 배반한 세력이라고는 하지만 일부의 무림인은 그것을 믿지 않았다. 한때 사십일문 이십일파 팔사로서 천하 모든 땅에 정도맹의 깃발이 나부끼던 시절이 꿈만 같았다. 남은 것은 삽십사문 십삼파 육사뿐. 강호의 싸움이 길어지면 길어질수록 무림을 이루는 세력의 수가 줄어들었다. 사도맹도 십삼문 이십이파 이곡에 불과하여 길림성(吉林省)과 흑룡강성(黑龍江省)을 외면해야 하는 비극적인 처지를 맞이했다.

"그리고 사도맹에 좋은 소식과 나쁜 소식이 생겼다."

"우리가 그걸 알아야 할 필요는 없잖아요. 아직 전쟁이 끝나지 않았다면 몇 년간 하산하지 말고 계속 여기서만 살아요. 그건 다 구해오셨어요?"

"알아야 할 필요가 있다. 사도맹에게 좋은 소식은 우리에게 나쁜 소식이고, 저놈들에게 나쁜 소식은 우리에게 좋은 소식이니까. 아무튼 대장간의 그놈은 여전히 모가지를 달고 거기에 있긴 했는데 철이 없었어. 검은커녕 낫도 구해오지 못했다. 대신 숫돌을 구해왔으니 여기 있는 도구들을 재활용이나 하자꾸나."

"사도맹에 무슨 일이 있었어요?"

잠자코 있던 우화경이 슬그머니 입을 열었다. 육모탕은 담배에 불을 붙이자마자 겨울 하늘로 한숨짓듯 연기를 뿜더니 빙긋 웃었다.

"천산에서 큰 싸움이 있었는데 동방량의 막내아들놈 재주가 뛰어나서 대승을 거두었다. 그 싸움에 패배한 사도맹 무리들이 천산 설원으로 도주했다. 그런데 둘째 아들놈 동방인이라는 것이 집요하고 독랄하여 끝까지 쫓아갔나 보더라. 도주했던 사도맹의 잔당 육십여 명이 모두 죽었다."

"그게 우리랑 무슨 상관이에요?"

"죽은 사람 중에 사도맹주였던 백사왕(魄邪王) 규학자(圭學子)가 있었다. 졸지에 맹주가 죽어버렸으니 얼마나 타격이 크겠느냐."

"아!"

우화경이 화색이 되었다.

"그럼 전쟁이 곧 끝나겠네요?"

육모탕은 고개를 가로저으며 담뱃재를 털었다. 하지만 갓 피운 담배인지라 아직 재가 만들어지지 않았다.

텅텅텅.

애꿎은 재떨이가 비명을 질렀다. 육모탕의 눈매도 재떨이의 심정과 다를 바 없는 듯 침울했다.

"이 사부도 그렇게 되리라 여겼는데 아니더구나. 마교에서 쓸데없는 짓을 했거든."

"쓸데없는 짓이라뇨?"

"마교주 이후식이 불철주야 노력해서 사도맹에게 새로운

맹주를 선물했다.”

곽성린이 눈살을 찌푸렸다.

“그 말은 사도맹이 마교의 수족이 됐다는 말씀이세요?”

“그럴 리가 있겠느냐? 그 이후식이라는 놈… 보통이 아닌가 보더라. 아까 말한 사도맹에게 좋은 소식이라는 것은 이를 두고 하는 말이다.”

“아, 답답해. 당아야, 물 좀 떠와. 네 사부 답답해서 내가 제명에 못살겠어.”

“예, 린 사저.”

“내 것도 좀 떠와라.”

“내 것도, 당아야.”

“언니는 당아 시키지 마! 저번에 물 심부름시켜 놓고 그릇 받을 때 손잡은 거 봤어!”

“너, 넌 무슨 말을! 그땐 내가 네 옷을 꿰매느라 당아가 내민 그릇을 보지 않고 받아서 그랬던 거야! 세상에, 어쩜 이렇게 애가 변하니? 바느질 한번 안 하는 널 위해서 항상 챙겨주는 나한테 그런 말을 하다니…….”

“얘들아, 사부님 얘기 중이시다.”

“네, 말씀하세요. 그건 고맙지만 그래도 당아에게 심부름을 시켰으면 얼굴이라도 봐주면서 물그릇을 받는 성의라도 보여야 할 것 아냐. 우리 당아가 불쌍하지도 않아?”

“기집애, 말하는 것 좀 봐. 내가 당아랑 얼굴 마주하면 밤

새도록 괴롭히는 게 누군데 그러니?"

"얘들아!"

"내가 언제 언니를 괴롭혔다 그래?"

"아이, 몰라. 이제부터 네 옷 안 꿰매줄 테야."

"그래라. 누가 꿰매 달랬냐?"

"당아야."

육모탕이 강호의 전쟁사를 논할 때보다 더욱 침통한 얼굴로 말했다.

"물은 됐고, 당장 연무장에 가서 파천대신룡폭열진경을 처음부터 배운 데까지 이백 번 반복하고 와라."

"예, 사부님."

막당이 밝은 얼굴로 대답했다. 차라리 그게 더 속 편하다는 듯한 얼굴이었다. 막당이 연무장으로 달려가자 비로소 여제자들이 얌전해졌다.

"아무래도 오래 얘기하면 당아가 고생할 것 같으니 짧게 말하마. 사도맹주가 새로 추대됐다. 마교주 이후식이 공작천을 끝없이 찾아가서 금사희를 설득하는 데 성공했다더구나."

금세 곽성린과 우화경의 눈이 동그래졌다.

"공작왕이 사도맹주가 됐다고요?"

"그래. 하지만 공작천은 사도맹에 들어가지 않는다는 조건이었다. 그냥 금사희가 전쟁 끝날 때까지 임시 맹주로 외유한다더라. 뭐, 당연하겠지. 공작천이 사도맹에 들어간다면 천(天)

의 이름이 의미가 없어질 테니까.”

“전쟁이 더 심해지겠네요.”

“그래.”

육모탕은 낮게 대답하며 우화경의 우울한 얼굴을 흘겼다. 곽성린이 뭐라 참견하려 했는데 육모탕이 슬쩍 손을 들어 막았다. 육모탕은 우화경에게 물었다.

“경아야, 이제 좀 묻자. 너와 정혼한 가문이 대체 어디냐?”

“예?”

“너와 정혼한 가문 말이다. 이 사부가 천하의 오물상인이다. 네가 누구의 여식이라는 것쯤은 이미 짐작한 지 오래다. 분명 너의 가문이라면 정혼자의 가문도 만만치는 않을 터. 이제는 사부에게 말할 때도 되지 않았느냐?”

곽성린이 의외의 얘기에 당황한 듯 눈을 치켜떴다. 반면 우화경은 육모탕이 자신의 가문을 알고 있다는 말에 조금도 놀라지 않은 채 쓸쓸한 표정으로 고개를 숙였다.

“대단한 가문도 아니고, 말할 수도 없어요. 어쩌면 전쟁이 끝나더라도 찾아가서는 안 될지 몰라요.”

“네 낭군 될 사람을 한 번이라도 본 적은 있느냐?”

“어릴 때 한 번 봤어요. 하지만 지금쯤 다른 여인과 혼인했을지도 모르죠. 혼기가 지났을 테니까요.”

대답할수록 우화경의 얼굴은 우울해졌다. 곽성린이 옆에서 눈치를 주었지만 육모탕은 더 집요하게 물었다.

"그렇다면 어쩔 셈이냐? 네 정혼자가 다른 여자와 혼인했다면 너도 이제 다른 남자를 찾아야 할 때가 아니겠느냐? 당아는 어떠냐?"

"허억! 이 사부님이 죽으려고 환장을 했나?"

곽성린이 벌떡 일어나며 치를 떨었다. 반면 우화경은 더욱 고개를 숙이고 어깨를 움츠렸다.

"정혼자가 있는 몸이 어떻게 다른 남자를 섬길 수 있겠어요. 행여 다른 여자와 혼인을 했더라도 제 마음은 변함이 없어요. 그렇게 되었다면 저는 아미파에라도 가서……."

우화경이 갑작스레 입을 틀어막으며 눈물을 흘렸다. 곽성린은 당장 사부를 짓밟을 듯 발을 치켜든 상태에서 침묵했다. 그저 눈살을 찌푸리며 육모탕을 원망할 뿐이었다. 육모탕이 곧 쾌활한 웃음을 터뜨리며 곽성린을 보았다.

"하하하! 봤느냐, 망할 계집애야! 경아가 좀 이런 애다. 그러니 너와 당아 사이가 순탄대로가 아니겠느냐! 더 이상 경아에게 당아 문제로 시비 좀 걸지 말아라!"

그러자 우화경이 놀란 얼굴로 고개를 들었다. 곽성린도 멍한 표정으로 육모탕의 얼굴을 응시하다가 얼굴을 붉혔다. 곽성린은 곧 우화경의 곁에 바짝 붙어서 어깨를 안았다.

"언니, 내가 잘못했어."

"아냐, 괜찮아. 아까 화내서 내가 미안해."

우화경이 눈가에 맺힌 눈물을 씻으며 웃음 지었다. 육모탕은 만족한 듯 웃으며 메기수염을 쓰다듬었다.

"껄껄껄! 이 사부가 뜻이 깊어 내분을 막았구나. 앞으로는 당아 문제로 너희들의 사이가 벌어질 일이 없겠다. 진작에 이렇게 할 걸 그랬구나. 하하하! 사실 린아 네가 걱정할 사람은 경아가 아니라 나지. 당아가 좀 매력적이냐?"

"캭!"

곽성린이 다시 일어나 발을 들었는데 이번엔 진짜로 밟았다. 우화경은 사부가 밟히는 꼴을 묵묵히 구경하다가 슬며시 쌍수를 들었다.

짝.

낮은 박수 소리가 짓밟는 소리에 장단을 맞췄다.

퍼드덕!

막당의 옷자락이 바람을 떨쳤다. 재미있었다. 진경 오장 파천쌍익붕(破天雙翼鵬)을 시전할 때는 막당에게 있어서 가장 즐거운 시간이었다. 한 달 전, 제갈당숙이 와서 멱살을 잡으며 '그걸 시전할 때 누가 와서 고도공 삼식 부상어소(浮上魚笑)냐 물으면 절대 아니라고 대답해' 라고 명령한 적이 있었다. 막당은 고개를 끄덕이긴 했으나 그 이름이 마음에 들어 잊을 수가 없었다. 딱 그런 기분이리라. 좁은 강에 틀어박힌 물고기가 어느 날 허공으로 몸을 띄우면 그 기분을 감당하지 못하고 웃음 지을 것이다. 하늘을 날아가는 기분이었다. 땅의 기운을 받아 도약하면 오랜 시간 하늘에 머물렀다. 절로 웃음이 나왔다. 차가운 겨울바람이 얼굴을 후려쳤지만 그것도 좋았다. 무공이란 이렇게나 즐거운 것일까? 막당의 발이 대지를 디뎠을 때 얼굴 가득 웃음이 머금어져 있었다.

"좋구나."

어느새 육모탕이 연무장에 와서 싱글거렸다. 막당이 하던 동작을 멈추고 인사하다가 뒤통수를 맞았다.

"누가 멈추래? 지금까지 몇 번 반복했느냐?"

"팔십칠 번입니다."

"백 번까지만 채우고 씻어라. 오늘은 집안 도구들을 숫돌에 갈아서 쓰기 좋게 만들어야겠다."

"예, 사부님."

육모탕이 오랜 시간 마을을 찾지 않았기 때문에 낙화동의 물건들은 모두 고철이 되어 있었다. 게다가 겨울이 되었으니 땅이 단단하여 구덩이를 파기도 쉽지 않을 것이다. 수확한 곡식을 보관하기 위해 작년 겨울에 팠던 구덩이는 이미 메워진 상태였다. 그것을 다시 파내려고 도구를 찾았더니 모두 닳아서 쓸모가 없었다. 그 때문에 육모탕은 어쩔 수 없이 하산하여 대장간을 찾아가 그나마 숫돌이라도 가져왔으니 다행이었다. 막당이라면 그 어떠한 도구도 새것처럼 날카롭게 바꿔주리라. 물론 '갈아라' 하고 명령한 뒤 깜빡 졸아버리면 도구 자체가 닳아서 사라지겠지만, 그것만 조심하면 올 겨울의 도구 걱정은 하지 않아도 될 것이다.

휙! 퍼덕! 부우훅!

육모탕은 연무장 가장자리에 쭈그리고 앉아 막당의 복습을 지켜봤다. 웃지 않으려고 해도 웃음이 나왔다. 이미 막당의 수준은 자신의 너머너머너머, 저어편 너머로 떠나간 상태였다.

한때 귀암곡에서 잠깐이나마 조교에게 칭찬받기도 한 육모탕이었지만, 지금 막당을 상대하면 일 합도 넘기지 못하고 불귀의 객이 될 것이다. 육모탕은 다행이라고 생각했다. 자신의 상상력이 뛰어나서 막당을 지금껏 붙잡을 수 있다는 것이 너무도 행복했다. 제자의 무공은 사부의 상상력을 향해 질주하고 있었다. 무엇을 상상하든 그 이상을 달려갈 수 있다는 걸 보여주는 제자가 세상에 어디 있단 말인가. 흐뭇했다. 이제 곧 막당은 그 지독한 냄새를 풍기는 가죽의 무공을 대성하게 된다.

다음부터는 자신이 상상했던 꿈의 무공 '군림만불지옥황상제신공(君臨萬佛之玉皇上帝神功)'을 연공하게 될 것이다. 그때를 생각하니 가슴이 두근거려 견딜 수가 없었다. 육모탕은 막당이 구십팔 번째 복습을 마쳤을 때 살짝 언질을 주었다. 막당이 크게 기뻐하며 더욱 열심히 연공했다.

"절대 그럴 일 없으니 꿈도 꾸지 말아라."

제갈당숙이 간만에 멱살을 잡으며 으르렁거렸다. 막당이 눈물을 머금고 급속하게 고개를 끄덕거렸다.

"내가 곧 새로운 무공을 전해줄 것이다. 거기에 다른 이름을 붙여주면, 행여나 아까 그 이름이면! 너 죽고 다 죽는다. 미치겠구나, 이거. 네 사부 놈이 하는 말을 들으면 아무래도 곧 시작할 것 같은데 시간이 없어. 이걸 어쩐다? 아무튼 나도 속성으로 창안하마. 그때까지 넌… 음……."

"……."

"대충 좀 수련해, 이 자식아! 인정머리없는 자식!"

빡!

제갈당숙은 막당의 머리통을 세게 후려친 뒤 잽싸게 사라졌다. 곧 연무장으로 곽성린이 나타났다.

"혼자 뭐라고 떠들었어? 어머! 왜 그래, 당아야?"

막당이 뒤통수를 움켜쥔 채 무릎을 꿇고 있다가 급히 일어서며 옷을 털었다.

"떠들지 않았습니다, 린 사저. 그냥 제 뒤통수를 붙잡고 무릎을 꿇었을 뿐입니다."

"응. 왜 그런 놀이를 했냐고 묻고 싶지만 참을게. 초구는 어쨌어?"

"저도 모르겠습니다. 아마도 풀을 뜯어먹으러 산행을 한 듯싶습니다."

"너만큼이나 괴상한 돼지라니까. 저번처럼 사람같이 생긴 징그러운 칡뿌리를 물고 오기만 해봐라."

"그걸 먹으면 몸에 열이 나고 배가 아프니 독이 들었을 듯합니다. 초구에게 먹지 말라고 일러두었습니다."

“소용없더라, 뭐. 먹는 것에 대해서는 말을 듣지를 않으니 돼지는 맞나 봐. 그래도 튼튼하니 별걱정은 없을 거야. 아무튼 연공 끝났으면 빨리 가자. 언니가 지금 연장들 꺼내느라 고생하고 있거든.”

“예, 린 사저. 마침 끝났습니다.”

막당은 곽성린의 뒤를 따라 연공장을 떠났다. 낙화동에 들어서니 마당 한가득 연장이 놓여져 있었다. 우화경은 넓적한 나무 그릇에 폭포의 물을 떠오던 참이었다. 막당이 팔을 걷어붙이며 심호흡을 했다. 우화경이 마련한 자리에 앉아서 낫을 제일 먼저 들었는데, 곽성린이 기다렸다는 듯 옆에 바짝 붙어 숫돌을 앞에 두었다. 막당은 낫을 들며 우화경을 보았다. 우화경이 곽성린의 눈치를 보며 멀찌감치 떨어진 곳에 물그릇을 내려놓았다.

“엥?”

곽성린은 우화경의 그런 행동에 미안함을 느꼈는지 멋쩍은 얼굴로 일어나서 물그릇을 막당의 곁으로 옮겼다. 그리고 채소들이 모인 곳으로 걸어가려던 우화경을 불렀다. 우화경이 멈춰 서며 멍한 표정을 짓자 곽성린이 끌어안았다.

“또 왜 이래?”

“언니, 이젠 당아랑 손잡아도 괜찮아. 눈치 보니까 내가 더 미안하잖아.”

“내가 안 괜찮아. 그땐 정말 실수한 거야.”

“응웅, 알아. 아참, 당아야.”

막당이 낫을 갈려다 말고 고개를 들었다. 정면에 우화경이 보였고, 그 뒤에 곽성린이 있었다. 곽성린은 뒤에서 우화경의 목을 끌어안은 상태였는데 얼굴 가득 장난기가 배어 있었다. 막당이 응시하는 동안, 곽성린의 우수가 천천히 내려갔다. 막당이 낫을 든 채 침묵하며 곽성린의 다음 말을 기다렸다. 곽성린이 말했다.

“이거 봐라.”

“예, 보겠습니다.”

휙!

“무지 하얗지?”

“꺄아아악!”

우화경의 비명 소리가 낙화동 전체를 휘저었다. 곽성린이 우수로 우화경의 치마 끝을 들어서 허벅지의 하얀 살을 보여 줬던 것이다. 막당이 고개를 끄덕이며 ‘예, 하얗습니다’ 라고 대답하다가 우화경의 신발에 얼굴을 맞았다. 막당 뒤쪽에 있던 집에서 흐느끼는 소리가 들렸다. 육모탕의 방문이 반쯤 열려 있었는데, 그곳에 메기수염이 눈물에 젖어 있었다.

“이 사부가 늘그막에 호강하는구나.”

또 하나의 신발이 날아왔다.

육모탕은 우화경의 신발이 수염을 세 가닥이나 뽑았다며 엄살을 부렸다. 덕분에 연장을 가꾸는 일은 막당과 곽성린이 전담했고, 우화경은 채소의 썩은 부위를 골라내는 일을 맡았다. 월동 준비를 모두 마쳤을 때는 이미 해가 져서 앞을 가늠하기가 어려웠다. 우화경이 꽁꽁 얼어버린 손에 입김을 불며 방에 들어갔다. 반면 곽성린은 막당이 연장 치우는 것을 도와준 뒤, 스스로 장작을 가져와 아궁이에 불을 지피는 일도 참여했다. 하루 일과를 모두 마쳤을 때 곽성린은 막당의 팔을 붙잡고 늘어지며 말했다.

"당아야, 이제부터 뭐 할 거야?"

"사부님께 허락을 받으면 무공을 연마할 생각이었습니다."

"그래?"

곽성린의 얼굴에 머금어졌던 웃음이 가라앉았다.

"나한테는 허락 안 받아?"

"허락해 주십시오, 린 사저."

당황해하며 부탁하는 막당에게 곽성린은 매정한 얼굴로 말했다.

"안 돼. 이제부터 넌 나랑 놀아야 해."

"예, 그리하겠습니다."

막당이 대답함과 동시에 육모탕의 방에서 노래를 흥얼거리듯 운율 섞인 목소리가 흘러나왔다.

"내년 가을에는 식구가 늘겠구나."

"제발 그따위 소리 좀 하지 말아요!"

육모탕의 방을 향해 호되게 소리친 곽성린은 거칠게 머리를 긁적이다가 막당의 손을 잡아끌었다. 곽성린이 향한 곳은 연무장이었다. 막당은 곽성린의 손에 이끌리며 환히 웃었다.

"같이 무공을 연마하며 노는 것입니까?"

"사부님이 널 완전히 버려놨구나. 가끔은 짜증 난다니까. 언제부터 네가 그렇게 무공에만 열을 올리게 된 거니? 이쯤 됐으면 넌 보통 실력이 아니라고. 어쩌면 네 뺨에 용을 새긴 그 땡초도 너를 못 당할걸?"

"제자 스님 말입니까?"

"그래, 네 제자. 그러고 보니 그 땡초는 성질 좀 고쳤나 몰라."

"저희가 지금 연무장을 지나쳤습니다."

"누가 연무장 간대? 우리는 지금 곰을 잡으러 가는 거야."

막당이 놀란 듯 걸음을 멈추는 바람에 곽성린이 뒤로 자빠질 뻔했다. 간신히 중심을 잡은 곽성린이 표독한 얼굴로 막당을 돌아봤다. 막당이 겁에 질려 있었다.

"곰은 무섭습니다. 소몰이 형님의 아버님께서 곰의 앞발에 쓸려 돌아가셨습니다."

"그거야 내가 알 바 아냐. 언제까지 내 비밀 지대를 곰한테 빼앗길 수는 없잖아? 지금의 너라면 충분히 곰을 잡고도 남을 거야."

"비밀 지대라뇨?"

"전에 네가 곰을 만났던 곳 말야. 절벽에서 떨어졌을 때 기억나지 않아? 원래 그 동굴이 나랑 언니가 자주 찾던 비밀 동굴이었어. 네가 그곳에서 곰을 봤다고 했을 때 얼마나 놀랐다고. 하지만 이제는 괜찮아. 너와 내가 힘을 합하면 곰 따위야 한 방에 죽을 거야."

곽성린이 말을 마치는 순간, 숲에서 '후닥닥' 하는 소리가 들렸다. 당장이라도 곰을 잡을 것처럼 호방하게 웃음 짓던 곽성린은 그 소리에 기겁하며 막당에게 바짝 붙었다. 막당이 침묵하며 곽성린을 물끄러미 주시했다. 뒤늦게 곽성린이 얼굴을 붉히며 막당에게서 떨어졌다. 막당은 여전히 무표정한 얼굴로 곽성린을 마주하고 있었다.

"……."

"……."

서로 한참을 침묵하며 횃불을 사이에 둔 채 얼굴을 마주했다. 곽성린이 점차 부끄러움을 느끼며 얼굴에 홍조를 띠었을 때, 막당이 갑작스레 손뼉을 치며 중얼거렸다.

"아, 그 곰 말입니까?"

"이제 생각난 거니?"

곽성린은 만면에 실망을 담고 불평했다. 막당이 말했다.

"곰은 없을 겁니다. 그러니 가시면 안 됩니다."

"지금 너, 철학하니? 곰이 없다면 마음 편히 가야지."

"아닙니다, 아닙니다. 린 사저께서 그곳에 가시면 안 됩니다.”

“간다. 너도 따라와.”

“예, 린 사저.”

막당은 울상이 된 채 곽성린의 뒤를 쫓았다. 얼마 지나지 않아 바위가 이리저리 뒤섞인 지역에 도달했다. 횃불의 빛이 바람에 일렁이며 기암들의 모습을 이리저리 바꿨는데, 그 사이로 시커먼 아가리가 모습을 드러냈다. 막당도 처음 보는 곳이었다. 곽성린이 먼저 기암들을 밟고 동굴 입구가 있는 곳에 올랐다. 막당은 잠시 고민하다가 단숨에 도약했다. 막당의 도약력에 감탄한 곽성린은 좀 더 자신감있는 동작으로 동굴 입구로 걸었다. 막당이라면 분명히 동굴 속의 곰을 잡을 수 있을 것이다.

“여기 맞지?”

“예?”

“네가 곰을 봤다는 동굴 말야. 여기지?”

“아, 맞습니다. 이런 곳에 동굴도 있었군요.”

“철학하지 말랬지!”

“예, 린 사저. 철학하지 않겠습니다.”

횃불이 밝힌 동굴 내부는 제법 널찍하여 막당으로 하여금 감탄을 자아내게 했다. 겨울바람이 동굴 안을 흐르고 있었지만 묘하게도 서늘한 기운이 없었다. 통풍이 잘되는 동굴치고는 제법 따뜻해서 사람이 살아도 무리가 없을 만한 곳이다.

막당이 곽성린의 뒤를 쫓다가 묘한 소리를 들었다. 막당은 횃불을 든 채 멈춰 서서 멍한 얼굴로 반문했다.

"예?"

"예라니? 내가 무슨 말 했어?"

"하지 않으셨습니다."

"죽는다, 너? 또 한 번 겁을 주면 나머지 뺨에 초구 문신을 새겨 넣을 테니까 각오해."

"잘못했습니다, 린 사저."

그때 막당의 귀에 또다시 목소리가 들렸다. 막당이 또 한 번 반문하려다가 급히 스스로 입을 막았다. 소리가 들린 곳으로 시선을 옮기니 동굴 위로 통하는 작은 구멍으로 제갈당숙의 험악한 얼굴이 보였다.

"두고 보자, 이놈. 네 잘못이 아니라는 건 나도 알지만 네가 어떻게든 이 사태를 수습해라. 다시는 저 계집애가 이곳을 찾지 못하도록 만들어라! 대, 대답은 하지 말고! 알아들었으면 그냥 머리만 끄덕여!"

막당이 겁먹은 얼굴로 조심스레 고개를 끄덕였다. 그 짧은 시간에 바람처럼 동굴로 들어와 청소를 한 듯 제갈당숙은 한 품 가득 잡다한 것들을 끌어안고 있었다. 곧 제갈당숙이 동굴 천장의 구멍에서 모습을 감췄다. 차가운 바람이 그곳 구멍에서 세차게 밀려와 횃불을 휘저었다. 더 이상 제갈당숙의 전음은 들리지 않았다.

"정말 곰은 없구나. 넌 어떻게 알았어?"

"예?"

"이제는 곰이 없다는 걸 어떻게 알았냐고?"

"저는… 어… 저는……."

막당이 어쩔 줄을 몰라 안절부절못했다. 곽성린은 답답한 듯 가슴을 치더니 손을 휘저으며 '됐어!' 라고 말했다. 그리고 동굴 구석에 튀어나온 돌을 쓰다듬더니 그곳에 앉아 기지개를 켰다.

"역시 여기가 제일 편해."

"이곳에 자주 오셨습니까?"

"응. 너랑 같이 낙화동에 처음 왔을 때는 언니랑 자주 와서 놀았어. 그런데 네가 여기서 곰을 봤다고 하기에 그 이후론 못 왔지. 앞으로는 자주 올 거야."

막당이 심각하게 고민하더니 일생일대의 결심을 한 사람처럼 굳은 얼굴로 말했다.

"안 됩니다, 린 사저. 곰이 또 올 겁니다."

"그럼 네가 잡아줘. 앞으로는 너도 함께 이곳에 데려올 테니까."

막당이 식은땀을 흘리며 당황하다가 두 팔을 힘껏 벌렸다.

"이만큼 큰 곰입니다! 제가 모, 못 잡을 겁니다!"

"괜찮아. 언니랑 내가 합심하면 그보다 더 큰 곰도 잡을 수 있어. 걱정하지 말고 앞으로 여기 자주 와서 놀자, 당아야."

"이, 이, 이, 이만큼 큰 곰이… 어, 어, 아! 이, 이, 이만큼 많이 있습니다! 합심해도 못 잡습니다! 호, 호랑이도 있습니다!"
드디어 곽성린이 머리를 거칠게 긁었다.
"왜 그런 거짓말을 하니? 여기에 꿀단지라도 숨겨놓았어?"
"거, 거, 거, 거짓말이……."
"그만 해. 내가 좋아하는 놈이 바보라는 것을 새삼 심각하
게 일깨워서 좌절하게 만드는 중이잖아, 너. 네가 왜 그런 거
짓말을 했는지는 나중에 두들겨 패서 물어보면 되니까 지금
은 입 다물어. 여기까지 와서 그런 사소한 일로 기분 상하긴
싫다고. 난 너랑 놀러 온 거야."
"죽을죄를 지었습니다, 린 사저."
막당이 결국 무릎을 꿇고 용서를 빌었다. 곽성린은 꺄르르
웃음을 터뜨리며 막당의 꼴을 즐겼다. 새가 가지를 떨치듯 가
볍게 도약하며 몸을 일으킨 곽성린이 금세 막당의 앞에 도달
하며 머리를 쓰다듬었다.
"내가 널 좋아하니까 상관없어. 하지만 앞으론 거짓말하면
안 돼."
막당이 눈물이 글썽한 얼굴을 들어 고개를 끄덕였다. 하지
만 곽성린은 그 모습을 보지 못했다. 너무 바빠서 볼 수가 없
었다. 막당의 뒤쪽을 향해 멍한 시선을 고정하고, 입술도 떨
어야 하고, 어깨도 사시나무처럼 요동쳐야 했고, 외간남자의
머리에 얹은 손에 힘을 주느라 정신이 없었다. 곽성린은 간신
히 짬을 내어 중얼거렸다.

"거짓말이 아니었구나."

"예?"

크워어엉!

동굴 입구 쪽에서 울부짖는 소리가 들렸다. 막당이 대경하여 고개를 돌리니 정말로 곰 한 마리가 몸을 세우고 포효하는 중이었다. 울부짖는 소리가 어찌나 큰지 귀를 막아도 정신이 혼미할 지경이다. 곽성린이 창백한 얼굴로 소리쳤다.

"다, 다, 당아야! 저놈의 덩치가 가냘픈 것을 보니 오래 굶어서 힘이 없을 거야! 머리를 노려!"

"예, 린 사저!"

막당은 급히 몸을 일으켜 곰을 향해 달려들었다. 곰이 앞발을 번쩍 치켜들며 막당을 공격할 위세를 보였다. 그보다 먼저 막당이 무성신법을 펼쳐 빠르게 왼쪽으로 붙었다. 곽성린은 두 주먹에 힘을 주며 고함쳤다.

"지금이야! 파황제일권(破皇第一拳)을 먹여!"

"예, 린 사저!"

막당의 우권이 곰의 복부를 노리며 빠르게 선을 그렸다. 그 순간 곰의 앞발이 반원의 잔상을 그리더니 막당의 우권을 교묘히 흩뜨리며 공세를 무위로 돌렸다. 막당은 당황하지 않고 귀암곡의 무공을 사용했다. 파쇄주(破碎肘)의 강력한 왼쪽 팔꿈치 일격이 곰의 왼쪽 겨드랑이를 노리며 바람을 일으켰다. 곰은 상체를 왼쪽으로 크게 회전하며 막당의 공격을 피함과 동시에 오른쪽 어깨로 일격을 가했다.

퍽!

콰앙!

막당은 곰의 오른쪽 어깨에 쇄골을 얻어맞고 나자빠졌다. 하지만 바닥을 뒹구는 동작으로 몸을 일으키더니 곧장 파천쌍익붕의 기세로 도약하며 쌍장을 뻗었다. 목을 노린 일격이었지만 곰이 더 빨랐다. 곰은 막당의 쌍장 사이로 오른쪽 앞발을 밀어 넣더니 부채처럼 휘두르며 쌍장 사이를 벌려놓았다. 어느새 막당은 곰의 앞발에 멱살을 잡혀 또 다른 앞발로 정신없이 싸대기를 맞았다. 곽성린이 황망한 얼굴로 외쳤다.

"난 몰라! 곰이 원래 저렇게 무공이 뛰어난가?"

우어어어엉!

곰은 막당을 곽성린 쪽으로 집어 던지며 다시 한 번 포효했다. 그 엄청난 울음소리를 견디지 못하고 곽성린이 코피를 흘렸다. 곽성린은 무릎을 꿇은 채 신음하다가 울먹이며 말했다.

"당아야, 너라도 도망쳐! 너라면 분명 도망은 칠 수 있을 거야."

"싫습니다."

막당이 짤막하게 대답했다. 하지만 곽성린은 귀를 틀어막고 있었던지라 듣지 못했다. 막당이 도망치지 않고 곰과 맞서자 곽성린은 억지로 무릎을 펴며 일어났다. 곰은 여전히 울부짖었고, 울음소리가 커질 때마다 곽성린의 무릎이 꺾였다. 코에서 쉴 새 없이 피가 흘렀다. 그 모습을 본 막당이 더 이상 안 되겠다 싶었는지 방어세를 공격세로 바꿨다.

"이야아아아!"

막당이 힘차게 내달리며 곰을 향해 일권을 뻗는 순간 곰이 사라졌다. 막당은 대경하여 뒤를 돌아봤다. 어느새 곰이 곽성린의 옆에 있었다. 곽성린은 창백한 얼굴이 되어 급히 무성신법을 펼쳤지만 곰의 앞발이 좀 더 빨랐다. 달리던 곳으로 앞발이 내밀어지자 곽성린은 목이 걸려서 뒤로 나자빠졌다.

"캑!"

쿵!

곰은 자신을 향해 달려드는 막당을 무시한 채 곽성린에게 힘껏 앞발을 뻗었다.

툭!

일격이 곽성린을 강타했다. 곧 곽성린이 눈을 감으며 힘없이 중얼거렸다.

"곰이… 혈도를 찍어?"

제갈당숙과 막당은 새근새근 잠들어 있는 곽성린을 가운데 놓고 고민했다. 동굴 안으로 찬바람이 가끔 들어왔기 때문에 제갈당숙의 웅피(熊皮)는 곽성린의 몸 위에 놓여져 있었다. 제갈당숙이 냄새 지독한 한숨을 뿜으며 중얼거렸다.

"이걸 어쩔까? 아무튼 곰이 있다는 건 알렸으니 다시는 오지 않겠지?"

"예, 새사부님. 다시는 오지 않을 것입니다."

"그럼 남은 건 네가 무슨 수로 이 계집을 데리고 동굴을 벗어났느냐를 말하는 부분인데……."

"새사부님께서 솔직하게 말씀하시고 같이 사는 것은 어떻겠습니까?"

"뭐?"

"린 사저는 혜안(慧眼)이 있어 제 거짓말을 꿰뚫어 보십니다. 쉽게 속이지는 못할 것입니다."

"이 계집이 혜안을 가진 게 아니라 네가 우설(愚舌)을 가진 거다. 그 돼지도 네 거짓말은 알아볼걸? 어휴! 이것도 은근히 답답하네. 일단 혼절부터 시키고 혈을 찍을 걸 그랬어. 이 계집이 아무리 우둔해도 곰이 혈도를 찍었다는 걸 믿을 리 없지."

"그러니 이제 동굴을 나오셔서……."

"시끄러, 이놈아! 그럴 거면 내가 왜 곰 가죽을 뒤집어쓰고 이 짓을 했겠느냐! 빨리 무슨 수를 강구하지 못할까!"

"린 사저가 깨어나면 제가 거짓말을 하겠습니다."

"뭐라고 할 건데?"

"알고 보니 총명한 곰이었다고……."

"……."

일 다경이 지났지만 제갈당숙은 뾰족한 수를 찾아내지 못하고 연신 혀를 찼다. 막당은 제갈당숙에게 얻어맞은 정수리를 아직까지 움켜쥔 채 신음하는 중이다. 한참 만에 제갈당숙이 결심한 듯 말했다.

"어쩔 수 없다. 이 계집을 죽이자."

막당이 몸으로 답했다. 입을 삐죽 내밀고 곽성린을 감싸 안은 것이다. 제갈당숙은 볼을 스치던 머리카락에서 이 한 마리를 잡아채더니 손가락으로 짓눌러 죽였다.

"그럼 어쩌란 말이냐? 너는 결코 이 계집을 속이지 못해. 결국 내가 있다는 것을 모두 알게 될 터인데, 그렇게 된다면 이 계집뿐 아니라 모두가 죽임을 당할 것이야."

"같이 살면 됩니다!"

막당이 단호하게 외쳤다. 제갈당숙이 혹시나 싶어서 목소리에 힘을 주었다.

"다 죽인다. 알겠느냐?"

"같이 삽니다."

"헉! 이놈이 이렇게 대답할 때도 있군."

제갈당숙은 입맛을 다시며 동굴 안을 이리저리 돌아다녔다. 한참 뒤에 제갈당숙이 막당의 뒤에서 신음성을 뱉었다.

"알았으니 그만 안아라. 여자를 좋아하지는 않으나 색욕은 모두 지우지 못했는데 네놈이 지금 내 복장을 뒤집는구나. 내가 열이 뻗쳐 죽으면 염장(殮葬)이라도 해줄 셈이냐?"

"안 죽이시는 겁니까?"

"죽이지 않겠다. 일 다경쯤 더 지나면 깨어날 테니 너는 나를 따라오너라."

그제야 막당이 환하게 웃으며 곽성린을 놓았다. 제갈당숙의 뒤를 따라 동굴을 나오니 칠흑처럼 깊은 밤이 둘을 맞이했다. 하늘이 훤히 트여 별이 총총했고, 달이 정면에서 광채를 발해 숲의 그림자들을 일궜다. 제갈당숙은 을씨년스러운 초겨울의 하늘을 보며 혼잣말을 하듯 중얼거렸다.

"그간 맥(脈)을 짚을 수 없어 난감했는데, 곰 가죽을 뒤집어쓰고 저 하늘을 보았더니 그게 보이더라."

막당은 제갈당숙이 무슨 말을 하는지 몰라 침묵했다. 제갈당숙은 막당에게 고개를 돌리며 미소 지었다. 달을 뒤통수에 짊어지고 후광으로 만들어낸 자의 그림자는 겨울 하늘을 떠받든 숲의 그림자만큼이나 청명했다. 제갈당숙은 천천히 손을 들어 달을 가리켰다.

"네놈을 도울 요량으로 곰 가죽을 들고 여기로 나왔다. 가죽을 뒤집어쓰니 내 신세가 처량하더구나. 계집 때문에 집에서 쫓겨나 이 곰 짓거리를 하는 걸 사부님이 보셨다면, 분명 단칼에 베셨을 것이다. 하도 답답하여 하늘을 보니 저 달이 있더라. 보이느냐? 만월이다."

"보입니다, 새사부님."

"달이 어떠하냐?"

"밝습니다. 그리고 차갑습니다."

"차갑다고?"

제갈당숙이 의외라는 듯 눈을 치켜떴다. 거북 등짝처럼 거친 손이 막당의 어깨를 부여잡았다.

"방금 차갑다고 했냐?"

"예, 새사부님. 달이 차갑게 밝습니다."

"흠……."

"……."

"음……."

"잘못했습니다. 차갑지 않습니다."

딱!

"줏대 좀 있어봐라, 이놈아!"

머리를 움켜쥔 채 무릎을 꿇고 있는 막당에게로 제갈당숙의 미소와 달빛이 머물렀다. 제갈당숙은 고개를 돌려 만월을 보았다. 별이 총총하나 그 어느 것도 달빛에 비할 바가 아니었다. 깊은 어둠은 달빛에 이르러 힘을 잃었고, 대지에 깔린 숲 그림자는 달빛의 도움을 받아 힘을 얻었다. 그 모든 것이 차갑고 을씨년스러웠다. 자신의 인생도 그랬다. 어릴 때 고아가 되어 떠돌다가 금사희의 눈에 들어 제자가 되었는데, 주변의 어느 누구도 따뜻한 말 한마디를 건네지 않았다. 자신을 거두어준 금사희도 마찬가지였다. 그래서 제갈당숙은 혼자이기를 즐겼다. 혼자 수련하고 혼자 생각하고 혼자 유희하고 혼자 웃고 혼자 울었다. 그리고 혼자 떠났다. 언제나 자신의 주변은 차가웠다. 봄, 여름, 가을, 겨울이 모두 을씨년스러웠다.

"네게 전해줄 무공은 이미 완성되었다. 그러나 그 무공들이 제각각이라 하나로 보기 어려웠지. 히히."

제갈당숙은 막당을 뒤로한 채 중얼거렸다. 막당이 일어서는 소리가 들렸다. 어떻게 대답해야 할지 난감해하는 것만 같다. 보지 않아도 알 수 있을 만큼 행동이 단순한 녀석이다. 하지만 그것이 오히려 마음에 들었다. 제갈당숙은 또다시 중얼거렸다.

"그러니 제각각으로 줄 생각이었다. 네가 빠른 정진을 보여서 그 얼토당토않은 이름의 무공을 배우게 될까 걱정되었으니 방법이 없었지. 하지만 뭔가 아쉬웠어. 아무리 봐도 내가 창안하여 모아놓은 이 무공들이 어딘가 비슷한 점을 가지고 있었거든. 맥이 있었다. 분명히 이 무공들은 하나의 맥을 가지고 있었던 거야."

"저는……."

"애써 대답할 필요 없어. 내가 너에게 이르는 말이다. 말을 하지 않으면 맞을 일도 없으니 계속 입을 다물고 있거라."

"예, 새사부님."

제갈당숙이 달을 향해 웃음을 터뜨렸다. 맥을 찾지 못한 이유는 막당 때문이었다. 육모탕 때문이었고, 널뛰기 때문이었다. 노래 때문이었으며, 가끔 자신의 곁에 웅크려 앉아 코를 벌름거리는 초구 때문이었다. 차가운 사계(四季)가 슬그머니 자신의 곁을 떠나려 했다. 을씨년스러운 동굴 속이 자신과 어울렸으나, 이제는 동굴 안보다 바깥에 있는 경우가 비일비재했다. 예전에는 동굴을 찾아와 떠드는 계집들이 싫어서 살기를 담았었는데, 지금은 육모탕과 곽성린의 수다조차 아무렇지도 않게 감상했다. 그래서 맥을 찾지 못했다. 언제나 자신의 곁에 있던 놈을 잊고 있었다.

"내 무공은 차갑다. 히히히, 나의 인생이니 차가울 수밖에 없지. 냉혹하지는 않으나 그 누구도 배려하지 않으며, 대성하기 위해서는 홀로 수련해야 돼. 상대를 그리워하나 누구도 받아들이지 않는다. 그렇기 때문에 적을 만나 상대하면 일격에 죽이겠지. 적과 오래 비무하면 상대가 그리워 붙잡고 있는 듯하니 심마에 빠지게 될걸? 히힛! 크하하하! 무공은 인생이라더니, 틀리지 않구나. 하나같이 이런 무공들만 창안하게 될 줄이야."

홀로 있을 때 창안했던 무공들을 다시 모았으니 당연한 결과였다. 제갈당숙은 달을 보며 깨우쳤다. 저 차가운 일점에 자신이 담겨져 있었다. 조금만 늦었다면 제갈당숙의 무공은 영원히 기억 속에서 사라져 버렸을지도 모른다. 그 원흉인 막당을 향해 제갈당숙의 시선이 돌아갔다.

"네가 받을 무공의 이름은 동월공(冬月功)이다. 네 사부가 그것에 어떠한 이름을 붙이더라도 이 이름을 잊어서는 안 돼.

이는 내가 나의 무공에 욕심을 부리는 것이 아니라 겨울의 달이 화룡점정(畵龍點睛)의 뜻을 갖고 있기 때문이다. 저 집에서 살았으니 너도 봤겠지. 좌정할 수 있는 널찍한 바위가 하나 있었지? 평평해서 앉기 편한 바위 말야.”

“…….”

빠악!

“있었습니다! 있었습니다! 그곳에 앉아서 파를 다듬었습니다!”

제갈당숙은 다시 달을 보았다.

“내가 이룬 최고의 성과는 그곳에서 이루어졌어. 힛히, 동월공의 첫 장은 운기조식(運氣調息)이니 그곳에서 하루도 거르지 말고 스스로를 다스려야 해. 나는 이미 다른 조식법을 익혀서 불가능하지만 너나 기타 떨거지들은 가능하다. 그 조식법은 내 사부님의 조식법보다 뛰어나다 할 수 없으나 홀로 운공하여 내상을 치료할 때의 위력이 엄청날 것이야. 큭큭큭! 뛰어난 의원 하나를 곁에 두고 다니는 꼴이겠지. 게다가 다른 조식법과 호환성이 있어서 어떤 조식법을 같이 익히더라도, 심지어 마공(魔功)의 조식법을 같이 익히더라도 무리가 없다. 공작천의 조식법보다는 정진이 느리겠지만 분명 훗날에는 더 큰 효과를 보겠지.”

“새겨듣겠습니다.”

“하지만 명심해! 그 조식법은 스스로를 차갑고 외롭고 쓸쓸하게 여겨야 수월한 진척을 보이게 된다. 조식이 제대로 이루어지지 않으면 저 달을 떠올려라. 차가운 겨울의 달이 너의 운기조식을 돕고, 또 다른 무공의 정진에 일조할 것이다. 그래서 겨울의 달을 잊으면 안 돼. 다시 묻겠다. 저 달이 어떠하냐?"

"밝습니다. 그리고 차갑습니다."

"그래, 됐다."

말을 마친 제갈당숙이 달을 외면하며 막당을, 그리고 동굴의 입구를 바라보았다. 제갈당숙은 쓰게 웃으며 말했다.

"너도 알았느냐?"

"예."

곽성린이 겁에 질린 얼굴로 답했다. 막당이 급히 몸을 일으키며 외쳤다.

"깨어나셨습니까, 린 사저!"

"당아야, 그 할아버지는 누구셔?"

"아까 그 곰입니다!"

"……."

막당이 환한 얼굴로 웃다가 달빛에 비친 곽성린의 표정을 확인하더니 식은땀을 흘렸다. 막당은 슬그머니 뒤쪽으로 눈을 흘기다가 잽싸게 몸을 돌리며 부복했다.

"죄송합니다! 죄송합니다!"

"됐다. 히히히, 나도 잠깐은 곰이 되리라 짐작했다. 거기

처자야."

"예, 할아버지."

"이리 오너라."

"가고 싶지만 냄새가 너무 독해서 좀……."

곽성린이 머뭇거리며 어색하게 웃었다. 달빛을 후광으로 업은 자가 잠시 침묵했다. 들고 온 횃불을 좀 더 내밀어서 표정을 확인했더니 미소를 짓고 있었다. 외형상으로는 무척 온화한 미소였는데 뭔가 달랐다. 곽성린이 긴장하며 막당에게로 바짝 붙었다.

"당아야, 저 할아버지… 성질 더럽니?"

막당이 슬그머니 제갈당숙의 눈치를 보다가 급히 손을 휘저으며 '아닙니다! 아닙니다!'라고 답했다. 곽성린은 그 순간 잽싸게 제갈당숙의 곁으로 달려가서 농담이었다고 말했다. 비로소 제갈당숙이 살기를 지우고 독룡의 숨결에 버금가는 한숨을 뱉었다.

"앞으로는 네가 나를 도와야겠다."

"말씀만 하세요, 할아버지."

"나는 네 사부의 사부가 되는 자야. 앞으로는 이 아이처럼 새사부라 불러라."

"예, 새사부님. 제가 뭘 어떻게 도와드리면 될까요?"

"앞으로는 내 집에 와서 떠들지 좀 말아라. 솔직히 말해서 너희 식구들 중 네가 제일 찢어 죽이고 싶은 애였다."

곽성린의 얼굴이 달빛처럼 창백해졌다. 제갈당숙은 곽성린의 얼굴이 어찌 됐든 알 바 아니라는 듯 말을 이었다.

"자세한 내용은 이놈에게 들어라. 네가 특별하게 해야 할 일은 조만간 내가 전해줄 무공이 '동월공'이라는 이름을 가질 수 있도록 네 사부를 구워삶는 것이야."

그러자 곽성린이 막당 쪽으로 눈을 흘기며 침묵했다. 제갈당숙도 대답을 듣기 위해 똑같이 침묵했다. 곧 곽성린은 제갈당숙을 향해 조심스레 물었다.

"혹시 당아가 사부님께 전해줬던 그 절세비급이라는 거……."

"내 거다."

곽성린은 늘어지듯 한숨을 쉬더니 웃음 지었다. 제갈당숙과 막당의 관계를 얼추 눈치 챈 듯싶었고, 또한 위험한 존재가 아니라고 여기는 것 같기도 했다. 곽성린은 힘차게 가슴을 두드리며 위용을 부렸다.

"이제부터 걱정 마세요! 그동안 당아 시켜서 속이느라 답답하셨죠? 앞으로는 제가 다 알아서 속일게요! 뭐든지 맡겨만 주세요!"

제갈당숙이 당혹한 표정으로 곽성린을 응시하다가 입가를 씰룩거렸다. 막당이 제갈당숙과 곽성린의 눈치를 보며 어쩔 줄을 몰라 하고 있는데 갑자기 하늘을 채울 듯 커다란 웃음소리가 터져 나왔다.

"살려주기를 잘했어! 이렇게 총명한 계집이 있나! 그래, 네가 참으로 내 마음을 잘 안다! 히히히! 그동안 내가 말은 안 했지만 정말 미치는 줄 알았다! 옳거니! 너라면 안심이야! 이제야 마음 편히 즐길 수 있겠어! 에히! 진작에 이렇게 할 것을!"

곽성린이 따라 웃었다. 막당도 조심스레 미소를 짓기 시작했다. 제갈당숙은 성명을 밝히며 곽성린의 인중에 묻은 코피를 닦아주기까지 했다. 한동안 동굴 입구가 웃음으로 가득 찼다.

한 달 뒤, 막당은 파천쌍익붕을 대성했다. 그리고 새로운 무공을 배우기 시작했는데, 육모탕이 그 이름을 군림만불지옥황상제신공이라 했다. 곽성린은 동월공이 좋다고 했다. 육모탕이 펄쩍 뛰며 막당에게 어느 것이 좋냐고 물었다. 막당도 동월공이 좋다고 했다. 우화경에게 물었더니 모르겠다는 대답이 돌아왔다. 육모탕은 단호하게 자신이 지은 이름을 고집했다. 곽성린은 짐작했다는 듯 고개를 끄덕이더니 그날 하루 사부를 굶겼다.

다음날, 육모탕이 군림만불지동월공은 어떠냐고 물었는데, 곽성린은 대답 대신 낙화동에 곡식이 떨어졌다며 한탄했다. 고래 싸움 속 새우가 되어 하루를 굶은 우화경이 토론에 참여하더니 암고래의 편을 들었다. 육모탕이 허벅지를 치며 동월공만한 이름이 없다고 호통 쳤다.

11장

귀검자(鬼劍者)

귀검자(鬼劍者)

  개문도 천리통파(千里通波)도, 심지어는 사도맹의 환룡문 소속 정보 집단도 일심 법사의 소재를 알지 못했다. 그나마 한 가지 희망이 되는 것은 상관문의 폐가에서부터 정도맹 본산으로 향하는 길이었다. 일심 법사가 상관문의 폐가에서 얻은 정보를 들고 정도맹의 본산으로 향했으니, 분명 그 길을 따라가면 일말의 정보라도 얻을 수 있으리라. 한보와 주향상은 그렇게 생각했지만 녹지현은 달랐다. 녹지현은 끝없이 툴툴대며 둘의 계획에 초를 쳤다.

  "아, 쫓겼다고 하지 않으셨습니까? 쫓기는 사람이 미쳤다고 길을 걷습니까, 험한 산지를 택하여 숨어 다니지? 다 부질 없어요. 그러니 돌아갑시다, 주 사숙."

"돌아갈 수 없다는 건 네가 더 잘 알잖느냐. 전에도 말했듯 일심 법사께서는 중한 정보를 알리기 위해 정도맹으로 향하던 중이셨다. 도중에 정도맹 사람들과 연이 닿기를 바라는 마음이 어찌 없었을까? 필시 목숨을 걸고라도 대로로 향하셨을 것이다."

"세상에, 목이 왔다 갔다 하는데 그깟 정보를 알리려고 대로를 걸어요? 주 사숙도 참 순진하십니다. 법사가 천하의 천축 신승이라도 떼거지에는 장사가 없는 법입니다. 대로를 통했다면 진작에 개 잡듯 맞고 짓밟혀 떡이 되었겠지요. 어쩌면 우리가 땅바닥이 된 법사를 밟고 지나왔을지도 모르겠습니다."

주향상이 눈을 질끈 감고 이를 갈았다. 녹지현은 일심 법사가 자신의 사숙조이자 주향상의 사부라는 것을 모르고 있었다. 그렇기 때문에 강호의 모 씨를 흉보듯 대수롭지 않게 언급하는 것이다. 그것이 도가 지나치면 한보가 늘 중재했다. 지금처럼.

철컹!

"다, 다물게요! 입을 다물겠습니다, 한 소저!"

한보는 기껏 끼운 철권을 다시 뽑으며 퉁명스레 말했다.

"녹 도사의 세 치 혀에 칼이 박혀서 언젠가는 스스로 그 목을 자르게 될 거예요."

"아하, 아하하! 한 소저가 그렇게 말씀하시니 섭섭합니다. 그냥 답답해서 한 말이에요. 발도 아프고 온몸이 쑤십니다. 저 원래 튼튼한 체질입니다. 하지만 어젯밤부터 몸이 으슬으슬 떨리고 뼈마디가 아픈 것이 감기라도 걸린 것 같습니다. 그저께 눈이 좀 많이 왔습니까? 이제 곧 서안(西安)이니 화산(華山)도 멀지 않았습니다. 어디 가까운 마을을 찾아 휴식을 취하며 몸부터 챙기십시다. 한 소저께서 여인의 몸으로 쉬지 않고 걷는 모습이 안타까워 이런 말을 하는 것입니다."

"참 말 많네요."

한보는 어쩔 수 없다는 듯 길게 한숨을 쉬며 가던 길을 재촉했다. 하지만 녹지현의 부탁대로 객잔을 찾자마자 쉴 생각이었다. 녹지현의 투정이 완전한 엄살은 아니었기 때문이다.

이들은 청성산을 떠난 지 육 개월 동안 쉴 새 없이 길을 재촉했고, 각 지역의 정도맹에게 수소문을 하는 한편 도시의 사람들에게 탐문도 했다. 하루도 온전하게 쉰 적이 없었으니 무공이 뛰어나지 못한 녹지현에게는 그야말로 지옥이 따로 없었을 것이다.

"마침 저쪽에 객잔이 있군요. 저기서 식사하고 나서, 잠을 잘 수 있는 객잔도 찾아봐요."

한보가 검지를 뻗으며 웃음 짓자 주향상이 굳은 얼굴로 고개를 저었다.

"안 됩니다. 일단은 이 마을을 지나쳐서 밤을 새더라도 서

안에 도착해야 합니다. 쉬는 것은 그때 합시다."

주향상의 말에 녹지현이 펄쩍 뛰더니 도복을 부여잡고 울상을 지었다.

"믿었던 사숙께서 왜 이러십니까! 정말 이놈이 죽어야 속이 후련하시겠습니까? 지금 당장 버선을 벗어 발바닥을 보여드리리다. 제 발바닥을 보시면 절대 그런 말이 나오지 않습니다. 서안까지 쉬지 않고 가다니요? 저야 죽든 말든 상관없겠으나 한 소저에게 너무 매정한 처사를 내린 것 아닙니까! 여인의 몸으로 어떻게……."

"여자! 여자! 정말 못 참겠네! 이봐요, 녹 도사!"

"헉! 미안합니다, 한 소저. 제가 그만 실언을 했습니다."

"아무튼 쉬어야겠어요, 주 도사님. 발은 괜찮지만 귀가 지쳤어요."

"한 소저께서 다시 생각하셔야 합니다. 이 지역은 저희들이 감당할 곳이 아닙니다."

주향상은 한보와 사형제지간의 연을 갖지 못했다. 한보가 일심 법사를 스승으로 모시지 않겠다고 확고한 뜻을 밝혔기 때문이다. 그 때문에 주향상은 한보에게 예의를 갖췄고, 한보 또한 그랬다. 그것이 오히려 좋은 결과를 낳았다. 녹지현이 일심 법사의 정체를 조금도 눈치 채지 못했던 것이다. 만약 주향상과 한보가 사형제지간으로 행동했다면 눈치 빠른 녹지현은 일심 법사가 청성파와 관계있음을 짐작했을지도 모른다.

"이 지역에 문제가 있어요?"

한보의 말에 녹지현은 우수를 들어 허공으로 크게 호를 그렸다.

"여기서부터 백이십 리 길이 모두 다 사도맹의 영역입니다. 조금만 더 가게 되면 장삭파(張朔波)가 있지요. 그나마 우리들이 청성의 도복을 입고도 이곳을 지날 수 있는 이유는 장삭파의 무리들이 형편없는 수준이기 때문입니다. 그래도 명색이 사도맹의 영역인데 어찌 안심할 수 있겠습니까?"

"음, 몰랐어요. 여기가 사도맹의 영역이라면 차라리 산을 돌아가는 게 더 낫지 않을까요?"

그 말에 녹지현이 거품을 물며 주저앉았다. 그 꼴이 우스웠는지 주향상은 너털웃음을 흘리며 고개를 저었다.

"말했듯 장삭파의 무리들은 시정잡배 이상이 못 되는 자들입니다. 장삭파가 사도맹의 일파로 자리매김할 수 있었던 이유는 오직 파주인 작혈왕(雀血王) 장삭(張朔) 때문이죠. 장삭파는 장삭이 십 년쯤 전에 만든 집단입니다. 인재들이 모일 시간도 부족하거니와 장삭의 성정이 포악하고 괴팍하여 재주 있는 자들은 모두 떠난 지 오래지요. 저희가 장삭을 직접 대면하지 않는 한 큰 걱정은 없을 것입니다."

"그런 집단이 지금껏 용케 살아남았네요."

"그 역시 작혈왕 때문입니다. 장삭파는 장삭 한 명만으로도 사도맹에서 손꼽힐 가치가 있는 집단입니다.”

한보가 호감이 생긴 듯 휘파람을 불며 물었다.

“그 정도로 강해요?”

한보의 물음에 주향상은 잠시 고민하더니 뭔가 생각난 듯 손뼉을 쳤다.

“혹시 남상괴를 아십니까?”

“아, 들었어요. 사부님께서 강호에 계실 때 한 번 뵌 적이 있었대요. 명불허전이 따로 없다느니, 구천대제에 필적할 만한 실력이라느니 하며 엄청나게 칭찬하셨어요.”

“남상괴는 한때 공작왕 금사희의 제일제자였습니다. 그 남상괴가 파문당하자 뒤를 이어서 공작왕의 제일제자가 되었던 이가 바로 작혈왕입니다. 물론 지금은 파문당하여 따로 장삭파를 이룬 것이지요.”

한보가 놀랐는지 혀를 차며 고개를 저었다.

“대단한 인물이네요. 그런 사람이 만든 문파라면 제자들도 뛰어날 것 같은데……. 혹시 정보가 잘못된 것 아녜요?”

“아닙니다. 아까도 말했지만 작혈왕은 문주로 모실 만한 인물이 못 됩니다. 처음에 작혈왕의 명성을 좇아 들어갔던 자들도 결국 혀를 내두르며 뛰쳐나오는 경우가 허다했지요. 남은 자들은 갈 곳이 없어 어쩔 수 없이 머물거나, 작혈왕처럼 포악하고 의협심이 없어 호가호위(狐假虎威)하려는 자들입니다. 그런 이들을 두려워할 필요는 없으니 이곳을 지나도 큰 문제는 없을 것입니다. 하지만 워낙 도리를 모르는 자들뿐이라서 침식(寢食)은 불가합니다. 사악한 술수에 호된 꼴을 당할 수도 있으니까요.”

“그렇다면 탕이라도 한 그릇 먹고 갑시다, 주 사숙. 너무 추워서 뼛속까지 얼어붙었습니다.”

녹지현이 낙담한 얼굴로 애원했다. 그것까지는 거절할 수 없었는지 주향상이 한보에게 고갯짓을 했다. 한보는 녹지현을 향해 한숨을 쉬더니 다시 길을 재촉했고, 결국 처음 발견한 객잔에 자리를 잡았다.

“어서 오십쇼.”

말이 객잔이지, 그저 길목에 천막을 세우고 초수(抄手)와 만두만을 파는 임시소였다. 주인 혼자 운영하는 듯 보였으며 탁자도 그리 많지 않았는데, 의외로 사람이 많았다. 사람들이 제각각 떠들며 웃음을 터뜨렸고, 웅성거림이 한번도 끊기지 않아 제법 흥겨운 분위기였다.

한보는 적당한 곳을 찾아 자리를 잡은 뒤 초수(抄手)를 시켰다. 주인은 다른 두 명의 주문은 듣지도 않고 자리로 돌아가더니 커다란 통에 국자를 넣어 그릇에 탕을 부었다. 그리고 만두가 잔뜩 놓여진 기다란 탁자에서 한 움큼의 만두를 쥐어 그릇 안에 넣고 가져왔다. 상당히 간편한 만둣국인지라 한보가 헛웃음을 터뜨렸다. 그나마 다행인 것은 양념장도 함께 주었다는 점이다. 주인이 탁자에 그릇을 놓자 녹지현이 잽싸게 말했다.

“술도 있으면 한 병 가져오게.”

“예.”

주인은 무뚝뚝하게 대답한 뒤 자신의 자리로 돌아갔다. 주향상이 눈살을 찌푸리며 녹지현을 질책했다.

“이곳에서 술을 마시려 하다니 네가 제정신이 아닌 게로구나.”

“에이, 이 추운 날의 한잔 술은 몸을 녹여주고 정신을 더 온전하게 만드는 법입니다. 그걸 어찌 모르십니까, 주 사숙.”

“철없는 녀석 같으니라고.”

주향상이 혀를 차며 설레설레 고개를 저었다. 주향상은 사질의 무례를 대신 사과할 요량으로 한보를 돌아보다가 급히 시선을 돌리며 얼굴을 붉혔다. 한보가 하의를 풀고 있었기 때문이다. 주향상은 고개를 돌렸지만 녹지현은 아니었다. 녹지현은 짐짓 감탄하며 한보의 다리와 옷의 조각을 감상했다.

“그 옷은 아무리 봐도 신기합니다, 한 소저.”

한보의 청의는 각 부위가 따로 분리될 수 있었다. 관절 부위에 검은 가죽을 덧댄 것이 닳아 해지지 않도록 수를 쓴 것이라 여겼는데, 그뿐 아니라 부위 별로 나뉘어진 천을 수월하게 연결하는 역할도 했다. 그런 한보의 옷은 냇물을 덧씌운 빙막(氷膜)을 깨뜨려 몸을 씻을 때 탁월한 효과를 보였다. 한보는 늘 두 도사의 부러움을 사며 편하게 팔다리를 닦았다.

“우리 사부님께 가서 하나 만들어 달라고 하세요.”

한보가 농담하며 웃었다. 녹지현이 손을 휘저으며 고개를 저었다. 자신이 입기에는 너무 부담되는 옷이었기 때문이다. 그것을 증명하듯 한보가 종아리를 감쌌던 부위를 탁자 위에 올려놓자 덜그덕 소리가 났다. 녹지현이 한번 대수롭지 않게 그것을 들추다가 손목을 상한 적이 있다. 한 부위당 적어도 일곱 근이 넘을 정도의 무게였다. 한보의 옷은 겹겹으로 덧댄 천에 괴이한 광물을 넣어둔 것이다.

"정말 대단하십니다. 저는 그냥 걸어도 죽을 맛인데 어떻게 그걸 입고 동행하십니까?"

녹지현이 한보를 칭찬하며 호쾌하게 웃었다. 주향상도 사질의 말에 동의하듯 고개를 끄덕였다. 한보는 허벅지를 덧댄 천까지 탁자 위에 올려놓은 뒤 허리의 끈을 풀어서 말아놓은 상의의 일부를 늘어뜨렸다. 마치 짧은 치마처럼 상의가 한보의 다리를 가렸다. 그리고 말렸던 부위에 들어간 철근 조각이 우수수 떨어졌다. 한보는 그것들도 마저 주워서 탁자 위에 놓은 뒤 객잔 주인에게 물을 가져오라고 소리쳤다.

"입다 보면 적응이 되어서 그리 힘들지도 않아요. 한번 입어보시겠어요?"

녹지현이 얼굴을 붉히며 웃음으로 답을 대신했다. 주향상이 한숨을 쉬며 핀잔을 줬다.

"남녀가 유별한데 어찌 한 소저께서 입었던 옷을 입으라 하십니까? 하물며 이 녀석은 도사의 신분임을 자각해 주십시오."

"물론 제 옷을 줄 리가 없죠. 전 뭘 입고 다니라고요. 옷을 한 벌 더 가지고 있거든요. 덩치 큰 당아를 생각해서 크게 만들기는 했지만, 제가 하는 것처럼 둘둘 말아서 입으면 별 무리는 없을 거예요. 저희들 중 녹 도사께서 제일 불안하니 이렇게나마 수련하여 근력을 다지시는 것도 좋지 않겠어요?"

"흐음, 그 또한 한 소저의 옷이 아닙니까?"

"말했잖아요. 당아에게 줄 옷이에요."

주향상은 한보의 대답에 잠시 침묵하다가 뒤늦게 생각난 듯 입을 벌렸다.

"그러고 보니 제가 그 일을 잊고 있었군요. 진작에 물어보고 싶었는데 시기를 놓친 것이 지금에 이르렀습니다. 막 대협이 어떤 분인지 궁금하니 알려주실 수 없겠습니까?"

한보가 멍한 얼굴로 주향상을 보다가 살풋 웃음 지었다. 그 웃음에 꾸밈이 없고 귀염성이 붙어 녹지현이 자신도 모르게 침을 삼켰다. 저 웃음을 본 사람은 그 누구도 복대에 숨겨진 흑철권을 떠올리지 못하리라. 한보는 동그란 눈을 이리저리 굴리며 할 말을 고민하더니 결국 또 웃었다.

"하하하! 어떤 녀석이냐 물어도 제가 할 대답이 많지 않아요. 그리 오래 친분을 다졌던 것도 아니거든요."

"참으로 궁금합니다. 유법 스님께서 사부로 칭할 정도의 인물이라면 그만한 가치가 있을 터. 아미의 명량 신니께서도 막 대협을 흠모하여 야채 만두를 드신다고 하지 않았습니까?

빈도가 꼭 한번 뵙고 싶은 분입니다. 사소한 일이라도 좋으니 막 대협의 이야기를 해주십시오.”

“글쎄요.”

한보는 또다시 허공으로 눈을 굴렸다. 턱을 들고 오래 고민하던 한보의 입가에 절로 미소가 번졌다. 한보는 누구도 응시하지 않은 채 청명한 하늘을 즐기며 입을 열었다.

“새끼 돼지가 제 손가락을 빨았어요.”

“예?”

“병이 나서 어미가 죽었어요. 그리고 새끼 또한 병이 나서 죽을 운명이었죠. 신녀님의 천막 앞에서는 병을 쫓는 굿을 준비했고, 저는 병든 돼지들의 우리에 금줄을 달고 있었어요. 그런데 다른 돼지들이 모두 엎드려 신음하고 있는데 그놈만 저를 보며 울었어요. 밥을 보채는 것 같아서 찐 감자를 부수어 내밀었죠. 손바닥에 올려놓았는데, 이놈의 돼지가 감자는 먹지 않고 제 손가락을 빨고 있는 거예요.”

“혹시… 막 대협은 사람이 아닙니까?”

한보가 그 말에 연신 탁자를 두드리며 웃었다. 그리고 눈에 맺힌 물기를 닦아내며 간신히 아니라고 대답했다. 주향상은 손을 내밀어 이야기를 계속할 것을 부탁했다. 주변의 웅성거림을 떨치듯 한보의 동공이 다시 한 번 서녘 하늘을 그리워했다.

“그 돼지는 새끼라서 아이들의 몫이었어요. 서로 싸워 이기는 자가 그 돼지의 주인이 되어 모든 사람들이 보는 앞에서 배를 갈라야 했죠. 그게 우리 마을의 전통이거든요. 싸워야 할 날이 내일이었는데 잠이 오지를 않는 거예요. 내 손가락을 빨며 보채던 돼지의 눈이 자꾸만 생각났어요. 마치 살려달라고 애원하는 것 같은 눈빛이었죠."

"……."

한보는 주향상의 눈을 마주했다. 또 한 번 한보의 눈에 물기가 어렸는데, 이번에는 웃음 때문에 이루어진 방울이 아니었다.

"그래서 다음날 저는 비무에 나가지 않겠다고 했어요. 제 손으로 차마 그 돼지의 배를 가를 수 없었거든요. 그때 당아가 우리 마을을 찾아왔어요."

"아하!"

그제야 주향상이 한보의 이야기를 이해한 듯 고개를 끄덕였다. 녹지현도 탁자를 치며 '무슨 말인가 했습니다' 라고 말했다. 한보는 미소를 머금은 채 말을 이었다.

"당아가 마을에 와서 제일 먼저 한 일은 그 새끼 돼지를 죽이지 말라고 고집 피운 거예요. 그때까지 우리 마을은 굿을 했던 가축을 살린 일이 없었어요. 뭐랄까. 배가 고프면 밥을 먹고 졸리면 잠을 잔다? 그런 당연한 일상처럼 생각했죠. 저 또한 그랬어요. 새끼 돼지를 살리겠다는 생각은 조금도 해본 적이 없었죠. 그런데 당아가 돼지를 살려야 한다고 고집을 피우는 거예요. 저는 제 두 귀로 듣고도 그 말이 실감나지 않았어요."

"막 대협은 정이 많은 분이군요."

주향상이 즐거운 듯 미소 지었다. 한보가 기분 좋은 듯 힘차게 고개를 끄덕였다. 객잔을 가득 메운 사람들이 왁자지껄 떠드는 소리가 흥겨운 가락처럼 들렸다. 한보는 제 흥에 못 이겨 어깨를 들썩거리면서 이야기를 연결했다.

"정뿐만이 아니었어요. 그 돼지를 살리려면 싸워 이겨야 한다는 말을 듣더니 싸우더라고요. 그 이전까지 단 한 번도 싸운 적이 없는 아이가 분명했어요. 보면 알거든요. 일단 돼지를 살릴 수 있다는 게 너무 좋아서 저도 참여했죠. 당아가 지더라도 제가 이기면 된다고 생각했어요. 돼지를 살릴 길이 있다는 것을 알게 된 순간 이미 돼지는 살아난 거예요. 길이 있으면 저는 가니까요. 당아가 제게 길을 보여준 것만으로도 목적은 달성한 것이나 다름없었어요."

"역시 한 소저답습니다. 대단한 자신감이군요."

녹지현이 포권하며 칭찬했다. 한보는 달갑지 않은 칭찬인 듯 어깨를 으쓱하며 두 사람에게서 시선을 치웠다. 하늘이 맑았고, 시야에 들어오지 않는 땅이 소란스러웠다. 즐거워 떠드는 하늘처럼 여겨지는 것이 기분 좋았다.

"당아는 그런 제 자신감을 부끄럽게 만든 녀석이죠. 한 번도 싸우지 않았던 녀석이 결의만으로 모두를 이겼어요. 당아가 태목구까지 이겼을 때, 전 창피해서 쥐구멍에라도 들어가고 싶었어요. 싸울 엄두가 안 났죠. 당아는 두렵지 않으나 당아를 이긴 후가 두려워서 싸우기가 겁났어요. 그래서 배가 아프다는 핑계로 싸움을 포기했죠.”

“으으음……”

주향상이 고개를 주억거렸다. 한보가 바라보는 하늘에 애틋한 연민의 기운이 느껴졌다. 주향상은 유법과 명량 신니의 행동마저 이해가 된다는 듯 만면에 미소를 지었다. 그리고 한보의 들려진 턱을 응시하며 부드럽게 말했다.

“분명 막 대협은 별 탈 없을 것입니다. 그런 분을 함부로 대할 만큼 강호가 패악하지는 않으리라 봅니다.”

“저도 그러리라 믿어요. 그래도 걱정을 지울 수가 없어요. 전 당아가 멋진 신랑이 되어 큰 집에서 호강하리라 생각했거든요. 일심 법사님께서 인편을 보내지 않으셨다면 끝까지 그렇게 알고 있었겠죠.”

“법사님이 인편을 보내셨다고요?”

주향상이 깜짝 놀라 소리쳤다. “그것은 중요한 단서가 아닙니까! 왜 진작에 그 말씀을 하지 않으셨습니까?”

“올 초봄 삼월의 일이었어요. 그나마도 가끔 우리 마을을 지나치는 라마승 한 분께 부탁한 것이 전부죠. 스님 말씀으로는 우연히 법사님을 뵈었다고 하셨어요. 사부님한테 행여 당아가 우리 마을에 나타나면 절대 집으로 돌려보내지 말고 숨겨두라 하셨으니 변고가 있었던 건 분명해요.”

"거참, 기이한 일이군요. 그때라면 법사께서 상관문을 찾기 전이셨을 텐데."

"사천성에서 우리 마을까지 오는 데 한 달은 족히 걸려요. 그러니 상관문을 찾기 이전의 일인 건 분명해요. 어쩌면 이번 일과 아무 관계가 없는 일일지도 모르죠."

그때 주인이 술을 가져왔다. 녹지현이 '왜 이렇게 늦었느냐?'며 불평했는데, 주인은 아무런 대답도 하지 않고 몸을 돌렸다. 건방지다기보다 대화를 피하고 싶은 눈치였다.

뒤늦게 주향상은 주변의 웅성거림에 무(武)를 논하는 내용도 있음을 알았다. 눈매를 고정한 채 주변을 살피니 복색은 제각각이었지만, 상당수가 같은 소속의 무리라는 것을 알 수 있었다. 한보도 말을 맺고 주변을 의식했다. 다만 주향상과 다른 의미였다. 한보가 의식하고 있는 것은 녹지현의 신경도 건드리는 중이었다. 아니, 오히려 녹지현이 한보보다 먼저 자신의 우측면 탁자에 있는 무리들을 의식했다.

드극.

마침 우측 면 탁자의 네 명 중에서 볼 살이 적고 눈매가 날카로워 달갑지 않은 인상을 가진 자가 의자를 옆으로 밀었다. 자리를 살짝 비튼 것이다. 그러자 녹지현이 표정을 구기며 한보에게 얼굴을 내밀었다.

"어서 먹고 가야겠습니다. 저놈들이 아까부터 한 소저를 훔쳐보고 있군요."

“알아요.”

“뭐라고?”

한보는 대수롭지 않게 대답했지만 주향상은 사뭇 놀란 듯 눈매를 찌푸렸다. 유약을 발라 구운 술병을 살짝 들어서 표면에 비치는 그림자를 살펴보니 정말로 우측에 있는 자가 한보를 흘겨보고 있었다. 그리고 놈의 눈은 탁자 위를 보고 있지 않았다. 놈은 한보의 늘씬한 다리에 군침을 삼키고 있었던 것이다. 주향상이 불쾌하여 연신 혀를 찼다. 한보가 술잔을 기울이며 대수롭지 않게 말했다.

“어서 먹고 가버리면 그만이에요.”

“한 소저께서 옷을 다시 챙기셔야 하지 않겠습니까?”

“아직 씻지도 않았잖아요. 가자미눈에 겁먹어서 청결에 소홀하다가는 제가 제 냄새에 죽을 거예요.”

그때 놈이 또 한 번 자리를 비틀어 앉았다. 자신의 위치에서 한보의 다리가 원하는 만큼 보이지 않는 듯싶었다. 놈은 마주한 동료에게 술을 건네는 척하며 웃다가 슬며시 머리를 숙였다. 한보의 상의에 가려진 부위를 보고 싶어 안달하는 눈치다. 참다못한 한보가 술잔을 모두 비우고 탁자에 내려놓더니 휙 하고 고개를 돌렸다. 놈의 눈과 정면으로 마주친 한보는 한심해 죽겠다는 표정으로 말했다.

“그러면 보여요?”

“윽!”

놈이 당황하며 한보를 급히 외면했다.

"험!"

주향상이 헛기침을 했다. 놈이 한보를 외면한 채 동료들에게 열심히 말을 걸며 딴청 피우는 모습을 본 직후에 나온 기침이었다. 주향상은 주먹으로 입을 막고 눈을 찌푸리더니 또한 번 '흠' 하고 신음성 비슷한 헛기침을 던졌다. 한보가 이상하게 여겨 주향상의 안색을 살폈다.

"왜 그러세요, 주 도사님?"

"아니, 으흠."

주향상은 괴로운지 말을 잇지 못했다. 얼굴이 심하게 붉어지고 인상을 구기는 꼴이 중독된 모습과 흡사했다. 한보가 창백한 얼굴로 몸을 일으키려는 찰나, 녹지현이 시큰둥하게 중얼거렸다.

"그냥 웃으세요, 주 사숙. 웃음을 참으면 병이 됩니다."

"아, 안 된다. 흠, 지금 웃으면 저들과 싸움이 벌어질 수도 있어. 윽흠! 여긴 적지라는 것을 잊지… 마… 흠."

"아하하하하!"

한보가 비로소 이유를 알고 웃음을 터뜨렸다. 주향상은 평소에는 정숙했으나 묘한 경우에 웃음을 터뜨릴 때가 있었다. 그리고 한번 웃음이 터지면 좀체 멈추지를 못했다. 지금 주향상은 면박을 당한 놈의 행동이 우스웠던 모양이다. 한보는 주향상의 어깨를 두드리며 낄낄거렸고, 주향상은 한보를 원망하며 더욱 얼굴을 일그러뜨렸다. 그때 놈이 일어나 탁자로 다가왔다.

“이 몸은 장삭파에 적을 두고 있는 냉혈부 사동탁이외다.”

포권조차 건성으로 하며 자신을 소개하는 꼴을 보니 주향상이 왜 이렇게 괴로워하는지를 눈치 챈 듯싶었다. 사동탁의 얼굴은 부끄러움을 넘어서 분노에 이른 상태였다. 한보가 포권을 받으며 소개했다.

“한보예요.”

“청성의 도인들인 듯한데, 이곳엔 어쩐 일이시오? 여기가 장삭파의 영역이라는 것은 잊으셨소이까?”

“얌전히 지나갈 테니 이해해 주세요.”

한보가 천연덕스럽게 대꾸했다. 곧 주향상도 숨을 들이킨 상태에서 급히 포권하며 ‘뵙게 되어 반갑흡!’이라고 인사했다. 이제는 녹지현도 웃었다. 사동탁도 전염된 듯 웃음 지었는데, 그 속에 살기가 담겼다. 사동탁과 함께 있던 무리들이 천천히 몸을 일으켜 병장기를 들었다. 사동탁은 살짝 눈을 흘겨 주변을 살피더니 만족한 표정으로 턱을 들었다. 동료의 수가 많아 자신감을 얻은 듯했다.

“얌전히 지나갈 것 같지 않아서 하는 말이외다. 조금 전까지 나를 우습게보고 조롱하지 않았나 묻고 싶소만.”

“애초에 제 허벅지를 보지 않았으면 이런 일도 없었잖아

요. 뭐 볼 게 있다고 그렇게 힐끔거리셨어요? 아니면 직접 와
서 제대로 보여달라고 하시든가.”

한보의 시큰둥한 대답이 불을 지폈다. 사동탁은 ‘건방진
계집이군’이라 중얼거리며 자신이 앉았던 자리로 되돌아가
양날 도끼의 대를 잡았다. 한보가 표정을 굳히며 흑철권으로
손을 가져갔는데, 주향상이 먼저 손을 뻗어 그것을 저지했다.
이제야 웃음이 멈춘 모양이었다. 주향상은 급히 몸을 일으켜
한보를 노려보는 사동탁에게 포권했다.

“빈도가 큰 실수를 했음을 인정합니다. 용서를 구하는 뜻에
서 술과 음식 값을 대신 지불할 터이니 아량을 베푸십시오.”

“흥! 이미 늦었다. 저 계집을…….”

“아아, 사 대협께서 참으십시오. 술과 음식으로는 분이 풀
리지 않으실 듯하니 빈도가 재주를 부려 용서를 빌까 합니
다.”

“재주라고?”

그제야 사동탁의 시선이 주향상에게 돌아갔다. 사동탁의
뒤에 모인 여섯 명의 무인도 각각의 병장기를 늘어뜨리고 주
향상을 보았다.

“청성의 도사들이 술을 따르는 재주인지라 보이기 부끄럽
습니다만, 빈도에게는 이런 잡기밖에 없습니다.”

주향상은 자신의 자리에 놓여진 술잔으로 우수를 내밀었
다. 미처 잡기도 전에 술잔이 저절로 우수에 쥐어졌다. 사동

탁이 눈살을 찡그리며 한 걸음 뒤로 물러섰다. 뒤에 있던 무인들도 마찬가지였다. 주향상은 술잔을 들어 보이며 미소를 짓더니 연못의 잉어에게 먹이라도 주듯 가벼운 동작으로 그것을 던졌다.

딸강.

사동탁이 앉아 있던 자리의 탁자 위에서 맑은 소리가 흘렀다. 사동탁을 포함한 무리들이 일제히 고개를 돌려 주향상이 던진 술잔을 확인하곤 입을 쩍 벌렸다. 술잔은 사동탁이 마시던 술잔 위에 올려진 채 중심을 잡은 상태였다.

"술을 따를 테니 같이 한잔 나누고 오해를 풉시다."

주향상은 술병을 들어 거꾸로 뒤집었다. 모두가 '앗!' 하고 외치는 순간, 주향상의 손이 급히 회오리치며 술병을 휘저었다. 하늘만큼이나 맑아 보이는 술방울들이 허공에서 선을 그리며 사동탁의 탁자로 이어졌다. 술은 한 방울도 남기지 않고 주향상이 던진 술잔으로 떨어졌다. 술잔이 곧 넘쳐흘렀는데 살짝 기울어진 곳으로 울컥거리더니 그것이 아래에 있던 사동탁의 잔을 채웠다.

"대단합니다!"

누군가 감탄하며 손뼉을 쳤다. 비로소 객잔 내 모든 사람들의 시선이 주향상에게 쏠렸다. 그 진귀한 광경을 보지 못한 자들이 '무슨 일이야?' 라며 서로에게 물었다. 주향상은 천천히 사동탁의 탁자로 걸어가 자신의 술잔을 들고 건배를 청했다. 그러자 사동탁이 코웃음을 쳤다.

"흥! 청성파는 그런 잡기만 가르치나 보군."

그 말에 녹지현이 인상을 찌푸리며 한보를 돌아봤다. '내가 화가 나니까 댁이 어떻게 좀 해봐라' 라는 의미임을 알 수 있었다. 한보도 불쾌감을 이기지 못하고 눈살을 찌푸렸는데 주향상은 달랐다. 오히려 주향상은 술잔을 든 채 고개를 숙이며 사과했다.

"변변치 못한 재주인지라 죄송합니다. 빈도가 정진이 부족하여 이런 재주를 피우는 데에도 혼신을 다해야 하니 본 파에 누를 끼친 듯하여 부끄럽습니다."

녹지현은 답답한 듯 가슴을 쳤다. 주향상이 저렇게 저자세로 나간다면 사동탁이 더욱 기고만장해할 것임을 알기 때문이다. 사동탁이 또 한 번 코웃음을 치며 턱을 드는 순간 주향상이 옆으로 한 걸음 물러서며 땅을 가리켰다.

"변명이 얼마나 부끄러운 일인지 잘 압니다만, 땅이 물러서 진각(震脚)이 용이하지 않아 그 잔재주마저도 실패할 뻔했습니다. 하나 천운이 제게 있어 온전히 술을 따랐으니 하늘을 봐서라도 서로의 오해를 풀어주셨으면 합니다."

주향상이 가리킨 땅으로 시선을 던지는 순간, 사동탁의 낯빛은 확연하게 창백해졌다. 땅이 주향상의 발 형상을 그리며 한 치가량 패였기 때문이다. 땅이 무르다 했던 주향상의 말은 당연히 거짓말이었다. 이곳 객잔은 실내가 아니며, 주변의 모든 땅이 찬 기온에 얼어붙어 딱딱하게 굳어 있었다. 무엇보다 놀라운 점은 진각을 했는 데도 아무 소리가 들리지 않았다는 점이었다. 아무리 생각해도 진각이 아니다. 주향상은 술을 따르는 재주와 발로 땅을 짓누르는 무공을 함께 펼친 게 분명했다. 사동탁이 급히 술잔을 들어 주향상의 앞에 내밀었다.

"뭐, 하늘이 도사의 편을 들지 않으면 누가 들겠소? 내 이 정도로 끝내리다. 자, 건배합시다."

"하하하, 감사합니다."

사동탁은 술잔을 비우자마자 급히 객잔 주인에게 걸어갔다. 값을 치르고 마치 도망치듯 떠나는 사동탁을 여러 명의 무인이 따라갔다. 주향상은 비로소 안도의 숨을 쉬며 자리로 돌아갔는데, 한보가 활짝 웃으며 손뼉으로 맞이했다.

"정말 대단해요! 나중에 저한테도 술 따르는 법 좀 가르쳐 주세요!"

그러자 녹지현이 농담했다.

"하하하! 여자가 술을 따르는 법을 배우면 기녀가 되겠다는 소리 아닙니까, 한 소저!"

"꼭 분위기 깬다니까."

한보가 금세 샐쭉해진 표정이 되어 탕을 들이켰다. 이미 탕은 차갑게 식어 있었다. 주향상은 탕을 남긴 채 몸을 일으켰다.

"이제 속히 이곳을 떠났으면 합니다. 저들의 속이 넓으리라 장담할 수 없으니 어쩌면 또 만나게 될지 모르는 일입니다."

"그것은 걱정하지 마십시오."

뜻밖의 곳에서 들리는 목소리에 세 명의 시선이 일제히 돌아갔다. 아까 주향상이 술을 따랐을 때 감탄하며 손뼉을 쳤던 자다. 얼굴 이곳저곳에 검흔이 있고, 한쪽 눈에 의안이 박혀 있어서 달갑지 않은 인상이다. 하지만 호의적인 미소를 짓고 있었다. 사내는 검의 손잡이를 사이에 두고 포권했다.

"저 또한 장삭파에 적을 두고 있는 이름없는 무인입니다. 형제들이 귀검자(鬼劍者)라 부르니, 이 별호로 소개하겠습니다."

한보 일행은 귀검자에게 자신들을 소개하며 자리를 권했다. 귀검자는 자리에 앉자마자 주인을 돌아보며 세 병의 술을 주문했다. 그리고 한보 일행에게 본 파의 형제들이 무례를 범한 것을 사과하는 의미에서 사는 술이라고 했다. 한보와 주향상이 웃음으로 감사를 표했지만, 녹지현은 갑자기 침묵하며 딴청을 부렸다. 귀검자가 주향상과 한보에게 첫 잔을 따르고 녹지현의 가슴 앞에 술병을 내밀 때까지 딴청은 끝나지 않았다. 주향상이 귀검자의 멋쩍은 얼굴을 보다 못해 사질에게 호통 쳤다.

"현아야, 지금 뭘 하는 거냐! 무례하구나!"

"잠깐만요. 거참, 생각이 날 듯 말 듯하네. 정말 어디선가 들어본 별호인데……."

"그게 무슨 소리냐?"

"이분 말입니다, 주 사숙. 아! 이제 생각났습니다."

녹지현은 여태껏 술병을 든 채 기다리던 귀검자를 보며 말했다.

"혹시 이전에 남해태문(南海太門)에 계시던 분 아닙니까?"

그러자 귀검자가 고개를 숙이며 쓴웃음을 지었다.

"저를 아시는군요. 남해태문은 이제 없으니 저는 장삭파의 사람입니다."

한보와 주향상은 멍한 얼굴로 녹지현을 응시했다. 녹지현이 술잔을 들어 귀검자의 술을 받자마자 엉덩이를 들었다. 한보 쪽으로 바짝 다가가서 귀검자와의 거리를 벌린 녹지현은 사숙을 향해 신음하듯 말했다.

"주 사숙은 귀검자의 별호를 듣지 못하셨습니까? 여기 이자는 사도맹 사람이며, 우리의 적입니다. 한 소저도 이자를 조심해야 할 것입니다."

주향상과 한보는 대답 대신 한심하다는 듯 녹지현을 응시했다. 두 사람이 자신의 말에 별 감흥을 보이지 않자 녹지현은 답답한 듯 가슴을 쳤다.

"아니, 물론 장삭파도 사도맹이니까……. 아무튼 여기 이 사람이 소림의 '십칠 대 일' 이었던 귀검자란 말입니다!"

여전히 무표정한 얼굴이 답으로 돌아왔다. 그때 귀검자가 손을 저으며 얼굴을 붉혔다.

"그것은 전쟁입니다. 전쟁터에 나간 무인이 어찌 손속에 정을 두겠습니까? 그리하지 않았다면 제가 이곳에서 술을 따를 수도 없었을 것입니다."

"빈도는 이 녀석이 대체 무슨 소리를 하는지 모르겠습니다."

"오래전, 이놈이 남해태문 사람일 때 정사대전에 참여하여 열일곱 명의 소림승을 죽인 적이 있습니다."

"그거야 대협 말씀대로 전쟁이니까……."

주향상이 당연하다는 듯 대답할 때, 갑자기 한보가 눈을 치켜뜨며 고함쳤다.

"자, 잠깐만요! 열일곱 명의 소림승과 혼자 싸워서 이겼다는 소리 아닌가요?"

"운이 좋아서 그런 결과가 나왔습니다."

그제야 주향상도 경악하며 입을 벌렸다. 주향상이 알고 있던 이제까지의 장삭파에는 그런 거물이 없었다. 말이 열일곱 명이지 상대는 소림사의 승려다. 정도맹의 큰 축을 이루는 무의 세력 중에서 동방가 다음으로 강한 곳이 소림사가 아닌가! 그런 소림사가 전쟁터로 내보낸 승려라면 누구에게도 녹록지 않은 자일 것이다. 그런 자들을 상대로 '십칠 대 일'의 승리를 거머쥐다니! 주향상은 고개를 저으며 길게 한숨을 쉬더니 술잔으로 사과했다.

"빈도가 견식이 부족하여 귀검자의 소문을 듣지 못했으니 부끄럽습니다. 장삭파의 위명을 다시 깨우칠 수 있는 기회를 주어 감사합니다."

귀검자가 주향상의 술잔을 누르며 사과를 만류했다. 귀검자의 외눈이 쓸쓸하게 가라앉았다. 자신의 과거가 영 마음에 들지 않는 모양새다.

"살아남기 위해 싸우고, 돌아오기 위해 죽었을 뿐입니다. 제 손에 더 이상의 피가 묻지 않기를 바랄 뿐이죠."

"그렇다면 강호를 떠나시면 되잖아요."

한보가 술과 함께 뜻을 건네자 귀검자는 술을 받고 뜻을 사양했다. 아무래도 사연이 있는 것 같아서 한보와 주향상은 더 이상 묻지 않았다. 녹지현이 여전히 경계심을 담은 채 속 긁을 말을 고민하는 것 같기에 한보는 탁자 밑에서 정강이를 살짝 걷어차며 경고했다. 덕분에 네 사람은 밝은 얼굴로 웃음을 주고받을 수 있었다. 귀검자가 세 번이나 더 술을 주문한 뒤, 그것마저 비우자 아쉬움의 뜻을 보였다.

"곧 해가 질 테니 제가 아는 객잔으로 모시겠습니다. 오랜만에 좋은 만남이 있으니 이대로 보내기가 너무 아쉽습니다."

"아닙니다. 빈도 또한 대협과의 만남이 기쁘고 즐겁습니다만 이곳에 오래 머물러 있다가는 필시 폐가 될 것입니다. 저희는 이만 길을 재촉하고 훗날을 기약할까 합니다."

주향상의 마음은 진심이었다. 귀검자는 외모와 다르게 협심이 있고 정이 많아서 이야기를 나눌수록 호감이 느껴지는 자였다. 이곳이 사도맹의 영역이며, 귀검자가 장삭파의 인물인 것이 못내 아쉬웠다. 하루가 아니라 한 달이라도 술잔을 같이 나누며 대화하고 싶었으니, 구름을 쾌히 달리는 시간이 안타깝기만 했다. 하지만 귀검자의 웃음소리엔 아쉬움이 전혀 담겨 있지 않았다. 새로운 친구들이 이곳에 더 묵게 되리라 확신하는 웃음이었다.

"하하하! 결코 폐가 될 일이 없을 것입니다. 장삭파는 도사님들께 조금도 해를 끼치지 않을 터이니 걱정하지 마십시오."

한보가 제일 먼저 그 말뜻을 눈치 챘다. 귀검자는 장삭파에서 상당한 지위를 가지고 있으리라. 주향상도 곧 그 뜻을 알고 달가워했다. 다만 녹지현이 여전히 불안한 표정으로 사숙과 한보의 눈치를 살폈다. 녹지현은 강호의 전쟁사 속에서 벌어지는 무용담을 좋아하는 편이었다. 단신으로 소림승 십칠인을 죽인 귀검자의 존재를 스스로의 머리에서 과장되게 받아들였으니 두려움이 큰 것은 당연했다. 터울을 없애고 대화를 즐겼을 때도 녹지현은 온전하게 마음을 열지 못했다. 적지에서 괜한 호기를 부려 목숨을 잃는 것은 아닐까 생각하니 당장이라도 이곳을 벗어나고만 싶었다. 녹지현은 일단 귀검자에게 포권했다.

"천하의 귀검자를 뵙게 되어 큰 영광이었습니다."

"아, 역시 안 되겠습니까?"

귀검자가 팔자눈썹을 그리며 아쉬움을 표했다. 그 순간 녹지현이 몸을 반쯤 돌리며 한보에게 포권했다.

"한 소저도 별 탈 없이 돌아오시길 바라겠습니다."

"예?"

"주 사숙도 건강하십시오."

"뭐?"

녹지현은 멍한 표정을 짓는 세 사람에게서 가볍게 몸을 돌려 걷기 시작했다. 무거운 짐이라도 벗어던진 것처럼 홀가분한 표정이었다.

"서안은 사람의 왕래가 잦아서 객잔의 빈방을 잡기가 어려우니, 제가 미리 가서 최고의 방을 잡아두고 있겠습니다. 하하하!"

주향상은 갑작스런 상황을 수습하지 못했는지 여전히 멍한 얼굴이었다. 한보가 녹지현의 뒷모습을 물끄러미 보다가 고개를 설레설레 젓고는 주향상을 봤다.

"가게 놔두죠?"

"안 됩니다."

주향상은 단호히 답하고서 녹지현에게 돌아올 것을 명령했다. 녹지현이 뒤도 돌아보지 않고 어깨 너머로 손만 휘저으며 '괜찮습니다. 걱정하실 필요 없습니다. 저를 믿으십시오'

라고 말했다. 참다못한 주향상이 귀검자도 무시한 채 호통 쳤다.

"곤장이라도 맞아야 돌아오겠느냐!"

그제야 녹지현이 얼굴 가득 울상을 지으며 발을 돌렸다. 녹지현은 귀검자를 가리키며 '흉수라고요, 흉수!' 라고 외쳤다가 주향상이 던진 술잔에 쫓겨 도망쳤다.

"소문주께서 한동안 기루에 계신다 했으니 마음껏 즐깁시다!"

비교적 정갈한 객잔이었다. 손님은 많지 않았으나 음식에도 정성이 담겨 있어서 술맛을 돋우었다. 주향상이 귀검자와 건배를 하며 웃었다.

"그럼 대협께서는 장삭파의 소문주를 호위하는 일을 맡고 계신 것입니까?"

"그렇습니다. 제가 자청하여 맡았지요."

"소문주의 자질은 어떻습니까? 아비만 합디까?"

"현아는 제발 입 좀 다물거라!"

주향상의 호통에 귀검자가 웃음을 터뜨렸다. 입이 한 발은 나온 채 뚱해 있는 녹지현에게 귀검자가 건배를 권했다. 그 잔에 한보도 자신의 잔을 내밀며 웃었다.

이미 밤이 깊어 여치의 울음소리가 들렸지만 네 명 모두 탁자를 벗어날 기미를 보이지 않았다. 얼굴에 주름이 가득한 객잔 주인도 손님이 일어설 것을 기대하지 않은 듯 느긋한 표정이다. 귀검자는 술을 단숨에 들이킨 뒤 잔을 힘차게 내려놓았다.

"소문주는 대범하여 언제고 큰 인물이 될 것입니다! 그때까지 제가 목숨을 걸고 보필할 것입니다!"

그렇게 말하는 귀검자의 얼굴에 기쁨이 서려 있었다. 그 얼굴을 보는 한보와 주향상까지 소문주를 흠모하고 싶을 정도다. 주향상은 소문주라는 자에 대해 좀 더 물어보고 싶었지만 그것이 행여 정보를 캐내는 꼴로 여겨질까 걱정되어 침묵했다. 그러나 귀검자가 알아서 불었다.

"뵙게 되면 아시겠지만 소문주께서는 영웅의 풍모가 느껴집니다. 영웅호색이라! 하하하! 아직 큰 성취는 이루지 못했으나 무공의 수준 또한 탁월하고, 아랫사람을 다루는 법도 잘 알고 있지요. 용모 또한 뭇 여인들이 가던 길을 멈추고 돌아볼 정도입니다. 기골 장대하고 흑발에 윤기가 가득하며, 두 눈의 총기가 북극성을 압도합니다. 우리 소문주께서 장삭파를 이끌게 되는 날, 필시 그 이름이 천하를 떨칠 것입니다. 하하하하하!"

주향상은 내심 감탄했다. 지금까지 대화하는 동안 귀검자의 성격을 얼추 파악했는데, 이 외눈의 사내는 세상을 보는 눈이 대단히 객관적이었다. 사도맹의 인물이면서도 어떤 문제에 대해서는 사도맹을 틀리다 말하고, 때로는 자신이 속한 장삭파와 문주 장삭의 잘못까지 지적했다. 그런 귀검자가 한 사람을 이렇게까지 칭찬했으니 호감이 가는 것은 너무도 당연했다. 주향상은 자신의 잔에 술을 따르며 얼굴에 귀검자와 같은 즐거움을 담았다.

"대협께서 그렇게까지 칭찬을 하시니 꼭 한번 뵈었으면 좋겠습니다. 하하하!"

"이곳에 오래 계시면 제가 직접 소개시켜 드리지요. 오늘은 정말 기분이 좋습니다. 그간의 묵은 체증이 모두 날아가는 것만 같군요. 하하하! 아하하하하!"

얼마 후 녹지현이 '주 사숙! 그러면 못 써!' 라며 화를 내더니 술잔을 깨뜨리고 머리로 탁자를 들이받았다. 그리고는 일어나지 않았다. 세 사람은 다른 탁자로 자리를 옮겨 다시 술잔을 기울였다. 많은 수의 술병들이 탁자를 채웠다가 사라졌다. 이미 점소이는 자신의 방으로 돌아간 지 오래다. 늙수그레한 객잔 주인만 남아서 자리를 지켰다.

아마도 점소이 출신의 주인인 듯 손님을 대접하는 솜씨가 보통이 아니었다. 술을 가져오라는 말을 하기 전에 술병을 내밀었고, 탁자의 음식을 치워달라고 부탁하기 전에 새 음식과 걸레를 가져왔다. 아침해가 뜰 때까지 세 사람은 술을 마셨다. 한보가 소변을 보러 간다며 몸을 일으키더니, 일순 비틀거렸다가 바깥으로 나가는 문을 향해 달리기 시작했다. 주인이 당황하며 '그쪽은 정문입니다요, 손님!' 이라 외쳤지만 한보는 '그래서요?' 라고 답하곤 끝내 외출했다. 주향상이 미소 지으며 한보를 데려오겠다고 일어섰다. 그리고 측간이 있는 문으로 걸어가더니 돌아오지 않았다. 결국 귀검자가 모두를 수습하여 재운 뒤 주인에게 일주일치의 방 값을 치렀다. 귀검자는 그 엄청난 양의 술을 마시고도 정신이 온전했는지 그 길로 기루를 찾아가 장삭파 소문주가 자는 모습을 확인하고 돌아왔다. 그리고 다른 네 명보다 먼저 잠에서 깨어 또 한 번 소문주의 신변을 확인하곤 객잔으로 돌아왔다.

"저분들이 깨어나면 점소이를 시켜 내게 연락해 주게."

"오늘도 드실 겁니까? 몸 생각도 하셔야죠."

객잔 주인이 귀검자를 향해 쓴웃음을 지었다. 귀검자는 호탕하게 웃으며 가슴을 두드렸다.

"이때를 놓치면 내가 언제 술을 즐기겠나? 귀한 시간 놓치고 싶지 않아서 이러네. 부탁함세."

"걱정 마십쇼. 허허, 제일 발 빠른 놈을 시켜서 연락드리겠습니다요."

셋 중에 주향상이 제일 먼저 잠에서 깨어 세안했다. 물기가 완전히 빠지지 않은 얼굴로 한보의 방문을 두드리자 토악질 소리가 들렸다. 차마 들어가지 못하고 문밖에서 안녕하냐 물었는데 물과 걸레를 달라는 청이 답으로 돌아왔다. 서로 아는 처지인지라 차마 방 안의 사태를 볼 수 없었다. 주향상은 점소이를 시켜 한보의 부탁을 들어줬다. 마지막으로 방으로 돌아와 녹지현을 흔들어 깨웠다. 몸 상태가 어떠하냐고 물었더니 녹지현이

게슴츠레한 눈으로 '주 사숙, 이놈! 그러면 죽어!' 라며 새벽보다 한층 성숙한 무례를 범했다. 주향상은 녹지현을 포기한 채 객잔으로 내려가 한보가 먹을 음식만 추가로 주문했다.

한보와 주향상이 아침을 먹던 도중에 점소이가 소식을 전했다. 귀검자에게 급한 일이 있어 저녁때나 오겠다는 말이었다. 한보와 주향상은 식사를 마치고 마을 구경을 하기로 결정했다. 그것은 귀검자의 청이었다. 장삭파의 무리들에게 청성의 도인 일행이 자신의 친구들이니 행여 만나면 극진히 대하라는 명을 내렸다는 것이다. 덕분에 한보와 주향상은 마음 편히 마을을 돌아다닐 수 있었다.

"건물들은 다들 수려하고 깨끗한데, 사람들이 어울리지 않네요. 개문의 사람들도 이렇게 허름한 복색을 하지는 않았을 거예요."

마을을 돌아다니던 중 한보가 속삭였다. 주향상도 그것이 진작부터 거슬린 듯 고개를 끄덕이며 말했다.

"이 마을을 다스리는 이는 당연히 작혈왕일 것입니다. 마을의 모습만으로도 작혈왕의 포악함을 알 수 있지요. 필시 진시황제처럼 마을 사람들을 시켜 여러 번 공사를 했을 것입니다. 작은 마을이기는 하나 이렇게 돌을 정렬하여 도로를 이루었으니 고생이 만만치 않았겠군요."

"흥! 왜 여기서 사나 몰라. 저 같으면 진작에 도망쳤겠어요. 으으, 속이 또 쓰리네."

"하하! 이곳까지 오면서 살기 좋은 마을을 몇이나 보셨습니까? 그나마 이곳은 작혈왕이 있어 목숨을 위협받지 않으니 남아 있는 것이지요."

"빨리 전쟁이 끝났으면 좋겠어요. 애꿎은 사람들만 고생하네요."

"제 생각도 그렇습니다, 한 소저."

둘의 걸음은 어느덧 장삭파의 본산에 가까워졌다. 거리에 점점 병장기를 든 자가 늘어났으며, 주변을 바삐 오가는 사람들로 북적댔다. 한보가 갑자기 걸음을 멈췄다. 주향상도 걸음을 멈추고 한보를 돌아봤는데, 그 고운 눈매가 싸늘하게 변해 있음을 알았다. 주향상은 한보의 시선을 따라 고개를 돌렸다.

"이 개 같은 년!"

비로소 주향상은 사람들의 웅성거림 속에서 누군가의 욕설을 들을 수 있었다. 군중들이 특히 몰려 있는 지역은 수려한 지붕이 인상적인 기루의 정문이었다. 한보는 소란에 이끌리듯 슬며시 걸음을 옮겨 군중들 속을 파헤쳤다. 군중들이 잠깐 흩어졌을 때 자신이 보았던 것을 다시 확인하기 위해서였다.

퍽! 퍽!

한보가 본 것은 오해가 아니었다. 사람들의 허리 틈새에서 잠깐 보였던 것은 피투성이의 기녀가 누군가에게 짓밟히는 장면이었는데, 가까이 가서 확인하니 그보다 좀 더 심했다.

비곗살이 가득하여 턱과 목을 분간하기 어렵고, 허벅지를 들어올릴 때 뱃살과 싸울 수밖에 없는 자가 광포하게 날뛰고 있었다. 네 명의 기녀가 피투성이가 되어 살려달라고 아우성을 쳤다. 하지만 놈은 손에 쥐고 있는 도리깨를 더욱 세차게 휘두르며 여인들의 옷과 살을 찢었다.

"세상에! 저런 패악이 있나!"

한보의 뒤를 따라왔던 주향상이 대경하며 입을 벌렸다. 어느새 한보는 쌍수에 철권을 끼우고 있었다. 힘차게 철권을 맞부딪치는 순간, 그것의 청량한 소리보다 더 큰 고함이 들리며 군중들을 놀라게 만들었다.

"대체 이게 무슨 짓이냐! 이 여자들이 무슨 죄를 지었기에 이토록 잔악한 손속을 보인단 말이냐!"

한보와 주향상이 멍한 얼굴로 고개를 돌렸다. 한눈에도 귀한 가문의 사람인 듯 고급의 홍색 비단으로 차려입은 젊은이가 뚜렷한 이목구비를 한껏 찌푸리고 있었다. 기골이 장대하고 천산지세(天山之勢)로 몸을 세운 꼴이 제법 뛰어난 무공을 익힌 듯했다. 여인들을 때리던 도리깨가 피를 머금은 채 상대를 향해 내밀어졌다.

"네놈이 내가 누군지 알고 함부로 간섭하는 거냐? 죽고 싶어 환장을 했구나!"

"죽고 싶어 환장한 놈은 네놈이다! 이 여자들의 죄가 내 성에 차지 않으면 곧 너의 목이 바닥을 구를 것이다! 얘들아!"

"옙!"

홍의비단인이 호통 치듯 외치는 순간, 뒤에서 다섯 명의 무인이 자리를 잡았다. 비곗살의 사내는 일순 당황한 듯 눈썹을 꿈틀거리더니 이내 미소 지었다. 녀석도 말했다.

"애들아!"

"옙!"

여섯 명의 무인이 육중한 비곗살 앞으로 나서며 병장기를 치켜들었다. 이번에는 홍의비단인이 눈썹을 꿈틀거렸다. 홍의비단인은 고개를 설레설레 젓더니 혼잣말처럼 중얼거렸다.

"홍! 그래도 믿는 구석이 있는 놈이었구나. 그렇지 않고서야 이리도 패악한 짓을 저지를 리 없지."

"헹! 이 계집들이 먼저 이 몸에게 대죄를 범했다. 그러니 죽어도 싼 계집들이다!"

"웃음을 팔아 슬픔을 달래는 여인들이다. 대체 어떤 죄를 지었기에 이 불쌍한 여인들에게 죽을죄를 지었다고 하는 거냐?"

도리깨를 든 자의 검지가 앞으로 내밀어졌다. 손가락마저 비곗살이 가득하여 보기 흉했다. 사내가 검지를 뻗은 곳은 피투성이가 된 채 이미 혼절해 있는 여인이 있는 곳이었다. 가장 심하게 맞았는지 옷의 대부분이 찢겨 반라(半裸) 이상이었고, 얼굴은 형체도 알아보기 어려울 만큼 참혹했다. 홍의비단인이 여인의 모습을 보고 탄식하는 순간, 턱인지 목인지에 달라붙은 두툼한 입술이 외쳤다.

"이 계집이 딸을 몰래 키웠다는 말을 듣고 그 딸도 수청 들라 했더니 감히 욕을 했다! 이래도 죽을죄가 아니냐?"

한보가 그 말을 듣고 머리를 뒤로 젖히더니 철권을 차고 있다는 것도 잊은 채 뒷목을 감싸 쥐려 했다. 주향상이 급히 한보의 뒷목을 두드려 진정시켰다. 홍의비단인도 한보와 같은 심정인 듯 하늘을 우러러 탄식했다.

"근본이 패악인 놈이로구나."

그러자 비곗살이 흥분하여 부들부들 떨었다.

"그뿐 아니다! 여기 다른 계집들은 꼴에 동료라고 이 귀하신 몸의 옷자락을 붙들고 늘어졌다! 그러니 이것들 모두가 당장 죽어도 할 말이 없다!"

"조상부터 패악인 놈이로구나."

홍의비단인은 더 이상 볼 것도 없다는 듯 주먹을 쥐었다. 비곗살이 일순 긴장하며 부하들에게 한발 나서라고 명령했다. 반면 홍의비단인은 부하들을 뒤로 물리며 스스로 앞에 나선 뒤 큰 소리로 자신을 소개했다.

"나는 사도맹 환룡문의 제자 탁장복(卓將福)이다! 네 명줄을 끊을 자의 이름이니 기억해 두거라!"

그 외침에 한보가 주향상의 곁으로 바짝 붙으며 속삭였다.

"으음, 저는 저 사람이 장삭파의 소문주인 줄 알았어요."

“실은 저도 그런 생각을 했습니다.”

그때 비곗살의 사내가 부하들 뒤에서 호탕한 웃음을 터뜨리며 외쳤다.

“크하하하하! 나는 이곳 장삭파의 소문주인 장철산(張鐵山)이다! 과연 누구의 머리가 땅에 떨어질지 두고 보자꾸나!”

“…….”

“…….”

한보와 주향상은 입술을 굳게 다문 채 무심한 눈으로 하늘을 보았다. 맑은 겨울 하늘에 구름이 유유히 흘러가고 있었다.

12장

불꽃의 여인

　탁장복의 얼굴에 당황하는 빛이 역력했다. 그 표정에 용기를 얻은 듯 장철산이 힘껏 검지를 뻗으며 부하들을 호령했다.
　"저 무도한 놈에게 따끔한 맛을 보여줘서 이곳이 어디인지를 알게 해줘라!"
　"예!"
　여섯 명의 부하가 탁장복을 향해 신형을 날렸다. 그러자 탁장복은 '잠깐!' 이라 외치며 앞서 달려온 두 명을 가뿐히 내쳤다. 무공이 신출귀몰(神出鬼沒)하여 차열로 달려들었던 네 명의 무인뿐 아니라 뒤에 있던 장철산의 얼굴까지 창백해졌다. 싸움이 멎은 틈을 타서 탁장복이 장철산에게 포권했다.

“정말로 장삭파의 소문주시라면 이거 큰 결례를 범했소이다.”

“흥! 이제 정신을 차린 듯하니 당장 무릎을 꿇고 내 가랑이 사이로 지나가 용서를 빌어라!”

“그건 안 될 말이오. 제가 소문주께 무례를 범한 것은 사실이나 환룡문을 대표하여 장삭파를 찾아왔으니 그럴 수는 없소. 그것이 오히려 장삭파에게 해가 될 것이외다.”

한보가 길게 한숨을 쉬었다. 철권을 다시 맞부딪치는 꼴을 보니 탁장복에게 더 이상의 기대를 하지 않으려는 모양새였다. 실제로 탁장복이 ‘저는 이제 파주를 만나려 하니 더 이상 소문주의 일에 관여하지 않으려 하오’ 라고 말하며 고개를 숙였다. 그때를 기해 한보가 무리를 뚫고 철권을 내밀었다.

“둘 다 똑같군.”

“누구시오?”

기세가 꺾였던 탁장복이 한보를 향해 눈살을 찌푸렸다. 한보가 우철권을 먼저 탁장복의 가슴으로 향하며 눈살을 찌푸렸다.

“탁 대협의 협심은 직책에 따라 조절할 수 있나 보죠?”

“소저의 말씀이 무례하구려! 신분부터 밝히시오!”

“천수신권 구동준의 제자 한보예요. 이 돼지가 하는 꼴이 너무 거슬려서 두들겨 패려고 나섰죠.”

탁장복은 당황하며 장철산의 눈치를 봤다. 뜻밖의 표정이 장철산의 얼굴에 자리를 잡고 있었다. 장철산은 멍한 표정으로 한보의 옆얼굴을 응시했는데 접혀진 턱으로 침이 흘렀다. 그제야 탁장복도 한보의 용모가 사내들의 호감을 부를 정도임을 깨달았다. 곧 탁장복의 입가에 미소가 번졌다.

"제 견식이 부족하여 천수신권이 누군지 모르겠소. 하나 이리도 무례한 제자를 두었으니 사부의 실력은 보지 않아도 알 수 있겠소이다."

탁장복은 한보를 이용하여 지금의 난처한 상황을 벗어날 계획을 세웠다. 애초에 탁장복이 장철산에게 시비를 걸었던 것도 이 마을에 들어와 협심을 보였다는 소문을 내기 위해서였다.

환룡문주 황보창(皇甫昌)은 사도맹의 다섯 손가락 안에 드는 권력자였으나, 장삭파주 장삭에게는 머리를 숙일 수밖에 없는 자이기도 했다. 그 이유는 장삭이 한때 자신의 사형이어서였다. 똑같이 금사희에게 파문당한 제자라고는 해도 외지에서의 위계는 철저히 지켜졌다.

최근에 황보창의 무공 수위가 사형을 크게 앞서며 그 위세를 떨치자 장삭이 불편한 심기를 감추지 못하고 연락을 취한 적이 있었다. 황보창은 장삭의 불편한 심기가 담겨진 편지를 읽고 대경하여 사형을 달랠 요량으로 탁장복을 보낸 것이다. 탁장복은 어떻게든 장삭의 마음을 풀어줘서 문주의 신임을 받고 싶었다. 그 때문에 마을에서부터 여러 사람에게 금품을 나눠 주며 인심을 보였는데, 정작 장삭파 앞의 기루에서 장철산을 만나 산통이 다 깨지고 만 것이다.

"댁이 계신 환룡문도 별 볼일 없을 것 같군요. 잘 나가다가 장삭파 돼지를 보자마자 굽실거리는 꼴을 보니 환룡문이 어떤 체제로 운영되는지 알 수 있을 것 같아요."

자신의 문파를 모욕했음에도 불구하고 탁장복은 미소를 지었다. 여전히 장철산은 게슴츠레한 눈으로 한보의 몸을 훑고 있었다. 한보에게 욕정을 느끼는 것이 분명했다. 이제 자신이 나서서 한보를 잡아 선물하면 장철산의 마음은 풀어질 것이고, 그 아비인 장삭에게도 호감을 얻으리라. 탁장복은 한 걸음 앞으로 나서며 냉소했다.

"흥! 입이 거친 소저로군. 환룡문을 능멸하고 숨이 계속 붙어 있기를 바라는 건 아니겠지?"

그 순간 장철산의 눈썹이 꿈틀거렸다. 장철산은 탁장복의 무공이 뛰어남을 알고 한보가 곧 죽을지도 모른다는 생각이 들었다. 두툼한 눈꺼풀 속에 담겨진 탁한 눈동자가 부하들을 향했다. 부하들이 장철산의 눈짓을 보고 고개를 끄덕였다. 지금과 같은 경우를 몇 번 경험한 듯싶었다. 장철산의 고갯짓에 따라 부하들이 조금씩 걸음을 옮기더니 급작스레 한보를 향해 신형을 날렸다. 동시에 장철산이 검지를 뻗으며 고함쳤다.

"상처가 없도록 해라! 특히 얼굴은 건들지 마!"

탁장복이 한발 늦었음을 알고 이맛살을 찌푸렸다. 하지만 곧 찌푸려진 인상이 활짝 펴지며 경악의 얼굴로 바뀌고 말왔다.

"그아아아앗!"

모든 사람들이, 심지어 위기를 느끼고 신형을 날리려던 주향상까지 경악의 얼굴이 되어 굳었다. 한보의 몸이 후방의 측면에서 달려들던 장철산의 부하에게로 돌아갔는데, 그 회류하는 속도가 빛살 같았다. 빠른 회전 속에 한보의 철권이 거대한 호선을 그리며 앞선 기습자의 안면을 내질렀다. 허공에 몸을 띄워 기습하는 상황이 아니었더라도 결코 피하지 못할 만큼 빠른 일격이었다.

꿔뻑!

콰라라라라라락!

꽈아앙!

장철산이 서둘러 입가의 침을 닦았다. 탁장복도 지금 자신에게 등을 보이고 있는 한보를 공격할 엄두조차 내지 못할 정도로 경악한 상태였다. 한보의 일격을 맞은 놈은 허공에서 쳇바퀴를 돌듯 두 번이나 회전하더니 머리부터 땅에 박았다. 핏덩이와 이가 우수수 튀어나오며 바닥을 굴렀는데, 구경하던 사람들 중 하나가 날아든 이에 정강이를 맞더니 주저앉아 신음했다. 순식간에 주변이 조용해졌다. 그리고 정적을 깬 자는 한보에게 일격을 당한 기습자였다.

"게… 게에! 꺼!"

놈은 눈을 까뒤집고 허공을 향해 두 손을 마구 휘저었다.

턱뼈가 부서져 입이 다물어지지 않았고, 피와 침이 뒤섞여 끊임없이 바닥으로 흘렀다. 알아들을 수 없는 낮은 비명을 지르며 사방을 향해 손을 뻗는 꼴이 곧 죽을 사람처럼 보였다. 장철산이 창백한 얼굴로 한 걸음 물러서며 부하들을 돌아봤다. 부하들은 넋이 나간 채 병장기를 치켜들 생각조차 못하고 있었다.

"호호호, 소저의 뛰어난 무공에 경탄했소."

뒤늦게 정신을 수습한 탁장복이 손뼉을 치며 한 발 나섰다. 자신에게 기회가 온 것이다. 한보가 탁장복을 돌아보니 묵빛 판관필(判官筆)이 자신의 목을 겨누고 있었다. 한보는 우철권을 살짝 들어 목을 가리고 탁장복을 쏘아봤다. 탁장복이 판관필의 손잡이를 매만지며 비릿하게 웃었다.

"제가 한 수 가르침을 받고자 하는데 괜찮겠소이까?"

한보는 냉소와 함께 답했다.

"하! 서로 속내를 다 꺼내놓고 이제 와서 무슨 놈의 예의? 솔직히 말해서 댁이 더 얄미워."

"좋군. 호호호. 그럼 마음 놓고 출수하지."

탁장복은 한보가 눈치 채지 못하게 검지로 손잡이의 중심면을 눌렀다. 판관필의 손잡이 내부에서 기관의 결이 걸리는 느낌이 왔다. 탁장복은 회심의 미소를 지으며 조심스레 판관필을 세웠다. 판관필의 뭉툭한 끄트머리는 내부 기관과 연결되어 있었고, 그곳에서 세 종류의 독침을 각각 다섯 개까지 받침하는 것이 가능했다. 지금 탁장복이 선택한 것은 마취 독을 바른 침이었다. 기회를 봐서 한보의 몸에 발침하여 장철산에게 넘길 셈이었던 것이다.

북!

한보의 철권이 좀 더 앞으로 내밀어지는 순간에 판관필이 호선을 그리며 휘둘러졌다. 한보는 앞에 내민 우철권을 좀 더 내밀어 판관필을 막았다. ‘컹!’ 하며 맑은 소리가 둘 사이에 흘렀다. 비무를 구경하던 주향상의 안색이 굳어진 것은 그때였다.

‘판관필 안이 비었다!’

환룡문은 사도맹의 세력이 아닌가! 이유없이 판관필의 내부를 비워두지 않았으리라! 주향상은 그렇게 생각하며 한보에게 경고할 셈으로 입을 벌렸다. 하지만 그보다 먼저 탁장복이 수를 썼다. 우철권에 의해 튕겨진 판관필이 허공에서 빠르게 원을 그리더니 금세 공격로를 되찾아 연계에 나섰다. 한보의 정수리를 노리는 매서운 수직세였다.

휘이이이이!

동시에 한보가 허공으로 좌철권을 뻗었다. 우철권이 허리로 당겨져 탄성을 주고, 얼굴은 정면의 탁장복을 향하는 정통정권(正統正拳)의 위세였다. 쌍각의 진각 또한 시기적절하여 매서운 돌풍이 좌철권을 따라 허공으로 치솟았다.

까아아앙!

"억!"

탁장복은 대경하여 급히 좌수를 뺐었다. 좌철권과 맞부딪쳐 팅겨진 판관필이 하마터면 군중 저편까지 날아갈 뻔했기 때문이다. 간신히 좌수의 도움을 받아 판관필을 놓치는 것을 모면했을 때, 한보가 우철권을 뒤로 당기고 있었다. 그 자세가 마치 활시위를 당기듯 팽팽하여 침착하게 응수하기 어려웠다. 탁장복은 한보의 철권이 이렇게까지 매서울 줄 몰랐던지 당황한 표정을 감추지 못했다. 곧 탁장복이 판관필을 두 손에 쥔 채 노도세(怒濤勢)의 반격을 가했다. 비록 임기응변의 출수였으나 적의 철권과 자신의 판관필 사이에는 길이의 차가 있다. 한보가 휘두르는 저 우철권이 자신의 몸에 닿기 전에 판관필의 끄트머리가 먼저 상대를 꿰뚫을 것이다. 적이 바보가 아닌 이상 회피세를 펼칠 것은 자명하며, 자신은 그 틈을 타서 마취 침을 쏘면 끝이리라.

쿠우후!

일순 바람이 불었다. 한보가 허공으로 좌철권을 뻗었을 때 솟구쳤던 흙바람이 급작스레 회오리치며 여인의 청의를 감쌌다. 탁장복은 자신의 눈을 믿을 수 없어 눈꺼풀을 좀 더 크게 열었다. 분명 정면으로 날아들었던 한보의 우철권이 어느새 반월의 바람을 불러일으키며 판관필을 노리고 있었다. 흙바람이 한보의 어깨에서부터 살아 있는 뱀처럼 팔을 맴돌며 우철권의 끝으로 내달렸다.

까까각! 청!

"빌어먹을!"

탁장복에 입에서 절로 욕설이 튀어나왔다. 묵빛의 조각들이 흙바람에 휘말려 허공으로 솟구치더니 사방으로 흩어졌다. 믿어지지 않았다. 내력을 실어 금강력(金剛力)을 담아놓은 판관필의 절반이 부서져 버린 것이다. 그나마 남아 있는 반쪽의 판관필도 사용이 불가능했다. 판관필에서부터 몰아쳐 온 충격이 쌍수를 저리게 하여 힘이 들어가지 않았다. 그저 쥐고 있는 것만으로도 요행이라 생각될 정도다. 탁장복이 어깨에서부터 내력을 채찍질하여 쌍수에 기력을 보냈다. 이미 한보의 좌철권이 가녀린 어깨 뒤편으로 사라져 흙바람을 끌어당기고 있다. 곧 날아올 것이다. 적색의 바람과 함께 엄청난 기운이 자신의 목숨을 노릴 것이다. 탁장복은 다급해졌다. 쉴 새 없이 떨리는 입술이 벌어지며 공포와 아픔을 짓누를 고함이 터져 나왔다.

"이여어어업!"

"카아아!"

한보도 고함을 지르며 좌철권을 날렸다. 고함만큼이나 시끄러운 바람 소리가 좌철권의 주위에서 울려 퍼졌다.

쫘앙!

부서진 곳의 끄트머리를 좌수에 쥐고 손잡이를 우수에 쥔 채 판관필로 철권을 막았다.

쩡!

또다시 묵빛 조각이 날았다.

징징! 직!

탁장복의 쌍장이 진동을 견디지 못해 쉴 새 없이 울음을 터뜨렸다. 손바닥의 살이 찢어져 피가 흘렀다. 손목뼈에 금이 간 듯 힘이 들어가지 않았다. 탁장복은 강시의 얼굴처럼 창백해져서 전신을 파르르 떨었다. 이것이 정도의 무공인가! 암기를 쏠 여력조차 용납하지 않는 패력(覇力)의 위용이란 이것인가!

후아아아아앙!

"끄아앗!"

콰!

탁장복은 자신도 모르게 엉덩방아를 찧으며 몸을 뒹굴었다. 한보의 우철권이 허공을 내지르자 그 끝에서 적풍이 몰아치며 군중들의 옷자락과 머리카락을 뒤흔들었다. 탁장복이 자신도 모르게 뇌까렸다.

"내, 내가… 이런 꼴사나운……."

"그워어!"

부끄러움을 따질 때가 아니었다. 한보가 또 한 번 고함을 지르더니 우각을 높이 치켜들었다. 이번에는 붉은 흙바람이 한보의 허리에서부터 회류하여 하늘을 가린 우각을 따라 똬리를 틀었다. 내려올 것이다. 가공할 힘이, 저것이, 하늘이 내

게로 무너져 내릴 것이다. 탁장복은 늘어진 두 팔의 도움을
받을 수 없자 두 발을 휘저어 땅을 박찼다. 환룡문의 보법으
로 유유자적하게 피할 수 있었건만 애초에 그런 것을 배웠는
지, 그런 보법이 있기는 한 것인지 아무 생각도 나지 않았다.
그저 피해야 한다는 강박관념에 시달린 범부처럼 다리만을
파닥거릴 뿐이었다. 그때 탁장복의 부하 다섯 명이 급히 나서
며 한보를 향해 살기를 뿌렸다.

"멈춰라!"

탁장복의 부하를 보고 주향상이 눈을 부릅떴다.

"아차!"

주향상은 뒤늦게 신형을 날리며 자신의 부족함을 한탄했
다. 한보의 무공이 너무도 강맹하여 정신을 놓았던 것이다.
주향상이 접근했을 때는 이미 놈들의 살기가 한보를 감싸고
있었다.

꽈가각!

"으아아아아악!"

카라라라랑!

찰나,

"끄으! 끄아아아아!"

비록 찰나의 순간이었지만 한보를 제외한 모든 사람들이
입을 벌렸다. 다섯 명의 병장기가 전신을 위협했음에도 불구
하고 한보는 아무 상관 없다는 듯 하던 일을 계속했다. 우각

이 천하를 짓밟듯 탁장복의 정강이를 찍어누르며 뼈를 모두
부수었고, 그 다음엔 다섯 명의 병장기가 좌철권, 우철권에
의해 일제히 흐트러졌다.

한보에게 그만한 시간적 여유가 있어서 그런 결과를 낳은
것이 아니다. 기세(氣勢)의 차이가 선물한 시간이었다. 자신
의 목숨을 노리며 날아드는 병장기들을 무시한 채 탁장복의
다리를 부수는 순간, 다섯 부하가 약속이라도 한 듯 머뭇거렸
던 결과다. 놈들은 한보의 기세에 눌려 제대로 된 공격을 펼
치지 못했다. 한보는 우철권을 하늘로 당기며 탁장복의 나머
지 다리를 노려봤다. 탁장복이 부러진 다리를 붙들고 비명을
지르다가 괴이한 기운을 느끼고 한보를 보았다. 그리고 눈물
가득한 얼굴에 함박웃음을 지었다.

"내가 졌소!"

"시끄러!"

"아니, 정말 졌다니까! 패배 인정!"

부아아아악!

한보가 우철권을 내리찍는 동안 탁장복의 다섯 부하는 충
분히 공격을 가할 수 있었다. 하지만 누구도 한보를 노리지
않고 각자의 병장기로 우철권의 갈 길을 막았다.

꽈가가라랑!

놀랍게도 병장기 다섯이 모두 다 조각났다. 부록으로 탁장
복의 또 다른 다리뼈도 일부 조각났다. 이제 탁장복의 다섯

부하는 선택의 여지가 없었다. 눈앞의 청의여인은 자신들을 철저하게 무시하고 있었고, 자신들의 임무는 청의여인이 관심을 보이는 이 걸레조각을 지켜주는 것이다. 다섯 무인이 급히 수족을 놀려 탁장복을 둘러쌌다. 그러자 한보는 호랑이처럼 부릅뜬 눈을 회오리치며 뒤쪽을 보았다. 기껏 와서 할 일을 찾고 있던 주향상의 무안한 얼굴이 보였고, 그 뒤에 비석처럼 굳어 있는 장철산이 보였다.

"이제 당신."

한보가 쌍철권을 맞부딪치며 주향상의 곁을 지나쳤다. 그제야 장철산이 정신을 차렸다. 장철산은 좌우를 둘러보며 어쩔 줄을 몰라 하더니 사정없이 후들거리는 비곗살 검지를 들며 외쳤다.

"마, 마, 막아라!"

다섯 명의 부하 중에 두 명이 급히 앞을 막았다가 자신들 둘만 나섰음을 알고 당황했다. 세 명의 부하는 오히려 장철산의 뒤쪽에서 입술을 떨고 있었고, 턱뼈가 부서졌던 자는 아예 보이지도 않았다.

한보가 성큼성큼 걸으며 턱을 들더니 가슴 앞에서 쌍철권을 비껴 쳤다. 우철권이 위에서 아래로, 좌철권이 아래에서 위로 호선을 그리는 모습. 그리고 그것들의 끄트머리인 주먹 부위가 중앙에서 부딪치는 모습이 천 년의 시간 동안 느긋하게 이루어지듯 또렷하게 보인다.

'깡!' 하고 철권이 부딪칠 때 불꽃이 튀었다. 불꽃은 바람 줄기를 타고 한보의 매서운 얼굴을 잠깐 가렸다가 하늘로 비상했다. 장철산이 용기를 내어 외쳤다.

"막으라니까!"

두 명마저 물러섰다.

"사, 살려줘!"

"죽어줘."

한보는 장철산의 외침에 나직한 음성으로 답하고는 우철권을 뒤로 당겼다.

콰아아아아!

"그만!"

쩌엉!

한보의 눈이 휘둥그레졌다. 귀문(鬼紋)이 새겨진 검신(劍身)이 자신의 우철권을 막고 있었다. 그것도 검날이 아닌 검면으로. 한보는 뒤늦게 자신의 공세를 무위로 돌린 자에게 시선을 옮겼다. 익숙한 얼굴이다. 흉측한 검상 속에 의안이 빛나며 싸늘한 음성과 함께 흔들거렸다.

"소문주께 이게 무슨 짓입니까, 한 소저?"

한보의 눈과 목소리가 싸늘해졌다.

"귀검자 대협께서 직접 말씀해 주세요. 이자가 정말 장삭파의 소문주가 맞는 거예요?"

귀검자는 한보의 말에 답하지 않았다. 대신 자신의 뒤에서 사시나무처럼 떨고 있는 장철산을 돌아봤다.

"소문주, 이게 어찌 된 일입니까?"

"저 계집이 날 죽이려고 했다!"

장철산이 검지를 뻗으며 고함을 질렀다. 귀검자가 '아앗, 그렇습니까? 이런 천인공노할 계집!' 이라며 화를 내는 대신 검병(劍柄)으로 머리를 긁적거렸다.

"그러니까… 어째서 한 소저가 소문주를 죽이려 했냐고 묻는 것입니다."

"그걸 내가 어떻게 알아? 분명 정도맹에서 보낸 첩자일 거다!"

군중들만큼이나 귀검자가 조용해졌다. 한보의 매서운 눈매만 앙칼지게 떠들고 있었다. 장철산이 지레 겁먹었는지 목살을 접으며 투덜거렸다.

"기루의 계집들 버릇을 고쳐 주고 있었는데 저게 간섭했다. 정말 그 이상은 아니야!"

한보와 주향상이 동시에 이상한 느낌을 받았다. 주눅이 든 말투가 아닌가. 게다가 장철산이 시선을 내리깔며 귀검자의 외눈을 피하고 있었다. 귀검자는 고개를 돌려 의안을 번득였다. 아직까지 몸을 추스르지 못한 세 명의 기녀가 귀검자의 눈치를 보고 있었다. 하늘을 흐르는 구름의 잔여물처럼 부드러운 목소리가 귀검자의 입에서 흘렀다.

"너희들에게 미안하구나. 소문주께서 술이 과하시어 실수한 듯하니 이해해라."

장철산이 귀검자의 등에 대고 뭐라 외치려 했지만 급히 입을 다물었다. 귀검자의 고개가 미동했기 때문이다. 뒤를 돌아본 것도 아니고, 그저 한 치가량 고개를 움직였을 뿐인데 장철산은 울다 지친 어린아이처럼 얌전해졌다. 그런 모습을 볼수록 한보와 주향상은 곤혹스러웠다. 정말 귀검자가 장철산의 호위 무사가 맞는지 의심스러울 정도였다. 외눈이 이번에는 한보에게로 돌아갔다.

"정말 죄송합니다. 한 소저와 주 도사께 큰 결례를 범했습니다. 저를 봐서라도 용서해 주시기 바랍니다."

비굴할 정도로 저자세였다. 한보는 아랫입술을 내밀어 자신의 이마를 가린 머리카락에 입김을 뿜었다. 그리고 두 팔을 감싼 철권들을 빼내어 주머니에 넣었다. 귀검자는 감사의 뜻으로 포권을 한 뒤 비로소 장철산을 돌아봤다.

"소문주께서는 앞으로 큰일을 하실 분입니다. 어찌 이런 사소한 일에 관여하여 뭇 사람들에게 오해를 사시는 겁니까? 천하를 내다보시고 자중하는 법을 익히십시오. 이번 일은 소문주께서 잘못하셨으니, 저 여인들과 한 소저에게 용서를 구하셔야 합니다."

"시, 싫다! 대체 내가 뭘 잘못했다는 거냐?"

"소문주의 도리깨에 피와 살점이 묻어 있습니다. 그것은 필시 무공을 모르는 저 여인들의 것이 아니겠습니까? 무인 된 도리로 무공조차 익히지 않은 약자를 치는 것은 천하를 보실 분이 취할 행동이 아닙니다. 이유야 어찌 되었든 소문주께서는 저들을 대할 때 무공을 쓰지 말았어야 했습니다."

"그럼 무공을 배운 보람이 없잖냐! 우호법은 너무 답답해서 문제란 말이다!"

우호법이라는 말에 한보가 주변을 살피며 좌호법을 찾았다. 하지만 좌호법이 될 만한 사람은 보이지 않았다.

주향상은 장삭파에 대해 자신이 알고 있는 정보가 엉터리라는 생각을 하며 고개를 가로저었다. 한보가 장철산에게 날린 철권은 너무도 강맹했다. 주향상이 '나는 저것을 막을 수 있었을까' 라며 고민할 정도의 위력이었다. 그런 일권을 귀검자는 검면으로 가볍게 막았다. 귀검자와 함께 호법을 설 수 있는 존재라면 보통 인물이 아닐 것이다. 대체 언제부터 장삭파가 이렇게 뛰어난 인재를 구하게 된 것인지 이해할 수 없었다. 그때 귀검자의 한숨 섞인 음성이 귓전을 울렸다. 아니, 가슴까지 울릴 정도로 듣기 좋은 소리였다.

"천하는 무공으로만 제압하는 것이 아닙니다. 문(文)으로써 상대를 제압할 때도 있고, 언(言)으로써 제압할 때도 있습니다. 기루의 사람들이 말로써 소문주를 대한다면, 소문주 또한 말로써 승부하여 이겨야 하지 않겠습니까? 이런 작은 마을의 기루에 있는 사람들조차 이겨내지 못한다면 앞으로 어떻게 천하를 상대하실 셈이십니까. 용서를 구하십시오. 이는 저 사람들에게 용서를 구하는 것이 아니라 소문주 스스로에게 용서를 구하는 꼴이 될 것입니다. 소문주께서 잘못을 인정하지 않는다면 천하를 상대하는 일은 요원합니다.”

주향상이 낮게 신음하며 고개를 끄덕거렸고, 한보는 귀검자의 검상을 보며 미소 지었다. 조금 전의 불쾌감이 귀검자의 음성에 씻겨 날아가 버린 것만 같았다. 곧 장철산이 고개를 떨구며 기녀들을 향해 걸어갔다. 장철산은 귀녀들 앞에서 고개를 삐딱하게 기울인 뒤 말했다.

“미안하다. 내가 잘못했다.”

그러자 뒤에서 귀검자의 싸늘한 음성이 들렸다.

“무릎을 꿇고 정중하게 말씀하셔야 옳습니다.”

주향상이 놀라다 못해 딸꾹질을 했다. 세상에 누가 자신의 소속 문파 후계자에게 저런 말을 할 수 있단 말인가! 저것은 장철산만의 문제가 아니었다. 장삭파의 후계자가 누군가에게 무릎을 꿇고 용서를 빈다면, 그 소문은 장삭파의 현판에 먹칠하게 될 것이다. 장철산 스스로도 그것을 느낀 듯 창백한 얼굴로 귀검자를 돌아봤다. 검상이 가득한 귀검자의 얼굴은 목소리와 달리 평온했다. 장철산이 난색을 표했다.

“내가 기녀에게 무릎을 꿇었다는 얘기를 들으면 아버님께서 나뿐 아니라 우호법까지 죽이실 거다.”

귀검자가 장철산에게 포권하며 미소를 지었다.

“오왕 부차는 와신(臥薪)의 치욕으로 월을 제압했고, 월왕

구천은 상담(嘗膽)의 치욕으로 오를 제압했습니다. 지금은 무릎을 꿇는 것이 치욕이겠으나, 그로 인하여 소문주께서는 이와 같은 실수를 다시 저지르는 일이 없을 것입니다. 이는 장삭파의 미래를 위한 일이니 부끄러워하지 마십시오. 문주님이 노하시면 제가 달래겠습니다.”

장철산은 땅이 꺼져라 한숨을 쉬었다. 기녀들도 당황하여 ‘이제 됐다’ 는 뜻을 보였다. 하지만 귀검자는 완고한 시선으로 장철산을 계속 응시했다. 장철산은 끝내 기녀들에게 무릎을 꿇고 용서를 빌었으며, 한보에게도 그렇게 했다. 한보가 장철산의 사과를 받고 무리 속으로 돌아오자 주향상이 슬그머니 다가와서 속삭였다.

“대체 어떻게 된 건지 모르겠습니다. 빈도는 장삭파의 위계가 어찌 흐르는지를 종잡을 수가 없습니다.”

“저는 뭐 알겠어요? 이상한 문파예요.”

“사연이 있는 듯싶습니다.”

한보가 고개를 끄덕이며 장철산의 뒷모습을 응시했다. 불만이 가득하다는 것이 걸음걸이에서 여실히 느껴질 정도다. 장철산을 장삭파 정문까지 데리고 갔던 귀검자는 곧 한보가 있는 곳으로 되돌아왔다. 그리고 깊게 머리를 숙이며 또 한 번 용서를 빌었다. 그쯤 되니 이제는 한보와 주향상이 되려 미안할 지경이 되었다. 주향상이 제발 더 이상 사과하지 말아달라고 청하자 귀검자는 고개를 끄덕이고는 기루로 들어갔

다. 한보가 뒤따라가니 귀검자가 부상을 입은 기녀들에게 은
자를 건네고 있었다. 한보는 화색 가득한 얼굴로 기루를 나오
며 콧노래를 흥얼거렸다.

"어쩌다 부끄러운 모습을 보이게 되었습니다. 그래도 마침
이곳까지 오셨으니 본 파를 구경하심이 어떻겠습니까? 제가
아직 맡은 일을 끝내지는 못했으나 어려운 일이 아닌 것 같으
니 안내를 맡겠습니다. 부디 저의 청을 받아주십시오."

기루를 나온 귀검자의 부탁도 거절하기 어려웠다. 한보와
주향상은 귀검자에게 더욱 호감을 느끼며 고개를 끄덕였다.

셋은 장삭파의 정문을 향해 걷기 시작했는데, 사람들로 인
해 입구가 막혀 있었다. 반병신이 된 탁장복과 그 부하들이
들여보내 달라고 아우성을 치는 중이었다. 한보가 탁장복의
일을 귀검자에게 말하며 반응을 기다렸다. 귀검자는 묵묵히
탁장복에게 걸어가더니 품에서 은자를 건넸다.

"예서 멀지 않은 곳에 의원이 있습니다. 일단 치료부터 하
고 오시지요."

탁장복은 고통에 신음할 뿐 대답하지 못했다. 하지만 정신
은 온전한지 한보를 보자마자 대경하며 거품을 물었다. 탁장
복의 곁에서 부하가 답을 대신했다.

"제가 알기로 장삭파의 문주께서는 의술에도 일가견이 있
다 들었습니다. 저희 환룡문 사람들이 장삭파를 찾아온 손님
이니 치료를 부탁해도 결례가 되지는 않을 듯합니다."

"문주께서는 그럴 시간이 없습니다."

귀검자의 말투가 차가웠다. 그것이 한보의 마음에 들었다. 탁장복의 무리는 곧 정문의 길을 열었고, 귀검자가 예의 부드러운 미소를 보이며 한보 일행을 돌아봤다. 검상 때문에 악귀의 미소처럼 보였지만 그 속에 담겨진 따뜻함을 알 수 있었다.

한보와 주향상은 탁장복의 신음을 뒤로하고 장삭파 정문 앞에 섰다. 정문 위에 걸쳐진 커다란 현판에는 힘이 실린 필체로 장삭파라는 세 글자가 새겨져 있었다. 구석에 새겨진 낙관을 보니 장삭이 직접 쓴 필체인 듯했다. 필체만으로도 전신을 압도하는 힘이 느껴지는지라 주향상은 내심 감탄했다.

"문주께서는 지금……."

정문으로 들어섰을 때, 귀검자가 미소를 머금고 말을 하다가 표정이 굳었다. 곧 주향상도 귀검자처럼 딱딱한 얼굴이 되어 걸음을 멈췄다. 한보가 이유를 알 수 없어 멍한 표정을 지었다. 다시 걷기 시작했으나 열 걸음도 채 지나지 않아서 귀검자가 조심스레 말했다.

"아무래도 오늘은 날이 아닌 듯합니다."

"예?"

"하하하! 객잔에서 기다리겠습니다. 오늘도 귀검자 대협과 많은 얘기를 나눴으면 합니다."

"어라?"

"제 뜻도 그러한데 주 도사께서 그리 말씀하시니 기쁘기

그지없습니다. 한시바삐 일을 마치고 좋은 술로 찾아뵙겠습니다."

"그, 그냥 돌아가는 거예요? 구경은요?"

"하하하하하! 기대하겠습니다."

두 사람은 한보를 무시한 채 즐겁고도 급하게 웃음을 주고받았다. 그리고 주향상이 먼저 걸음을 되돌려 정문으로 향했다. 한보가 영문도 모른 채 주향상의 뒤를 쫓아갔는데, 고개를 반쯤 돌려 귀검자를 보니 제자리에 서서 포권으로 배웅하는 중이다. 한보는 주향상의 도복 자락을 쥐며 물었다.

"대체 왜 그러세요?"

"객잔으로 돌아가는 것이 좋을 듯합니다. 일단 현아의 상태도 알아봐야 하지 않겠습니까?"

"그건 그렇지만, 이렇게 갑자기 돌아가야 하는 이유를 알고 싶단 말예요."

한보가 인상을 찌푸릴 때였다.

"아아아! 아아! 아아아아아!"

교성(嬌聲)이 들렸다. 제법 먼 거리에서 들리는 소리였으나 가까이에 있었다면 귀를 막아야 할 정도로 시끄러웠을 것이다. 한보의 얼굴이 대번에 새빨개졌다. 주향상은 정문 앞에서 걸음을 멈추고 한숨을 뱉었다. 한보가 먼저 주향상을 지나치며 정문 밖으로 나가 버렸다. 정문을 나갔는 데도 교성이 희미하게 들렸다. 내공이 심후한 귀검자와 주향상은 진작에 저

소리를 들었을 것이다. 한보가 일찍 정문을 나가지 못한 것을 안타까워하며 아랫입술을 깨물었다. 기루가 있는 곳까지 걸어갔는데도 교성이 들리는 것만 같았다.

'쫓아오니?

한보가 두 손으로 귀를 막으며 마음속으로 윽박질렀다.

"대체 어떻게 된 집단이야?"

객잔 탁자에서 만두를 우물거리며 불평했다. 한보의 입장에서는 당최 이해할 수 없는 집단이었다. 주향상도 굳은 얼굴이었고, 초췌한 몰골의 녹지현도 굳은 표정이었다. 녹지현은 왜 자신을 데려가지 않았냐며 노골적으로 아쉬워했다. 여전히 귓전에 울리는 것 같은 여인의 교성을 잊을 요량으로 한보가 죽엽청(竹葉靑)을 주문했다. 뜻밖에도 점소이가 아니라 객잔 주인이 술을 들고 왔다. 주름 가득한 노인의 얼굴에 쓸쓸한 미소가 머물고 있었다.

"봉인화(封印花)의 교성을 들은 게로군요. 운이 좋았습니다."

"윽!"

한보가 얼굴을 붉히며 객잔 주인을 돌아봤다. 객잔 주인이 술병을 탁자 위에 내려놓으며 혼잣말을 하듯 말했다.

"이 마을에서 가장 불쌍한 여인입죠. 협행을 하시려면 그 여인의 교성을 잊지 마세요."

"그게 무슨 말씀이십니까?"

주향상이 곤혹한 얼굴로 물었다. 한보도 어이가 없는지 반웃음을 지은 채 노인을 주시했다. 녹지현이 '어딜 껴드는 거냐?'고 호통 치다가 한보의 좌권에 배를 맞더니 급히 함구한 채 측간으로 달려갔다. 노인은 술병을 들고 올 때 사용했던 쟁반을 가슴에 안고 주변의 손님들이 듣지 못하도록 조용히 말했다.

"그 여인은 문주가 데리고 있습니다. 살기에 불편함이 없도록 좋은 옷과 음식을 주고는 있으나 사람이라 할 수 없는 삶을 살지요."

"자세히 말씀해 주십시오."

"괜찮겠는지요?"

노인의 물음이 무엇을 뜻하는지 알 수 없었다. 영문을 모른 채 고개를 끄덕이는 두 사람을 보고 노인이 또 한 번 쓴웃음을 지었다.

"문주가 색욕(色慾)을 채우기 위해 데리고 있는 여인입니다. 이곳에 장삭파가 들어서기 전부터 데리고 있었지요. 또한……."

"……."

"귀한 손님이 왔을 때 접대하는 여인으로도 쓰이고 있습니다."

한보가 눈살을 찌푸리며 술잔을 악쥐었다. 술잔이 툭 소리를 내며 금이 갔다. 노인은 한보가 쥔 술잔을 물끄러미 응시하더니 마치 그것의 약함을 비웃듯 일그러진 입술로 말을 이었다.

"그를 위해서 여인의 두 눈알을 뽑고 양쪽 귀의 고막을 터뜨렸습니다. 그리해야 욕정을 풀면서도 손님과 중대사를 논할 수 있었을 테니까요. 입을 남겨둔 것은 교성을 듣기 위함이라 들었습니다."

"미친!"

팍!

한보의 손에 쥐어진 술잔이 폭발하듯 조각났다. 주향상이 한동안 입을 벌린 채 굳어 있다가 뒤늦게 한보의 손에서 피가 나는 것을 보고 당황했다. 객잔 주인은 기다렸다는 듯 품에서 수건을 꺼내어 한보의 상처에 쥐어주었다. 그리고 탁자 위의 술잔 조각들을 쟁반 위에 쓸어 올렸다.

"여인은 스스로의 교성을 듣지 못하여 그 소리가 얼마나 큰지를 모르고 있습니다. 그래서 두 분 손님이 그 교성을 들을 수 있었던 것이지요. 그래도 다행인 것은 여인의 나이가 사십을 넘기도록 목숨을 부지했던 이유가 이목을 잃어서라는 점입니다. 다른 여인들은 문주가 싫증이 날 때마다 목숨을 잃었으니까요."

"작혈왕이 무도하고 흉포한 자라는 것은 진작에 들었으나 이는 도를 넘습니다. 세상천지에 어찌 이런 일이……."

주향상이 가슴을 치며 탄식했다. 한보는 정신을 수습하지 못한 듯 황망한 얼굴로 침묵하다가 술잔 조각이 모두 쟁반에 들어섰을 때 소리를 뱉었다. 마치 스스로에게 말하듯 자조하는 음성이었다.

"제가 그 여자라면 차라리 죽음을 택하겠어요."

"죽음조차 택할 수 없는 여인입니다."

"예?"

"이거 말이 길어졌습니다. 상처를 누르고 계시지요. 소인이 곧 뜨거운 물을 가져오겠습니다."

급히 몸을 돌리는 객잔 주인에게 한보가 상처조차 잊고 급히 손을 뻗었다. 하지만 먼저 부른 사람은 주향상이었다. 주향상은 '잠깐 멈추십시오!' 라고 외치고서 객잔 주인이 돌아보기를 기다렸다가 물음을 던졌다.

"어째서 주인장은 그걸 얘기해 주시는 것입니까?"

객잔 주인이 미소 지었다.

"협심을 잊지 마시라는 뜻에서 한 말이니 너무 깊이 생각하지 마시지요. 손님들께서 협심을 지니면 소인의 객잔이 부서질 일은 없지 않겠습니까? 헛허."

"협심이라 함은……."

"고통받는 자의 목소리를 들을 줄 알아야 도움의 손을 뻗을 수 있는 법이지요."

그때 녹지현이 창백한 얼굴로 다가오며 의자를 당겼다. 녹지현은 원망스러운 눈으로 한보를 흘기면서 자리에 앉았는데,

'억!' 소리를 내며 다시 일어나고 말았다. 객잔 주인이 깜짝 놀라며 녹지현이 앉았던 의자를 보더니 그곳에서 손가락 마디만 한 술잔 조각을 들어 쟁반 위에 올려놓았다. 녹지현은 객잔 주인을 향해 화를 내려다가 급히 입을 막더니 또다시 측간으로 달려갔다. 그사이에 노인은 주방이 있는 곳으로 사라졌다.

"한 소저의 얼굴이 어둡습니다."

깊은 밤이 되어 찾아온 귀검자가 제일 먼저 한 일은 한보의 안색을 살피는 일이었다. 녹지현은 벌써 침상에 들었고, 주향상과 한보만 울분을 씹으며 귀검자를 기다리고 있었다. 한보가 객잔 주인의 말을 다시 꺼내며 귀검자에게 사실 여부를 물었다. 귀검자가 잠시 침묵하다가 괴로운 얼굴을 하며 고개를 끄덕였다.

"어째서 말리지 않으세요? 그 소문주에게 한 것처럼 문주를 설득하면 되는 일이잖아요!"

"통하지 않습니다. 또한 저의 설득이 통했다면, 봉인화 마님은 이미 저세상 사람이 되었을 것입니다."

봉인화를 탁자 위에 두고 침통한 대화가 오랫동안 이어졌다. 손님들이 하나둘 객잔을 떠나니 음울한 기운이 가득하여 귀뚜라미의 울음소리조차 처절했다. 참다못한 주향상이 화제를 바꿨다.

"그러고 보니 빈도가 궁금한 것이 많습니다. 귀검자 대협께서는 어찌하여 소문주를 그리 훈계할 수 있으십니까?"

"아하하하!"

곧 귀검자가 환한 얼굴로 웃음을 터뜨렸다.

"소문주께서 장차 큰 인물이 되길 바라는 이놈의 욕심이 그런 무례를 범하고 있습니다. 하나 소문주께서 천하에 이름을 떨치실 때, 이놈의 조언이 분명 도움될 것입니다."

"정말 큰 인물이 될 거라고 믿으시는 거예요?"

옆에서 한보가 샐쭉한 얼굴로 투덜댔다. 내기라도 하고 싶은 표정이다. 하지만 귀검자는 한보의 표정 따위는 안중에도 없다는 듯 여전히 즐거워했다.

"물론입니다. 낮의 일은 실수로 여기시어 놓아주시지요. 소문주께서 운이 없어 좋지 않은 모습부터 보이게 된 것이 한스럽습니다. 그래도 위풍당당하고 잘못을 뉘우칠 줄 아는 대인의 풍모를 느끼지 않으셨습니까?"

"음, 전 소문주께서 상당한 미남일 줄 알고 기대했었다고요. 저팔계의 풍모는 솔직히 제 취향과 거리가 멀어서 미남으로 여겨지기 힘들어요."

한보가 쓰게 웃으며 농담했다. 하지만 귀검자는 그 말을 농담으로 받아들이지 않고 정색하며 손을 저었다.

"소문주의 원래 모습은 그렇지 않습니다. 몇 년 전까지만 해도 기골이 장대하고 흑발에 윤기가 가득하며 두 눈의 총기가 북극성을 압도했습니다."

“표현법을 아예 외우셨군요.”

한보가 투덜대다가 주향상의 눈치를 받았다. 귀검자는 한보의 빈정거림에도 전혀 불쾌감을 느끼지 않은 듯 외눈의 눈매에 웃음을 머금고 말을 이었다.

“지금 그 모습이 된 이유는 문주의 독문신공(獨門神功)을 익히다 생긴 부작용 때문입니다. 아니, 부작용이라고 할 수도 없지요. 지금 가진 비곗살이 십 년 후면 내력으로 압축되어 금강체(金剛體)에 가까운 살로 바뀔 것입니다. 문주의 풍채를 보시면 제가 무슨 말을 하는지 이해하실 수 있을 겁니다.”

“아아, 알겠습니다!”

주향상이 낮게 탄성을 질렀다. 장삭이 지닌 무공 중에 금강체의 몸으로 단련하는 것이 있다는 말을 들은 적이 있기 때문이다. 그래도 주향상은 장철산을 신용하기 어려웠다. 결국 주향상이 어제 사귄 친구지간임을 외면하고 무례를 범했다.

“하나 여전히 장삭파의 소문주께는 아쉬움이 남습니다. 아니, 마음을 털고 말하겠습니다. 빈도의 아쉬움은 소문주께 있는 것이 아니라 대협께 있습니다. 빈도의 좁은 식견으로도 귀검자 대협의 세상을 보는 눈이 냉철함을 알 수 있었습니다. 그러나 장삭파의 소문주에 대해서만큼은 대협께서 냉철함을 잃은 듯 보입니다.”

결별을 각오한 말이었다. 지금까지 자신이 겪은 귀검자는 장철산이라는 존재에게 맹목적인 애정을 담고 있는 것이 분명했다. 어쩌면 귀검자는 소문주를 끝내 불신하는 주향상에게 화를 내며 검을 뽑을지도 모른다. 그것을 염두에 두고서도 이렇게 말을 꺼낸 이유는 귀검자가 아까워서였다. 주향상은 귀검자에게 충고하여 도움을 주는 것이 친구의 의무라고 여겼다.

"어쩌면 그럴지도 모르겠습니다. 하하하하하!"

돌아오는 웃음소리가 주향상의 긴장을 풀었다. 화내지 않은 것에 대해서는 안도감이 들었으나 자신의 충고를 제대로 받아들이는 것 같지 않아서 안타까웠다. 하지만 주향상은 더 이상 장철산에 대한 문제를 입에 담지 않았다. 술잔을 나누며 의기투합하는 것만으로도 시간이 부족했기 때문이다.

한보와 주향상과 귀검자는 어제처럼 우정과 술을 나누며 아침해를 맞이했다. 다음날의 햇살도 건배로 맞이했다. 나흘째의 건배에 녹지현이 참여했는데, 그 결과 주향상에게 좀 더 일찍 무례를 범했다.

주향상은 자신을 부축하고 방으로 데려가는 귀검자에게 내일의 건배가 마지막임을 말했다. 귀검자가 크게 아쉬워했으나 서로에게 임무가 있음을 인식하며 고개를 끄덕였다. 그리고 정오가 되기 전에 객잔을 찾아와 자리를 잡았다. 주향상과 한보는 귀검자가 얼마나 자신들을 좋아하는지 온몸으로 느끼며 고마워했다. 세 사람은 일찍부터 술상을 차리고 웃고 떠들기 시작했다.

"어라? 그간 잘 안 보인다 했더니 여기에 계셨네요?"

한참을 웃고 떠들 때 귀검자의 뒤에서 사내의 목소리가 들렸다. 세 사람이 고개를 돌리니 주걱턱이 인상적인 사내가 두 명의 동료와 함께 자리를 잡는 중이었다. 주걱턱 사내는 귀검자에게 예를 표하며 웃었다.

"그렇게 정도맹 사람들과 친분을 다지다가 그쪽으로 가는 거 아녜요?"

"하하하하! 그럴 리가 있겠나? 자네가 걱정할 일은 결코 없을 걸세. 그리고 이분들은 내일 아침에 이곳을 떠날 터. 그때 다시 한 번 나를 찾게나. 내 술잔에 정도맹의 아쉬움이 남았을지, 아니면 이분들에 대한 아쉬움이 남았을지 꼭 확인해 보게."

"좋은 분들인가 보네요."

주걱턱사내가 의자에 앉으며 점소이를 불렀다. 귀검자는 웃음을 머금고 몸을 돌려 주향상과 한보에게 건배를 청했다. 그때 주걱턱사내의 목소리가 다시 들렸다.

"그런데 왜 소문주에게 기루 출입을 금지시키셨어요?"

귀검자가 술잔을 든 채 또다시 고개를 돌렸다. 건배를 막았으나 조금도 불쾌히 여기지 않는 얼굴이다. 오히려 장철산의 얘기가 나오자 기분이 좋아진 듯싶었다.

"며칠 전 그곳에서 소란을 피우셨네. 기루의 사람들이 소문주가 찾아오면 불편할 것 같아서 특별히 부탁한 것이지. 소문주도 내 진심을 알고 쾌히 응낙하신 것 아니겠는가."

"글쎄요."

주걱턱사내는 고개를 기울이며 달갑지 않은 표정을 지었
다.

"잘했다고 여겨지지는 않아요."

"어째서 그렇게 생각하나?"

"아시다시피 소문주는 형님을 잘 따르잖아요. 천하를 얻어
도 결코 형님을 저버리지는 않겠다고 벌써부터 우호법에 앉
힌 걸 보면 모르시겠어요? 호법이면 호법이지 무슨 놈의 우호
법이람?"

"아하하하하! 실은 나도 부끄럽네. 하나 소문주께서 그리
도 고집하시니 어쩌겠는가? 언젠가 소문주께서 천하에 명성
을 떨치실 때 좌호법도 생기겠지."

그 순간 주향상이 급히 우수를 들어 입을 막았다. 한보는
낌새를 채고 고개를 저으며 혀를 찼다. 주향상이 눈을 지그시
감은 채 가슴을 두드리며 스스로를 진정시키다가 다시 한 번
울컥하며 괴로워했다. 한보가 주향상의 귓전으로 입을 가져
가며 '잠깐 어디 가서 마음껏 웃다 오세요' 라고 말했다. 주향
상이 고개를 끄덕이며 조심스레 몸을 일으키다가 또 한 번
'욱!' 했다. 그때 주걱턱사내의 목소리가 들렸다.

"아무튼 그래서 실수하신 거예요."

"대체 무슨 말이 하고 싶은 건가?"

"날마다 여색을 탐하지 않으면 밥도 못 먹는 소문주에게
기루 출입을 금지하셨으니까 하는 말이죠."

"허어, 그렇지 않네."

귀검자는 쓰게 웃으며 자신의 탁자로 몸을 돌리더니 한보에게 건배를 권하듯 술잔을 살짝 흔들었다. 한보가 자신의 술잔을 들어 건배하기 전에 주걱턱사내의 불평이 들렸다.

"그렇지 않기는요. 며칠 참은 것도 대단하다고요. 결국 일이 벌어졌잖아요."

그 말에 한보와 귀검자가 눈을 치켜떴다. 귀검자는 한보의 가슴 앞에 자신의 술잔을 머물게 한 채로 몸만 돌려서 동료를 보았다. 주걱턱사내가 쓰게 웃으며 혀를 차고 있었고, 다른 두 명의 동료도 달갑지 않은 표정이다. 귀검자는 외눈을 살짝 찌푸리며 물었다.

"일이 벌어지다니? 또 기루에 가서서 난동이라도 피운단 말인가? 그럴 리 없을 텐데……."

"차라리 그러면 괜찮게요? 색탐의 표적을 바꿔서 봉인화를 찾아갔어요."

떨그럭!

귀검자의 손에 쥐어졌던 술잔이 탁자 위로 떨어졌다. 맑은 방울들이 튀어 한보의 옷자락을 적셨지만 귀검자는 고개조차 돌리지 않았다. 귀검자의 의안이 심하게 요동치고 있었다.

"그, 그게 무슨 말인가? 소문주께서 봉인화 마님을 찾아가시다니?"

"말 그대로예요. 거기서 풀려고 하신 거죠, 뭐."

"그럴 리가… 없네. 문주께서 가만히 계시지 않을……."

"들어가는 거 직접 보시고도 아무 말 없으시던데요?"

"그럴 리 없다니까!"

귀검자가 벌떡 일어서며 호통 쳤다. 주걱턱사내는 자신의 말을 믿지 않는 귀검자가 불쾌했는지 격하게 외면하며 냉소했다.

"나참, 되게 안 믿으시네. 우리들이 여기 온 건 너무 시끄러워서 견딜 수가 없었기 때문이라고요. 아, 평소에는 교성만 잘 지르더니 오늘은 무슨 일이 있었는지 미친년처럼 발광을 하더라고요. 월경이라도 하는 건가? 아니, 그래도 그렇지. 다른 사람도 아닌 소문주인데 그 지랄을 떨고 무사할 줄 알았나? 하긴 눈과 귀를 막은 봉인화인데 상대가 누군지 알게 뭐야?"

"뭐라고?"

"봉인화가 거부하더라고요. 그래서 소문주가 엄청 화났어요. 미친 듯이 도리깨를 휘두르는 것까지는 봤는데, 그 다음은 저도 나와서 모르겠어요."

귀검자는 창백한 얼굴로 입술을 떨었다. 객잔 문을 향해 급히 몸을 돌렸는데, 걱정스러운 얼굴을 한 한보가 앞을 막고 있었다. 귀검자의 얼굴이 하얗게 질린 상태인지라 검상이 더욱 뚜렷했다. 한보가 진정하라는 듯 손을 뻗었으나 귀검자는 몸으로 뿌리치며 한보의 곁을 지나쳤다.

콰라랏!

　매서운 돌풍이 일더니 귀검자의 신형이 감쪽같이 사라졌다. 그러자 주걱턱사내 일행이 '재밌겠다! 가자!' 라고 말하며 객잔 바깥으로 달려나갔다. 한보는 멍하니 서서 객잔 바깥으로 통하는 문을 바라보고만 있었다. 그때 주향상이 탁자로 다가와 '다들 어디 갔흠!' 이라 말하며 허리를 숙였다. 한보는 주향상이 웃음보를 터뜨리는 것을 물끄러미 바라보다가 넋을 빼놓은 목소리로 말했다.

　"아무래도 귀검자 대협께 좋지 않은 일이 생길 것 같아요."
　"그, 그게 무슨… 욱흠! 무슨… 험! 말씀이십니까?"
　"저도 잘 모르겠어요."
　한보는 한숨을 쉬며 중얼거리다가 갑작스레 눈살을 찌푸렸다.

　"어?"

　객잔 내 손님들이 약속이라도 한 듯 하나둘 일어서며 밖으로 나가고 있었다. 한보는 멍한 얼굴이 되어 마지막 손님이 점소이의 안내를 받고 밖으로 나가는 것을 지켜봤다. 곧 점소이마저 밖으로 나가며 객잔 문을 닫았다. 그리고 객잔 주인이 한보와 주향상이 있는 탁자로 걸어왔다. 객잔 주인은 얼굴에 가득한 주름을 더욱 늘리며 괴로운 심기를 드러냈다.

　"손님께서는 지금 속히 마을을 떠나십시오."
　"예?"

"다시는 귀검자 대협을 만날 수 없을 것입니다. 이제 이 객
잔에 남아 있을 이유가 없지요."

객잔 주인의 말이 즉효약이라도 되는 듯 주향상이 드디어
웃음을 멈췄다. 한보와 주향상은 동시에 입을 열었다.

"그게 무슨……?"

"그것이 무슨 말씀이십니까? 귀검자 대협을 다시는 만날
일이 없다니오?"

객잔 주인은 말했다. 얼굴 가득 침통한 빛을 담고.

"귀검자… 아니, 조상혁(曹相奕) 대협은 곧 목숨을 잃게 될
것입니다."

여인과 도사의 얼굴에 핏기가 가셨다. 술기운조차 객잔의
어둑한 구석 속으로 빨려가는 듯싶었다. 객잔 주인은 품에서
담뱃대와 부싯돌을 꺼내더니 곰방대에 불이 붙을 때까지 침
묵했다. 한보가 화를 내듯 말을 재촉했다. 희뿌연 연기와 함
께 객잔 주인의 음울한 목소리가 흘렀다.

"현 장삭파의 소문주 장철산은 조상혁 대협의 친아들입니
다. 또한 장철산의 어미이자 조 대협의 아내인 이자미(李子
尾)는 지금 장삭파에서 봉인화라는 족쇄를 차고 연명하는 중
이지요."

"아아아아아악!"

한보의 찢어지는 비명이 객잔을 뒤흔들었다. 주향상도 크
게 놀라기는 했으나 한보만큼은 아니었다. 오히려 주향상은

한보의 비명이 거슬린 듯 인상을 찌푸리더니 다시 객잔 주인
을 보며 물었다.

"믿을 수 없습니다. 그런 일이 가능할 리 없잖습니까?"

"아아악!"

"어이쿠! 한 소저, 이제 그만……."

"아아아아악!"

"대체 왜 이러십니까, 한 소저?"

결국 주향상은 한보의 비명을 견디다 못해 고함을 질렀다.
한보가 백치가 되더니 다시 한 번 비명을 지르며 객잔 밖으로
달려나가려 했다. 주향상은 급히 우수를 뻗어 한보의 뒷덜미
를 잡아챘다. 이런 정신 상태에서 무슨 일을 저지를지 몰라
걱정이었기 때문이다. 한보가 창백한 얼굴로 주향상을 돌아
봤다.

"저 할아버지 말이 사실이면… 방금 그 죽일 놈이 어머니
를 범할 뻔했대요."

"그 무슨……?"

"가봐야겠어요. 놈이 며칠 전의 기녀들처럼 어머니를 구타
하고 있……. 가야겠어요! 말도 안 돼요!"

"제 탓입니다."

낮게 울리는 음성이 한보와 주향상을 돌아보게 만들었다.
객잔 주인의 침통한 얼굴이다. 주향상의 손이 한보의 옷자락
에서 절로 떨어져 객잔 주인에게로 옮겨졌다. 주향상은 객잔

주인의 어깨를 붙들며 쉴 새 없이 양미간을 꿈틀거렸다.

"대체 주변에서 무슨 일이 벌어지고 있는 것입니까?"

그 순간 객잔 주인이 포권했다.

"소개가 늦었습니다. 개문의 팔대장로가 된 지 삼십여 년. 오랜 세월 섬서성(陝西省)의 정보를 담당하고 있는 홍암개(洪暗丐)입니다."

주향상이 대경하며 일 보 물러서더니 급히 포권했다. 개문의 팔대장로는 현 문주보다 더 오랜 세월 문파를 이끌어온 원로였으며, 무리에게 문주 이상의 존경을 받는 고수들이었다. 그러나 신선걸(神仙乞) 협개(俠丐)를 제외한 다른 일곱 명은 팔대장로가 되는 순간부터 모습을 감췄다. 이는 개문의 전통으로서 문파의 가장 큰 자랑인 정보력을 유지하기 위한 안배였다.

일곱 명의 장로는 중원 각 지역에 흩어져 범인으로 행세하며, 각 지역의 정보를 받고 그 참과 거짓을 판별한 뒤 개문에 전하는 역할을 맡고 있었다. 정도맹의 수뇌부도, 심지어는 정도맹주 동방량조차 이들의 소재를 몰랐다. 그러나 장로들의 명성만큼은 천하를 돌고 돌아 그 이름을 기억 못하는 자가 없을 지경이었다. 홍암개는 신출귀몰하여 각 지역에서 여러 번 협행했으니 개문의 장로들 중에서도 크게 존경받는 자였다.

"하늘 같으신 홍 선배를 뵙게 되어 어찌할 바를 모르겠습니다. 그간 후배가 저지른 무례를 용서하십시오."

"비밀만 지켜주시면 됩니다. 어차피 저는 곧 이 객잔을 떠나게 될 것입니다만, 그전까지의 짧은 시간이나마 신중을 기하고 싶습니다. 두 분 대협을 믿기 때문에 신분을 밝혔으니 이놈의 생각이 틀리지 않았음을 일깨워 주시지요."

"물론입니다!"

홍암개는 주향상의 힘찬 대답에도 우울한 얼굴을 지우지 않았다. 한보가 뒤늦게 포권하며 홍암개를 직시했으나 여전히 마음이 아렸는지 닫힌 객잔 문을 자꾸만 돌아봤다. 홍암개는 담배 연기를 길게 흩뿌리며 한탄했다.

"어리석은 사람이며 불쌍한 사람입니다."

"말씀해 주세요, 선배님. 뭐가 선배님 탓이라는 거죠?"

주향상이 어깨를 움찔거리며 한보에게 눈치를 줬다. 다그치듯 말하는 한보에게서 선배에 대한 존경심이라고는 눈곱만큼도 찾아볼 수 없었기 때문이다. 한보는 주향상의 경고를 받아들이지 않았다. 아예 안중에도 없는 듯했다. 홍암개가 객잔의 천장 구석에 쓸쓸히 머물고 있는 거미줄을 보며 고개를 저었다.

"끝을 내고 싶었습니다. 아니, 진작에 끝을 내야 했습니다. 문파의 규율이 아무리 중하다 해도 경시해서는 아니 될 일이었습니다."

"그게 무슨 소리냐니까요! 저 바빠요!"

"조 대협은 젊은 시절에 귀암곡의 후기지수(後起之秀)로서 촉망받는 인재였습니다. 한때나마 개문의 백대 주목표(注目標)에 이름이 올라온 적도 있지요. 제가 특히 조 대협에게 관심이 있어 정보를 전담했습니다. 때문에 그때의 참사를 누구보다 잘 알고 있지요."

"방금 홍 선배께서 참사라고 하셨습니까?"

"참사입니다. 지금은 동방량 맹주에 의해 궤멸되었으나 한때 청해성(青海省) 일대를 뒤흔들었던 비적(匪賊) 연합 '천하산장(天下山莊)'이 악명을 떨칠 때의 일입니다. 그때 조 대협은 귀암곡주에게 허락을 받고 청해성에 있는 고향에 있었습니다. 고향에서 자랄 때 정혼했던 이자미와 혼인하기 위해서였지요. 조 대협은 귀암곡과 약조한 삼 년의 시간을 고향 땅 서녕(西寧)에서 보낼 생각이었습니다. 그때 천하산장의 무리들이 서녕을 치고 수많은 인명을 해쳤습니다."

두 사람의 술기운이 담배 연기와 함께 허공으로 흩어지더니 점차 옅어지며 천장의 짙은 어둠을 일깨웠다. 어둠이 스멀스멀 내려와 세 사람을 몸을 감쌌다. 겨울의 한기가 세 개의 심장을 옥죄며 비수처럼 날카로운 웃음소리를 냈다.

두근두근.

한보의 심장이 차갑게 웃었다.

두극두극!

주향상의 가슴이 미칠 듯 뛰었다. 이야기를 꺼내는 홍암개도 늙은 마음을 주체하지 못하여 한동안 연기를 빨아들이지 못했다.

"조 대협이 저들을 막을 때 큰 공을 세웠으나, 그것이 오히려 독이 되었습니다. 보복이 피를 불러 조 대협은 큰 부상을 입었고, 태중에 아이를 가진 이자미가 놈들에게 잡혀갔습니다. 부상에서 회복한 조 대협은 이 년 넘는 시간 동안 아내와 자식을 찾는 데 힘을 썼습니다. 그러나 어디에도 이자미는 보이지 않았고, 이 년이 흘러 귀암곡에 돌아갈 시간이 되었지요."

"지금은……."

한보가 울먹이며 소리쳤다.

"지금은 찾았잖아요! 그런데 왜 부인이 저런 꼴이 되도록 놔둔 거냐고요!"

홍암개의 시선이 한보에게 멎었다. 무심한 눈이었다. 얼굴에 담겨진 뜻을 알기 어려웠다. 각질이 여기저기 배인 입술이 열렸건만 주변의 어떤 주름도 움찔거리지 않았다. 홍암개의 얼굴은 이야기를 꺼내는 입술 외의 모든 것이 시간을 잃은 듯 멈춰 있었다.

"그때 조 대협은 귀암곡을 버리고 신분을 숨겼습니다. 귀암곡에서 조 대협을 찾으려 했으나 그 정보를 아는 자는 오직 개문뿐이었고, 개문 중에서도 이 늙은이뿐이었지요. 조 대협이 세상을 떠돌며 또 한 번 개문의 백대 주목표에 별호를 올렸습니다. 여러 번 소속을 옮기며 떠돌아다니던 귀검자가 그

별호입니다. 조 대협에게 소속이란 아무 의미도 없었습니다. 오직 이자미를 찾아야 한다는 일념뿐이었지요. 그리고 찾았습니다. 이 늙은이가 개문의 뜻을 저버린 것이지요.”

“혹시…….”

주향상이 얼굴을 내밀자 홍암개는 천천히 고개를 끄덕거렸다.

“단서를 살짝 흘렸습니다.”

그 순간 한보가 냉소했다.

“흥! 애초부터 부인의 소재를 알고 있었다는 얘기예요? 알면서 가르쳐 주지 않았었다는 얘기냐고요!”

“진정하십시오, 한 소저. 문파의 장로로서 사사로운 일로 규율을 어긴다는 것이 오히려 있을 수 없는 일입니다.”

“하! 주 도사께서도 저러시겠다?”

“제발 한 소저!”

한보는 당장이라도 철권을 꺼낼 듯한 위세였다. 홍암개는 마치 그것을 바라는 것 같은 미소로 한보를 대했다. 음울한 눈을 보니 자신도 눈물이 날 것 같아 한보는 급히 외면했다. 이미 늦었다. 한보는 우수를 들어 뜨거운 눈가를 매만졌다. 곧 홍암개의 애가(哀歌)가 귓전을 괴롭혔다.

“규율만을 이유로 들 순 없지요. 봉인화가 된 이자미를 차마 만나게 하고 싶지 않았습니다. 실수한 것이지요. 조 대협의 정성이 지극하여 이 늙은이가 잠깐 미치고 말았습니다. 어린 시절의 애정이 그토록 지극할 줄 몰랐으니 제 탓이 큽니다."

"아닙니다. 어찌 그것을 홍 선배의 탓이라 하십니까? 이해하고도 남습니다."

그 순간 홍암개의 눈이 싸늘해지며 주향상을 매섭게 흘겼다.

"이해라는 말을 함부로 하지 마시지요."

주향상은 숨이 멎는 것 같은 두려움을 느꼈다. 전신에 매서운 한기가 몰아쳤다. 차가운 분노였다. 그것이 비록 자신의 몸을 감쌌으나 표적의 끝이 다른 자에게 있음을 느낄 수 있었다. 홍암개의 분노는 스스로에 대한 분노였다. 잠시 동안 세 사람에게 머물던 한기가 천장의 것에 흡수되어 조용히 사라졌다. 홍암개는 길게 탄식하며 담뱃대를 물었다. 연기와 함께 흐르는 자조하는 음성이 너무도 음울했다.

"만났습니다. 그리고 자청하여 장삭의 부하가 되었습니다. 그 패악한 자의 부하가 되어 이자미를 데리고 도망갈 기회를 노렸습니다. 그러다 장삭이 아이를 가질 수 없는 몸이라는 것을 알게 되었습니다. 제기랄! 퉤이! 장삭이 이자미가 낳은 아이에게 장철산이라는 이름을 붙인 것도 알아버렸습니다!"

우우우우!

"읍!"

"그 패악무도한 자, 장삭이 저지른 일입니다! 이자미에게 조건을 제시하여 아이를 살리고 싶으면 두 눈알과 고막을 바치라고 했던 겁니다! 이자미가 그리했고, 아이는 장철산이 되어 어미에게 죽지도 못하는 지옥의 삶을 주었습니다. 이자미는 자식을 위해 죽을 수 없어 봉인화로 연명해 지금까지!"

짜앙!

홍암개의 분노가 폭발했다. 담뱃대의 일격을 당한 탁자가 수십 조각이 되어 사방으로 흩어졌다. 홍암개가 분노로 얼굴을 일그러뜨릴 때부터 주변을 휘감았던 살기의 바람은 탁자가 부서진 뒤에도 계속 머물며 도사와 여인을 괴롭게 했다. 살기 어린 바람 소리가 마치 귀곡성(鬼哭聲)을 연상케 했다. 한보가 무거운 공기를 이기지 못해 가슴을 움켜쥐자 뒤늦게 홍암개는 정신을 차리고 살기를 수습했다. 홍암개는 한보에게 포권하여 용서를 구한 뒤 말을 이었다. 슬픔이 과하여 울음마저 섞인 음성이었다.

"장삭이 왜 조 대협의 아이를 자신의 아들로 삼았는지 아십니까?"

"그게 제일 궁금해요. 그리고 어째서 조 대협은 가족을 데리고 떠나지 않은 거죠?"

"아실지 모르겠으나 장삭은 공작왕 금사희의 파문 제자입니다. 공작왕은 장삭을 쫓아낼 때 다시 만나면 죽이겠다고 말했습니다. 하나 공작왕이 지금껏 살아오면서 가족을 이루고 있는 제자를 죽인 일이 없습니다. 장삭은 장철산을 아들로 삼아 거짓 가정을 꾸린 것이지요. 애초에 장삭은 장철산을 아들로 여기지 않고 있습니다. 그렇기에 장철산을 키우면서 패악무도한 마음을 끊임없이 심어놓았지요. 어릴 때의 장철산은 조 대협을 닮아 마음이 올곧고 착한 아이였습니다. 그러나 지금은 아닙니다."

한보가 급히 고개를 숙이더니 입술을 떨었다.

"죽이고 싶어……."

"조 대협이 어찌하겠습니까? 아내만을 데리고 도망치자니 자식이 죽고, 둘 모두를 데리고 도망치자니 장철산이 이 사실을 믿지 않고 저항할 것입니다. 게다가 장삭의 이공(耳功)이 뛰어나 둘 모두를 데리고 도망칠 기회도 없었습니다. 이토록 오랜 시간이 지났건만 조 대협은 단 한 번의 기회도 잡지 못했습니다. 어찌하겠습니까? 방법이 무엇이겠습니까?"

"죽이고 싶어……."

"하나뿐이지요. 죽여서 아내의 고통을 덜어주는 것."

"죽이고 싶……."

"하나 그리 못했습니다. 자신이 곁에 있다는 것도 알리지 못했습니다. 이를 알리는 순간 아내가 치욕을 이기지 못해 목숨을 끊을 것임을 잘 알기에 아무것도 하지 못했지요. 조 대협의 마음이 크게 여려 일검의 선택을 지금껏 이루지 못했습니다. 그 대신 자신의 아들이나마 크게 키우려고 노력했습니다. 오직 소문주 장철산만이 조 대협의 마지막 희망이었지요.

조 대협은 스스로 눈과 귀를 막고 봉인화를 잊으려 노력했습니다. 억지로 봉인화가 없다 여기며, 자신의 아내가 아니라 여기며 그저 장철산만을 바라보았습니다."

"죽일 거야아!"

한보가 벼락처럼 고함을 지르며 신형을 날렸다. 주향상이 미처 잡지 못하고 연신 한보의 이름을 외쳤다. 주향상은 크게 당황하면서 홍암개 쪽으로 급히 몸을 돌려 이별의 포권을 취했다. 그러나 홍암개가 보이지 않았다. 어느새 홍암개는 문 앞에서 한보를 막고 있었다. 한보가 성난 범처럼 으르렁거렸다.

"비켜요."

"이미 늦었을 것입니다. 두 분께서 힘을 합해도 장삭을 이기지 못합니다."

"비키라고요."

"이대로 조 대협의 가족을 놓아주십시오. 분명 지금쯤 모두 저 세상에 갔을 터."

"비키라고!"

"어허! 가실 요량이면 이 늙은이부터 죽이시게, 소저! 저들이 죽는 것은 이 홍암개의 탓이니까."

"그것이 어째서 홍 선배의 탓이라 하십니까?"

주향상이 뒤늦게 한보의 곁으로 달려오며 안타까운 얼굴을 보였다. 홍암개의 주름진 얼굴에 눈물이 쉴 새 없이 흘렀다.

"이 늙은이가 어찌해야 하겠는가! 조 대협과 이자미가 저토록 괴롭게 사는 꼴을 지켜봐야만 할까? 정보를 흘렸네! 공작왕에게 장삭의 아들이 가짜임을 알렸네! 하나 공작왕의 주변에 다른 눈이 있어 장삭에게도 정보가 흘러갔단 말일세! 공작왕이 곧 자신을 죽이러 올 것임을 알았으니 그놈이 어찌하겠나! 이제 장삭은 거짓 식솔을 죽이고 이곳을 떠날 걸세! 아내와 자식이 죽을 터인데 조 대협은 살아갈 성싶은가? 차라리 죽는 게 낫지 않겠나! 이 늙은이의 손으로 끝낼 수밖에 없었어! 개문의 규율은 무엇이고, 장로는 또 무엇인가! 저 꼴을 계속 보다가 명이 다하면 눈을 감지 못하는 것은 자명할 터! 어찌할까? 이 늙은이가 어찌해야 하겠는가?"

"그러니까 비키라고요!"

쩌어어엉!

한보가 철권을 채우고 힘껏 맞부딪쳤다. 불꽃이 튀었다. 파란 불길이 한보의 가슴 앞을 채우며 청룡처럼 포효했다. 그 순간 홍암개의 우수가 청룡의 불꽃을 뚫고 지나가 한보의 목을 움켜잡았다. 홍암개의 충혈된 눈이 한보를 죽일 듯 노려봤다.

"정신 차리게나! 자신도 돌아볼 줄 모르는 자가 어찌 강호를 온전히 떠돌고 있었을까! 소저는 사람의 목숨이 하나라는 것을 잊었는가!"

그 순간 한보의 철권이 홍암개의 우수를 떨쳤다. 냉랭한 철권의 기운이 홍암개를 당혹스럽게 만들었다. 한보는 낮고도 또렷한 목소리로 말했다.

"제 목숨이 하나이기 전에 제 인생이 하나예요. 선배처럼 옳지 않은 것을 외면하는 인생 따위, 결코 만들지 않아요!"

"아아!"

한보의 말에 홍암개가 무너지듯 주저앉았다. 홍암개는 알 수 없는 말을 중얼거리며 통곡하기 시작했다. 한보는 울부짖는 노인을 지나쳐 객잔 문을 부술 듯 열고 밖으로 뛰쳐나갔다. 주향상은 노선배의 서러운 몰골을 측은한 얼굴로 바라보다가 길게 한숨을 쉬며 객잔 문을 나섰다. 어느새 한보는 골목에서 자취를 감춘 뒤였다. 주향상이 장삭파를 향해 달리며 중얼거렸다.

"내가 오늘 여기서 뼈를 묻겠구나."

최대한 빨리 한보의 뒤를 쫓고 싶었지만 자꾸만 앞을 막는 사람들이 있어 주향상의 가슴이 답답했다.

"비키십시오! 급한 일이 있으니 어서 비켜주시오!"

답답한 마음에 짜증을 부렸으나 근처를 지나가는 사람들이 자꾸만 길을 막아 경공을 펼치기 어려웠다. 주향상이 골목을 벗어났을 때는 이미 한보의 뒷모습조차 보이지 않았다.

꽈아아아아앙!

“누구냐?”

“비켜!”

한보는 장삭파의 정문을 열자마자 두 명의 문지기를 쓰러 뜨렸다. 귀검자 조상혁을 찾을 필요도 없었다. 정문에서 훤히 보이는 널찍한 마당에 모두가 모여 있었기 때문이다. 조상혁 은 주저앉아 있었다. 조상혁의 품에 한 여인이 안겨 있었는 데, 그 모습이 너무도 애처로워 한보의 가슴이 울렁거렸다.

“부인……. 부인! 정신 차려, 자미!”

피투성이다. 널찍한 마당 한 지역이 온통 붉었다. 각 구석 을 채운 장삭파의 무리들이 어찌할 바를 모르고 안절부절못 하고 있었다. 조상혁은 무리들이 없어 훤한 마당, 그 피투성 이 지역에 있었다.

한보의 다리에 힘이 빠졌다. 조상혁에게 안긴 여인. 그 서 러운 여인 이자미의 가슴에 검이 박혀 있었다. 처음부터 이자 미의 옷이 저렇게 붉지는 않았으리라. 한보는 비틀거리듯 조 상혁이 있는 곳으로 걸었다. 장철산이 한보를 보자마자 겁먹 은 눈을 하며 누군가의 뒤에 숨었다. 한보가 그것을 느끼고 고개를 돌렸다.

“저 개자식!”

철권 여인의 차가운 눈이 장철산에게 머물렀다. 곧 동공이 흔들렸다. 장철산의 앞에 있는 자. 육중한 비곗살을 가린 자. 한보는 눈을 부릅떴다. 고관대작처럼 풍채 좋은 비단옷의 노인. 멀리서도 느낄 수 있는 매서운 기운은 절세고수의 것이 분명했다. 저자가, 저 후레자식이 장삭이다! 한보가 우철권에 힘을 줄 때, 조상혁의 울부짖는 소리가 뇌리를 후려쳤다. 어지러웠다. 한보는 철권을 떨구며 조상혁을 돌아봤다. 조상혁이 이자미의 몸을 흔들며 하늘 향해 통곡하고 있었다.

"눈을 떠, 자미!"

그때 낮은 신음성이 들렸다. 조상혁뿐 아니라 한보도 눈매에 힘을 주며 신음을 흘리는 여인에게 집중했다. 이자미가 또 한 번 신음했다. 조상혁, 그리고 한보는 죽어가는 여인의 음성을 똑똑히 들었다.

"보고… 싶어."

그 순간 조상혁은 검상 가득한 얼굴을 심하게 일그러뜨렸다. 계란처럼 적당했던 얼굴이 한껏 일그러지며 만두처럼 찌그러졌다. 피가 그칠 줄 모르는 아내의 가슴을 누르며 오랜 세월 이자미를 외면한 사내가 오열했다. 조상혁이 아내의 손을 들었다. 피가 홍건하게 젖어 온전한 색을 볼 수 없는 손바닥에 조상혁의 검지가 다가갔다. 조상혁은 떨리는 검지로 말했다.

相奕.

상혁, 두 글자로 그 오랜 세월을 돌고 돌아 남편의 귀환을 알

렸다. 피에 젖은 손바닥이 움찔거리더니 천천히 하늘로 올라
갔다. 그리고 조상혁의 얼굴을 매만졌다. 코와 입술, 이미 사라
져 버린 눈과 온전한 눈, 그리고 잔뜩 새겨진 검상. 이자미의
손이 심하게 요동쳤다. 곧 이자미가 희미한 미소를 지었다.

"세상에……."

이자미는 힘겹게 중얼거렸다. 조상혁이 아내의 손을 뺨에
대어 끊임없이 비볐다. 옛 미색이 완전히 지워지지 않은 소중
한 아내가 반가움의 눈물조차 흘릴 수 없음이 안타까운 듯 인
상을 찌푸렸다. 아내가 속삭였다.

"저는… 저는……."

툭.

애틋한 손에서 힘이 빠졌다.

"자미! 자미!"

조상혁이 창백한 얼굴로 이자미를 미친 듯 흔들었다. 한보
가 어느새 곁에 와서 쉴 새 없이 눈물을 쏟았다. 한보는 눈물
을 훔치던 철권을 들어 장삭에게로 향했다.

"죽어라, 개자식!"

한보의 시퍼렇게 날이 선 눈이 장삭을 노려봤다. 장삭은 흑
염과 백염이 뒤섞여 자란 턱을 들며 미소를 짓고 있었다.

"넌 또 누구냐?"

"가시가 있는 계집이에요, 아버님."

장삭의 뒤에서 장철산이 겁먹은 소리를 냈다. 한보는 핏줄

가득한 눈을 크게 뜨며 철권을 맞부딪쳤다.

"내가 살다 살다 너처럼 개 잡버러지만도 못한 놈은 처음 봤다! 죽여도 온전히 죽이진 않을 테니 염불 같은 것도 꿈꾸지 마라!"

"건방지구나."

가증스럽게도 장삭은 인자한 고관대작의 얼굴로 웃음 지었다.

"관을 봐야 눈물을 흘릴 계집이로다."

"으야!"

턱!

한보가 우철권을 뒤로 당기며 신형을 날리던 찰나, 전신이 굳은 듯 움직이지 않았다. 고개를 돌리니 조상혁의 음울한 얼굴이 자신의 어깨 너머를 향하고 있었다. 조상혁은 한보를 향해 시선조차 던지지 않고 말했다.

"저의 몫입니다, 한 소저."

"하지만!"

"더 이상 관여하지 마시고 이곳을 떠나십시오. 제 어미의 가슴에 칼을 박아 천륜을 저버린 아들을 누가 수습할 수 있겠습니까? 아비인 제가 할 일입니다. 그리고 원수의 목을 칠 사람 또한 저입니다. 한 소저는 속히 떠나십시오."

"하지만……!"

한보가 반항하듯 외치다가 철권으로 얼굴을 감싸며 무릎

을 끓었다. 그사이에 조상혁은 장삭과 장철산이 있는 곳으로 걸었다. 귀문이 새겨진 검에서 낮은 울음소리가 들렸다. 조상혁은 장삭을 노려보며 물었다.

"알고 있었던가? 처음부터 나의 정체를?"

"어허허."

장삭이 수염을 쓸며 웃었다.

"노부가 직접 네놈의 눈을 노리고 활을 쏘았는데 어찌 그 얼굴을 잊겠느냐? 모르는 건 네놈이었을 뿐이다. 그야말로 부처님 손바닥이 아닌가? 어허허."

조상혁은 하늘을 바라보며 소리없이 웃었다. 잠시 후, 더할 수 없이 차가운 시선이 장삭을 찾았다.

"그때 복면을 쓴 수장이 네놈이었군. 이제 복수할 일이 하나 더 늘었구나. 나는 자미가 노예로 돌아 네놈에게 간 줄 알았는데 공작왕의 제자가 비적질을 했을 줄이야."

"어허허허, 그때 네놈은 노부가 삼 년이나 노력하여 모았던 부하들의 이 할을 한 시진 만에 죽여 없앴지. 곱게 죽이고 싶지는 않았느니라. 네놈이 이곳을 찾았을 때 노부가 얼마나 기뻐했는지 모를 것이다. 하나, 지금만큼 기쁠까? 어허허허허!"

"으흐흐! 뼛속까지 악인이구나."

조상혁이 검을 아래로 늘어뜨렸다. 그 순간 장삭이 우수를 뒤로 돌려 장철산의 팔뚝을 잡았다.

"아악!"

장철산이 고통을 이기지 못해 비명을 질렀다. 그 육중한 덩치가 마치 종잇장이라도 되듯 허공을 날며 조상혁의 앞으로 떨어졌다. 장삭이 가볍게 손을 털며 부드러운 미소를 보였다.

"이제야 손님을 맞은 노부의 선물이니라. 어디, 부자지간의 살육이나 구경하자."

"아, 아버님!"

장철산이 고통조차 잊은 채 장삭을 돌아보며 울먹거렸다. 상황을 이해하지 못한 듯싶었다. 조상혁은 우수에 쥔 귀문검을 쉴 새 없이 떨면서 스스로의 살심을 부추겼다. 죽이자. 죽여야만 한다. 조상혁은 외눈에 눈물을 가득 담고 장철산을 응시했다. 조금씩 귀문검의 끄트머리를 들어올렸다. 죽여야만 해! 조상혁의 검상들이 살아 있는 토룡처럼 꿈틀거렸다. 눈물이 쉴 새 없이 흘렀다. 검을 치켜든 조상혁을 보고 장철산이 대경하여 머리를 감싸 쥔 채 외쳤다.

"으아악! 우호법, 왜 그래? 내가 잘못했어!"

"입을… 다물어라, 제발!"

검이 뒤로 당겨질수록 조상혁의 몸이 흐트러졌다. 애원하는 목소리에 몸을 가눌 수가 없었다. 핏줄은 속일 수 없었는지 처음 볼 때부터 이상하게 자신을 잘 따르는 장철산이었다. 소문주의 권력으로 자신에게 해를 끼칠 수 있었건만, 아무리 심하게 꾸짖어도 대들지 않던 자신의 아들이었다. 언제고 자신의 뒷바라지에 힘입어 천하에 협명을 떨칠 수 있으리라 여

졌던 소중한 핏줄이었다. 이제 귀문검이 피를 부르며 모든 희
망을 끊어버리리라. 장철산이 찢어지듯 비명을 질렀다.

"우호법!"

촤악!

터질 듯 팽팽한 몸에 혈선이 그어졌다. 장철산이 입을 쩍
벌리고 눈을 동그랗게 치켜뜬 채 껙껙댔다. 배를 가로지른 혈
선에서 피가 쉴 새 없이 흘러내렸다. 그리고 또 한곳에서도
핏방울이 떨어지며 바닥을 적셨다. 조상혁은 핏물이 가득한
외눈으로 장삭을 노려봤다.

픕!

조상혁의 가슴에 박힌 혈수(血手)가 신속하게 빠져나왔다.

촤아아아앗!

바로 앞에 서 있던 장삭의 신형이 급속히 후퇴하여 처음의
자리로 되돌아갔다. 조상혁은 퀭하니 뚫린 자신의 가슴을 부
여잡은 채 한쪽 무릎을 꿇었다. 귀문검으로 나머지 무릎을 지
탱하는 자의 창백한 얼굴에 쓴웃음이 지어졌다.

"공작왕의 제자가 고작 이런 술수뿐이냐?"

"어허허, 방심하지 않는 법을 배운 적은 있느니라."

"크크크크, 으흐, 더러운 자식……."

조상혁은 핏기없는 얼굴을 돌렸다. 넋 나간 얼굴로 자신을
응시하는 한보가 보였다.

"어서 떠나십시오… 한… 소저."

“귀검자 대협!”

한보는 그제야 정신을 차린 듯 조상혁을 끌어안았다. 조상혁이 힘 빠진 외눈을 창공에 두고 중얼거렸다.

“살아만 있으면… 언젠가… 행복해지리라 여겼습니다.”

“대협!”

한보가 미친 듯 조상혁을 흔들었다. 조상혁은 쓴웃음 짓는 표정 그대로 하나 남은 눈꺼풀을 닫았다.

“……!”

한보는 고함을 지르듯 크게 입을 벌렸으나 소리를 내지 못했다. 전신에서 살기가 넘쳤다. 치켜뜬 눈매만으로도 세상 모든 것을 부숴 버릴 듯 광포한 시선이 사방을 훑었다. 구석에 뭉쳐서 눈치를 살피던 이들이 한보의 눈에 겁먹고 어깨를 움츠렸다. 폭주하는 동공이 장삭을 향했다. 장삭은 여전히 미소를 짓고 있었다. 아무 일 없었다는 듯 평온한 얼굴이다.

“고양이처럼 앙칼지나 얼굴이 곱구나. 노부를 따를 생각은 없느냐?”

“구와아아아아아아아아!”

한보의 쩍 벌린 입이 드디어 소리를 냈다. 쌍철권이 좌우로 힘껏 벌어지더니 ‘쩡!’ 하며 맞부딪쳤다. 푸른 불꽃이 잠깐 모습을 드러냈다가 허공으로 흩어졌다.

쩡! 쩌어헝!

다시 한 번 철권이 부딪쳤다.

“그게 무슨 무공이냐?”

장삭이 한쪽 눈썹을 꿈틀거리며 물었다. 한보가 쌍철권을 맞부딪칠 때마다 푸른 불꽃이 더욱 커지고 있었다.

“카!”

쩌어어어헝! 쩡! 쩡! 쩡!

“이것 봐라?”

한보의 전신이 푸른 불꽃에 뒤덮였다. 불꽃 속의 여인이 우철권을 뒤로 당겼다가 힘껏 뻗었다.

콰라락!

전신에 회오리치던 불꽃이 일제히 우철권을 따르더니 스스로 염권(炎拳)이 되어 장삭을 향해 질주했다.

콰하악!

우수를 힘껏 펼쳐 불꽃의 권을 흩어버린 장삭은 처음으로 눈을 부릅떴다.

“재미있구나, 너.”

13장

공작왕

장삭은 슬며시 뒷짐을 지더니 한보에게로 일 보 다가섰다.
그 자세가 마치 어린아이를 조롱하는 것과 같았으나 여전히
눈은 부릅뜬 상태였다.

"이야아아아!"

한보는 우철권을 휘둘렀던 자세로 끝을 맺지 않고 그것에
탄력을 받아 전신을 좌우로 휘두르며 달려갔다. 팔과 상체가
단오절의 그네처럼 세차게 튕길수록 속도가 빨라졌다. 어느
순간 좌철권이 보이지 않았다.

콰하!

매서운 폭풍이 한보의 어깨에서부터 몰아치는가 싶더니

장삭의 가슴 앞을 지나쳤다. 장삭은 여전히 뒷짐을 진 채였고, 부릅뜬 눈과 미소 진 입에 즐거움이 담겨져 있었다.

콰콰학!

이번에는 장삭의 귓불 아래로 우철권이 지나쳤다. 좌철권이 허리끈을 스치고 우철권이 회빛 머리칼을 일부 태웠다. 공격을 가할수록 한보의 철권은 점점 더 빨라졌으나 장삭은 단 한 대도 허용하지 않았다.

"저럴 수가! 신족(神足)의 작혈왕이라더니 과연 허언이 아니구나."

한보의 뒤쪽에서 주향상이 창백한 얼굴로 중얼거렸다. 주향상은 한보를 도울 생각조차 하지 않고 그저 조상혁을 발치께에 둔 채 멍하니 서 있을 뿐이었다. 입이 다물어지지 않았고 눈을 떼기가 어려웠다. 그동안 한보의 권을 경시했던 자신이 부끄러울 지경이었다. 청성산에서 몸과 마음을 수련한 지 오래건만 한보가 내뻗는 저 철권들을 보니 소름이 끼쳤다. 객관적으로만 본다면 한보의 권법은 단조로운 공세 일색이었다. 주향상 자신의 무공이라면 충분히 제압할 수 있겠으나 저것을 피하기에 앞서 평정심으로 대할 수 있을 것인지가 문제였다. 한보의 철권에서는 이해하기 어려운 공포가 느껴졌다.

"카아아!"

콰아아아아아핫!

그 마음이 주향상에게만 있는 것 같지는 않았다. 장삭의 이마에 식은땀이 흘렀다. 여전히 입가에는 미소가 머물러 있었으나 한보의 철권을 피하는 동세에 각이 잡혔다. 몸이 조금씩 굳으며 부드러움을 잃기 시작했던 것이다. 장삭은 그래도 뒷짐 진 손을 풀지 않았다. 폭풍의 회오리와 불꽃의 아가리가 오른쪽 뺨을 스치는 순간 장삭이 양미간을 찌푸렸다.

"갈!"

좌철권을 피함과 동시에 장삭이 대갈일성을 터뜨리며 힘차게 진각했다. 장삭의 어깨가 한보의 어깻죽지를 밀쳤다.

퍼어헝!

"아아아악!"

콰콰콰콰콰콰콰!

한보는 엄청난 속도로 밀려 나가면서도 중심을 잡으려고 노력했다. 땅을 짓밟으려는 두 발바닥이 계속 미끄러졌다. 이 장쯤 밀려났을 때 발바닥이 땅에서 떨어졌다. 몸이 비틀리더니 머리가 젖혀지며 본의 아니게 공중제비를 하는 꼴이 되었다. 그때도 한보의 몸은 뒤로 밀려 나가던 중이었다.

콰르득!

한보가 한 바퀴를 완전히 회류하며 등부터 땅에 박았다. 그 다음에도 한보의 몸은 바닥을 계속 뒹굴었다. 세 번을 뒹굴었을 때에야 한보의 발끝이 땅을 잡을 수 있었다.

파아악!

한보는 발끝으로 땅을 박차며 삼 장이나 떨어져 버린 장삭을 향해 다시 내달렸다. 뒹굴던 몸이 멈춤과 동시에 돌진했던 것이다.

"어허."

장삭이 또 한 번 미간을 찌푸렸다. 조금 전의 충격이라면 분명 내상을 입었을 것이다. 일순간의 휴식조차 갖지 않고 내달리는 한보의 모습이 괴이하게 느껴졌다.

쩡쩡쩡!

달려오며 쌍철권을 부딪치는 한보에게서 또다시 불꽃이 터져 나왔다. 한보는 불꽃을 안은 채 장삭에게로 철권을 날렸다.

콰라라라락!

"계집이!"

장삭의 인상이 좀 더 찌푸려졌다. 한보의 몸을 휘감는 불꽃이 뜨거웠다. 이 계집은 어떻게 이 열기를 참고 있는 거지? 장삭은 자신이 아끼는 수염이 지렁이처럼 비틀어지며 역겨운 냄새를 풍기자 분기탱천(憤氣撑天)했다.

쾌릭!

장삭의 우각이 빠르게 회오리치며 바닥에 호선을 그렸다. 드디어 장삭이 뒷짐을 풀며 좌장을 뻗었다.

퍼엉!

"카아아악!"

쿠드득!

한보가 줄 끊긴 연처럼 펄럭거리며 허공을 날았다. 주향상의 얼굴이 창백해졌다. 장삭의 좌장이 위쪽에서 아래쪽으로 몰아치며 상대의 어깨를 후려쳤는데, 한보는 오히려 허공으로 날아가 버린 것이다. 반탄(反彈)이다! 어깨를 후려칠 때 그 충격이 척추를 직통하여 땅을 디딘 발바닥까지 직격했구나! 주향상의 온몸에 소름이 돋았다. 한보가 권을 바르게 연마했다면 진각의 도움을 받기 위해 주먹 끝에서부터 진각하는 발까지 일직선의 형세를 그렸으리라. 장삭의 일장은 그 형세 속에 어깨 부위를 잡아채어 공략한 것이다. 한보가 허공으로 날아간 이유는 짧은 순간에 바닥을 튕겨서가 분명했다. 그 말은 곧 한보의 척추에도 큰 충격이 왔다는 뜻과 같았다.

콰투투!

땅을 훑는 한보의 몸에서 피가 튀었다. 그 순간 '와그르' 하는 소리가 나더니 한보의 옷자락에서 수십 개의 철근이 쏟아졌다.

"그와!"

콰쾅!

한보는 쌍철권으로 대지를 후려쳤다. 그 힘으로 다시 솟구친 한보가 팔꿈치를 힘껏 당겨 스스로 자신의 양 옆구리를 가격했다. 주향상이 경악을 견디지 못해 무릎을 휘청거렸다. 또 쓰러지자마자 일어나다니! 척추에 부상이 있어 몸을 운용하기 어려우니 두 팔의 힘으로 자신의 몸을 던졌단 말인가! 스스로 자신의 옆구리를 친 것은 척추의 어긋남을 바로잡기 위함이구나. 주향상이 기껏 몸을 추스르는 동안 이미 한보는 장삭 근처까지 접근한 상태였다. 또 한 번 '와그르' 하는 소리가 들렸고, 한보의 고함이 장삭파 내부를 달구었다.

"카아아아아앗!"

후악! 콰라락!

장삭은 이를 악물었다. 급작스런 공격이 아니었건만 피하기가 쉽지 않았다. 장삭은 자신에게 날아드는 단조로운 공격을 힘겹게 피할 수 있었다. 분명 한보는 빨라졌다. 척추와 어깨를 상한 자가 어떻게 더 빨라질 수 있는 거지? 인상을 찌푸리며 쌍장에 공력을 싣는 순간, 계집이 우철권을 당겼다. 그때 또 한 번 '와그룩' 하는 소리가 들렸다. 그 소리가 신경에 거슬려 시선을 바닥으로 향했을 때 우철권이 날아들었다.

"으윽!"

피할 수 없었다. 너무 빨랐다. 그리고 그 원인이 무엇인지를 알 수 있었다. 한보의 팔과 다리. 자신과 한보의 주위에 청의 조각이 널려 있었다. 한보는 여름철 나무꾼들이 옷을 걷어붙이듯 어깨와 다리의 모든 살을 드러내고 있었다. 장삭의 이에서 '뿌득' 소리가 났다. 바닥에 떨궈진 한보의 옷자락이 범상치 않다. 저 옷은 수련할 때 사용하는 철근의(鐵筋衣)다.

콰콰콰!

공격을 위해 공력을 모아놓았던 장삭의 쌍장이 한보의 우철권을 막기 위해 움직였다. 장삭은 처음으로 한보의 철권을 막았다.

쫘아앙!

"어어어억!"

"끄아악!"

한보가 반탄강기(反彈剛氣)를 이기지 못해 뒤로 나뒹굴었다. 그와 함께 장삭도 일 보 후퇴하며 왼쪽 손목을 움켜쥔 채 인상을 찌푸렸다. 뒹구는 한보의 모습이 보인다. 당장 달려가서 짓밟고 싶었지만 경악에 질려 그리할 수 없었다. 장삭의 입에서 신음성이 터져 나왔다.

"노부의 공력이 저런 애송이의 외공에 밀렸단 말이냐!"

"칵! 하아!"

한보는 뒹굴던 몸이 멈춰지자마자 다시 튕겨 나갔다. 이번에는 더 빨랐다. 하도 득달같아서 뭐라고 한마디라도 해주고 싶었는데 당최 틈을 주지 않는다. 장삭은 불쾌해졌다. 한보를 데리고 놀고 싶었던 자신의 계획이 점점 물 건너가고 있었다. 한보가 우철권을 활시위처럼 뒤로 당겼을 때, 장삭이 빠르게 다리를 놀렸다.

쫘앙! 쾅!

"맙소사!"

주향상이 멀리서 중얼거렸다. 한보와 장삭의 사이에 대폭발이 일었다. 장삭이 짓밟은 땅은 수십, 수백 개의 돌덩이를 허공으로 날리며 한보에게 암기처럼 쏘아졌다. 하지만 한보는 속력을 줄이지 않았다.

쩌어어헝!

쌍철권이 부딪치며 공진(空震)을 일으키자 돌무더기들이 힘을 잃었다. 주향상과 장삭이 동시에 소리쳤다.

"내공도 있었다고?"

"네년의 정체가 뭐냐?"

콰아아아악!

공기가 폭풍되어 벼락의 일격처럼 쏘아졌다. 장삭은 상체를 뒤트는 것만으로도 한보의 일격을 가볍게 피했다. 아까처럼 근접한 거리에서의 방심 상태가 아닌지라 한보의 단조로운 공격을 피하는 것은 어렵지 않았다. 하지만 알 수 없는 불안감이 장삭의 머릿속을 채우고 있었다. 더 이상 놀 수 없겠구나. 장삭은 그리 생각하며 좌철권을 당기는 한보에게 어깨를 뒤틀었다. 이번에는 장삭의 온몸에서 광오한 바람이 휘몰아쳤다.

쿠우욱!

콰!

장삭의 쌍장이 정면을 향해 힘껏 몰아쳤다. 한보가 대경하며 쌍철권을 교차시킨 채 가슴을 막았다.

꽈아앙!

장삭의 쌍장이 쌍철권의 교차된 중심을 거침없이 내질렀다. 한보의 몸이 또다시 뒤로 날아가 버렸다. 그리고…….

쿠쿠쿠쿠쿠!

장삭은 쌍장을 뻗은 자세에서 사 보나 뒤로 밀려났다. 장삭의 얼굴이 창백해졌다.

"그렇군."

장삭이 신음하듯 말했다.

"신병이기(神兵利器)였어. 설마… 네년의 철권은……."

"카악!"

바닥을 구르는 한보의 입에서 피가 쏟아졌다. 한보는 중심을 잡자마자 또다시 돌진하며 고함을 질렀다. 식도에서부터 울컥거리는 핏덩이가 쉴 새 없이 입 밖을 뛰쳐나오고 있었다. 장삭이 외쳤다.

"만년한철(萬年寒鐵)이 실제로 존재했단 말인가!"

"크야아아!"

"쳐죽일 년!"

투후!

한보의 우철권이 일순 목표를 잃고 방황했다. 장삭의 싸늘한 얼굴이 보이지 않았다. 신법이다! 목표를 찾기 위해 사방으로 눈알을 굴렸으나 장삭은 보이지 않았다. 당황하는 한보의 귀에 주향상의 고함 소리가 들렸다.

"부상어소입니다, 한 소저! 하늘을 보십시오!"

한보는 급히 고개를 치켜들어 하늘을 보았다. 장삭이 거만한 동세를 하고 서서히 강림하는 중이었다. 한보의 우철권이

다시 당겨졌는데, 장삭은 상관없다는 듯 고개를 들어 태양을 보았다. 좌우로 넓게 펼친 쌍장이 괴이할 정도로 핏기를 잃었다.

"갈!"

콰콰콰콰콰!

핏기 없는 장삭의 쌍장이 사정없이 휘둘러졌다. 자세히 보니 핏기 잃은 손바닥이 아니라 백색의 팔시편(八矢鞭)이었다. 팔시편에서 흐르는 날카로운 바람 소리가 한보의 전신을 후려쳤다. 철권에서 연신 굉음이 터지고 찢어진 옷에서 피가 튀었다.

"푸우웁!"

직격이 세 번이나 있어 한보가 울혈을 견디지 못해 혈무로 무지개를 만들었다. 장삭은 대지에 발을 딛는 순간까지 백칠십여 번의 채찍질을 했다. 다시 움츠러든 여덟 가닥의 채찍은 작은 도리깨의 모양을 하고 있었다. 장삭은 우수에 쥔 팔살편으로 수염을 쓸며 미소 지었다.

"기고만장하여 버릇 좀 고쳐 주겠다. 네년이 정말 노부를 이길 수 있으리라 생각했더냐?"

한보는 대답 대신 우철권을 당겼다. 그 단조로운 일격을 향해 장삭이 냉소했다. 청의가 핏물에 얼룩져서 흑의처럼 보일 지경이었건만 한보의 몸은 조금도 둔해지지 않았다. 장삭의 입가에 미소가 번졌다.

“기어이 팔을 잃어야 버릇을 고치겠구나. 노부가 도와주
마.”

“갸아아!”

툭! 퍽!

팔살편이 철권을 비껴 치며 경로를 뒤틀어 버림과 동시에
한보의 어깨에 일점을 찍었다. 그 순간 한보의 오른쪽 어깨가
‘뚜극’ 하는 소리를 내며 탈골되었다. 그사이에 한보의 우철
권은 비틀어진 경로를 괴이한 동세로 바꾸며 엉뚱한 방향에
서 장삭의 뒤통수를 노렸다. ‘콰악’ 하고 매서운 바람이 지나
쳤으나 장삭의 뒤통수는 이미 없었다. 장삭은 일 장이나 떨어
진 곳에서 쌍수의 팔살편들로 부채질을 하는 중이었다.

“이제 왼쪽만 남았구나, 어허허.”

장삭의 신형이 다시 앞으로 쏘아졌다. 한보는 늘어진 팔을
무시한 채 좌철권을 뻗었다. 장삭의 콧잔등을 노릴 듯 일직선
으로 힘차게 뻗던 좌철권이 급작스레 모습을 감췄다. 어느새
좌철권은 풍채 좋은 뱃살을 향해서 회오리쳤다. 그러나 그 앞
에 팔살편이 있었다.

툭!

한보의 왼팔이 늘어졌다. 팔살편이 좌철권을 막음과 동시
에 장삭의 우장이 한보의 왼쪽 어깨도 탈골시켰기 때문이다.
두 팔 모두 끝이다! 늘어지는 한보의 왼팔을 보며 장삭이 흐
뭇하게 미소 지었다. 그 미소를 향해 우철권이 날아들었다.

"뭐냐, 이건 또?"

장삭이 급히 신형을 회류하며 우철권의 사정거리에서 벗어났다. 그와 동시에 한보가 빠른 동작으로 탈골된 왼쪽 어깨를 바로 맞췄다. 장삭이 미간을 심하게 일그러뜨리며 아랫입술을 깨물었다.

"그새 탈골된 어깨를 바로 맞췄느냐? 지독한 계집이로다."

하지만 장삭이 보기에 한보의 접골 실력은 뛰어나지 못했다. 양쪽 어깨가 장정의 것처럼 두툼한 것을 보니 필시 크게 상처를 입어 부어올랐음이 분명하다. 저런 어깨로 두 팔을 수월하게 운용한다는 것은 불가능했다. 장삭은 이제부터 즐길 시간이 되었다고 생각했다. 한보의 뒤쪽 저편에서 왔다 갔다 하는 주향상이 거슬리긴 했으나 협공을 당해도 그리 걱정할 필요는 없을 듯했다. 적어도 자신 또한 본 실력을 보이지 않았으니까. 장삭은 팔살편으로 수염을 쓸며 한보를 조롱했다.

"계집아, 네가 옷을 반쯤 벗었으니 노부가 마음에 있다는 뜻이렷다? 엇차! 그 와중에 공격이냐? 어허허! 지금이라도 늦지 않았으니 노부를 따르거라! 어헛차! 이 계집 봐라? 어허허! 좋구나, 좋아! 곧 네년과 네년의 신병이기를, 헛차! 노부의 것으로 만들 것이다! 옅! 어허허!"

한보는 연신 철권을 날렸다. 다만 고함을 지르지는 않았다. 전신의 고통을 참기 위해 이를 악물고 있었는데, 그것이 과하여 잇몸이 찢길 정도였다. 여전히 한보의 눈은 매서웠다.

휙휙! 휘익!

일권 일권에 살기가 담겨져 소름 끼치는 바람 소리를 냈으나 장삭은 처음처럼 뒷짐을 지며 느긋하게 피하고 있었다. 한보의 몸이 일순간 휘청거렸다. 그리고 상체를 깊게 숙이며 땅으로 엎어질 것처럼 위태한 자세를 취했다. 장삭은 한보가 고통을 못 이겨 쓰러지는 것이라 여겼다. 장삭이 거만하게 턱을 세우고 팔살편으로 부채질을 하려 했다. 그 순간 낭랑한 소리가 한보의 굽혀진 몸 안에서 울려 퍼졌다.

까까까까깡!

"응?"

콰르르르륵!

"뭐냐?"

한보가 상체를 뒤로 힘껏 젖히는 순간, 엄청난 불꽃이 둘 사이를 휘감았다. 장삭이 대경하여 뒤로 신형을 날렸는데, 불꽃이 턱을 따라오고 있었다. 장삭의 얼굴이 창백해졌다. 수염이 탄다! 급히 좌장으로 턱을 때려 불꽃을 꺼뜨렸지만 이미 절반이 타버려서 허공에 흩날리는 중이었다. 장삭의 입술이 파르르 떨렸다.

"이 계집애가!"

장삭의 눈이 한보와 똑같아졌다. 여덟 개의 가닥이 한보를 향해 매섭게 몰아쳤는데, 한보는 회피할 생각도 하지 않고 쌍철권을 앞세운 채 달려들었다.

"죽어라, 계집!"

장삭은 더 이상 한보와 놀고 싶지 않았다. 자신이 기껏 고심하여 만들어낸 풍채였다. 스스로 명경을 보며 몇 번이나 흡족한 미소를 지었는지 모른다. 이제 그 풍채에서 수염이 빠져버렸다. 수염 빠진 자신의 풍채를 상상하니 흔해 빠진 표국의 돈에 환장한 잡배가 떠오른다. 빌어먹을 계집! 죽여주마! 아니, 진작에 죽였어야 했다! 장삭은 채찍 가닥을 뚫고 달려드는 한보를 향해 좌장을 힘껏 뻗었다.

콰악!

한보의 우철권이 장삭의 어깨 위를 지나쳤다. 뒤이어 좌철권이 불룩한 뱃살 위를 스치며 허공으로 빠져나갔다.

우득!

"껍!"

한보가 입을 반쯤 벌리며 피를 토했다. 옆구리에 장삭의 좌장이 닿아 있었다.

우드드득!

갈빗대가 부러지는 소리, 그리고 바람 소리. 장삭의 우수가 한보의 목을 향해 호선을 그렸다.

따드극! 뚝!

"한 소저어!"

주향상이 비명을 질렀다. 한보의 눈에서 동공이 사라졌다. 쇄골이 부러지고 목뼈에서도 끔찍한 소리가 들렸다. 장삭의 일그러졌던 입가에 다시 미소가 번졌다. 흰자위만 보인 채 서서히 추락하는 한보의 얼굴이 만족스러웠다. 죽이기엔 아까운 계집이었으나 수염의 복수가 우선이로다. 장삭은 마음속으로 스스로를 다독거리며 미소 지은 입술을 살짝 벌려 이를 드러냈다. 승리의 웃음이었다. 벌어진 입술은 배를 향해 날아오고 있는 우철권을 보는 순간 좀 더 벌어졌다. 경악의 웃음이었다. 장삭이 중얼거렸다.

"우리, 농담하지 말자."

퍼억!

"꾸읍!"

장삭은 배를 움켜쥐고 여섯 보나 후퇴했다. 경악의 눈으로 한보를 보던 장삭이 일순 목 울대에 힘을 주며 울컥했다. 장삭은 입술을 악다물고 구토를 참았다. 토하면 안 된다. 천하의 작혈왕이 저따위 애송이에게 얻어맞고 구토를 했다가는 강호에서 고개를 들고 살 수 없다. 배를 몇 번 두드리니 간신히 진정됐다. 장삭은 안도의 숨을 쉬며 정면을 봤다. 무릎을 꿇는 한보가 보인다. 저절로 온몸이 부들부들 떨렸다.

"이, 이… 이 계집!"

장삭의 옷이 심하게 펄럭거렸다. 장삭은 고슴도치의 털처럼 사방으로 솟구친 머리칼로 분기를 알리며 고함쳤다.

"크악! 네가 결국 작혈왕을 부르는구나! 오냐! 원하는 대로 해주마!"

콰드드드!

장삭의 몸이 괴이하게 꿈틀거렸다. 한보가 바닥에 한 모금의 피를 토하더니 정신을 차린 듯 고개를 들었다. 곧 목에서 '우득' 하는 소리가 났다. 한보는 아미를 찌푸리며 우철권으로 눈물을 훔쳤다. 고개를 드는 것조차 힘이 들 지경이다. 하지만 다시 숙일 수가 없었다. 앞에 있는 자가 너무도 놀라운 광경을 보이고 있었기 때문이다. 뒤쪽의 주향상도 반쯤 굳은 몸이 되어 입을 벌리고 있었다.

"한 소저가 작혈왕에게 일격을 가하다니……. 그 천하의 작혈왕에게……. 하지만… 하지만 저것은 대체……!"

"크크크크큭! 이것을 바랐더냐?"

까득! 깍! 구드륵!

장삭의 불룩한 배가 들어갔다. 풍채 좋은 몸을 감싸던 옷이 바람에 펄럭거렸다. 비곗살이 제법 있던 손은 어느새 앙상한 뼈를 드러내고 있었다. 장삭은 이제 주향상보다 더 늘씬한 몸이 되어 악귀처럼 웃었다.

"네년이 바라는 진짜 작혈왕이다! 노부의 금강체조차 감당할 수 있는지 궁금하구나! 크큭!"

"허, 으……. 이익!"

한보는 억지로 몸을 일으키려다가 전신에서 터지는 뼈들의 아우성을 견디지 못해 비명을 질렀다. 장삭이 악귀의 눈으로 한보를 노려보며 천천히 다가왔다.

"일어나라, 계집! 엄살 부리지 말란 말이다! 이제부터 노부의 진짜 실력을 보여줄 테니!"

"보여줄 필요 없다."

낮은 음성이 장삭의 신경을 건드렸다. 아니, 신경을 건드린 정도가 아니었다. 심장이 두근거렸다. 전신이 후들거려서 미칠 것만 같았다. 세상이 뒤바뀌고 천지가 뒤집혀도 이 목소리를 잊을 수는 없다. 장삭은 핏기가 모두 사라진 얼굴을 돌려 목소리의 주인공을 찾았다.

"사부님?"

정갈하게 뒤로 빗어 넘겨 묶은 백발, 그리고 잔털 하나 없이 곱게 다듬은 백미. 오색의 화려한 의복과 어울리지 않게 결벽증 도사처럼 외모를 가꾼 노인이 장삭과 마주하고 있었다. 공작왕 금사희였다. 장삭은 창백한 얼굴로 전신을 떨다가 급히 무릎을 꿇고 절했다.

"파, 파문 제자가 사부님을 뵙습니다!"

금사희는 자신에게 절하는 장삭을 외면했다. 금사희의 시선은 한보에게 머물러 있었다. 한보에게 다가간 금사희는 천천히 우수를 뻗더니 잔뜩 부어오른 어깨를 매만졌다. 곧 한보가 아미를 찌푸리며 괴로워했다. 금사희는 참으라는 말도 없이 묵묵히 치료했다. 치료하던 도중에 금사희는 잠시 고개를 들어 주향상을 바라보았다.

"넌 시킨 일이나 계속해라."

“예, 선배님!”

주향상이 깜짝 놀라며 어디론가 달려갔다. 금사희는 한보의 상처를 모두 매만진 뒤에 흡족한 미소를 지었다. 그리고 한보의 멍한 얼굴에 자신의 얼굴을 가져가더니 조용히 말했다.

“어린것이 기특하다.”

금사희는 한보의 머리를 쓰다듬었다. 그리고 천천히 신형을 세워 장삭을 돌아봤다. 마침 장삭은 슬그머니 도망가려던 중이었다. 사부의 눈이 자신에게 머물자 장삭은 도망가려던 자세 그대로 굳어버렸다.

“삭아야.”

“예, 예, 사부님!”

장삭이 차렷했다.

“작금의 무림이 협으로 싸울 일이 없어 무공의 방법만 붙들고 논검하는데, 너만 이곳에 홀로 남아 협 지랄을 하는구나. 내가 너 때문에 못살겠다. 아직도 협이 뭔지 모르겠느냐?”

“아, 아, 알고 있습니다! 용서해 주십시오!”

금사희는 하늘을 보며 한탄했다. 눈으로 하늘을 담기가 부족하다 여겼는지 굵은 눈물이 흘러 일부의 하늘을 담았다. 금사희는 고개를 가로저으며 연신 한숨을 쉬었다.

“혼자임을 괴로워하기에 제자로 받아들여서 무공으로 친

구를 사귀라 했더니 그 무공으로 숨어버리는 놈. 하도 이리저리 치이고 괴롭힘을 당하기에 제자로 받아들여서 무공으로 자신을 지키라 했더니 그 무공으로 되레 괴롭히는 놈. 아비의 유언을 대신 받아 그 자식을 제자로 받아들여 몰락했던 아비의 문파를 무공으로 다시 세우라 했더니 그 무공으로 아비 문파는 팽개치고 자기 문파 새로 만들어 맹주가 되어버린 놈. 대체 내 제자들은 왜 하나같이 이따위냐?"

"죄송합니다, 사부님! 죽을죄를 지었습니다."

"삭아야."

"예, 사부님!"

"내가 말했지? 다시 보면 죽인다고."

"제발 사부님! 한 번만 자비를 베풀어주십시오!"

장삭의 얼굴이 눈물로 뒤덮였다. 얼굴 어느 곳에 공포가 깃들지 않은 곳이 없었다. 금사희는 고개를 몇 번 저으며 침통한 음성을 던졌다.

"넌 싹수부터 노랬던 거야."

"사부님!"

장삭이 찢어지는 고함을 지르더니 급작스레 쌍수에 든 팔살편을 휘둘렀다. 열여섯 개의 채찍 살이 천지를 가릴 듯 금사회에게 몰아쳤다. 금사회가 장삭의 뒤에서 또다시 한숨을 쉬었다.

"내가 그렇게 가르쳤더냐? 싸우려면 자세부터 바로잡아야 한다.”

“헉!”

장삭은 자신의 채찍들이 금사희의 잔상만을 후려치는 것을 보고 대경했다. 고개를 돌릴 틈도 없었다. 이미 금사희의 우수는 장삭의 천령개를 짓누르고 있었다.

“끅! 끄으악!”

“무공 수련도 게을리 하고.”

“끄으으!”

“남의 자식을 양자로 들였으면 개과천선이라도 하든지.”

“끅! 끄윽! 제, 제바……”

“오늘은 아예 잔칫날이더구나. 아들이 어미를 간하게 만드는 것도 부족하여 칼까지 박게 하고, 아비가 자식의 배를 가르게 하고, 삭아 너는 껄껄 웃기나 하고. 이제 부끄러워서 이 사부는 어떻게 사냐?”

“제발 사부님! 끄아악!”

“삭아아, 이 사부는 그래도 공작천에서 계속 무공을 연마하여 새로운 경지를 얻었느니라. 청출어람(靑出於藍)은 아니더라도 뭔가 비슷하게는 가야 하지 않겠느냐?”

“커어!”

드디어 금사희가 장삭의 천령개를 놓았다. 장삭이 머리를 감싸 쥐고 괴로워하다가 힘겹게 상체를 들었다.

“살려주셔서 감사합니다!”

금사희는 고개를 갸웃거리며 인상을 찌푸렸다.

"누가 살려준다고 했느냐? 이 사부는 분명히 말했다. 새로운 경지를 얻었다고."

"예?"

금사희가 우수의 손가락을 펼쳤다. 검지와 중지였다. 금사희의 조각 같은 수염이 입술의 움직임을 따라 흔들렸다.

"너의 목숨은 앞으로 이 다경, 또는 이 보다. 그때까지 열심히 살거라."

"사부님!"

"두 발짝 이상 움직이면 죽을 것이며, 그대로 있어도 이 다경이 지나면 역시 죽는다. 그사이에 너는 어떻게든 이 사부를 설득해라. 그래야 삭아 너의 살 길이 있으리라."

"사부님, 제자가 큰 죄를 범했음을 깊이 깨닫습니다! 제발 용서해 주십시오!"

악을 쓰는 장삭을 뒤로하고 금사희는 천천히 한보에게 걸어갔다. 한보가 적대적인 눈으로 금사희를 바라보고 있었다. 금사희는 의외인 듯 한보에게 눈살을 찌푸렸다.

"어째서 나를 그런 눈으로 보느냐?"

"할아버지가 공작왕 금사희예요?"

"저놈 악쓰는 걸 보면 모르나?"

한보가 몇 번 이를 갈더니 힘껏 외쳤다.

"당신도 똑같아!"

금사희가 제법 놀란 듯 어깨를 움찔거렸다. 곧 다섯 인영이 허공을 날아 한보의 주변을 감쌌다. 흑의 인영이 한보에게 검을 내밀며 호통 쳤다.

"미친 계집 같으니! 은혜도 모르면서 살기를 바랐더냐? 게다가 이분께서 누군 줄 알고!"

"제자의 잘못은 사부에게도 책임이 있는 법이에요!"

한보는 자신의 목을 짓누르는 검을 조금도 두려워하지 않았다. 하지만 가슴은 미칠 듯 떨고 있었다. 갑작스레 목을 겨눈 검 때문이 아니다. 자신의 앞에 선 금사희 때문이었다. 목뼈를 상한 것이 분명했는데 자신은 지금 호통을 치고 있다. 치료를 받은 지 얼마나 되었다고 벌써 이렇게까지 회복된단 말인가! 게다가 어깨의 붓기까지 가라앉았다. 한보는 세상에 이 정도의 능력을 가진 자가 존재할 수 있다는 것이 믿어지지 않았다. 하지만 한보의 눈에 서린 독기는 사라지지 않았다. 공포 따위가, 경외심 따위가 한보의 울분을 지울 수는 없었다.

"사부가 제자를 올곧게 이끌지 못했으니 그 죄를 같이 짊어져야 한다고요!"

금사희가 침묵했다. 얼굴에 표정을 이루지 않으니 그야말로 대리국의 돌을 조각한 것만 같았다. 금사희는 눈살을 찌푸리며 말했다.

"명아야."

“예, 사부님!”

“파문당할래, 검을 치울래?”

“허억! 용서하십시오! 제자는 그저…….”

금사희는 급히 검을 치우며 무릎을 꿇는 흑의인을 무시한 채 그 옆의 제자를 돌아봤다. 보기만 해도 자신까지 우울해질 것 같은 얼굴을 한 자였다. 금사희가 말했다.

“아련(兒鍊)아, 넌 나의 제일제자가 된 지 몇 년인데 아직도 애들 교육을 이따위로 시켰느냐? 명아를 데리고 공작천에 가서 둘 다 반성하거라.”

아련이라 불린 자가 대답 대신 흑의인의 옷자락을 잡아 일으키며 중얼거렸다.

“내 언젠가 이렇게 될 줄 알았어. 내 주제에 강호행은 무슨 강호행. 공작천에서 그냥 새소리 벗 삼아 외롭게 늙어야 아련이겠지. 그래, 명아 놈이 내 발목을 잡을 것이라고는 삼 년 전부터 짐작했었잖아? 세상이 다 그렇지, 뭐. 차라리 속이 편한 거야. 공작천에나 무사히 돌아가면 그걸로 다행인데 그럴 리도 없…….”

“시끄럽다! 어서 물러가거라! 금언령을 푼 지 며칠이나 됐다고 그렇게 떠드느냐?”

“알겠습니다, 사부님. 죄송합니다. 늘 죄송합니다. 이런 놈이 제일제자가 되었으니 얼마나…….”

“파문을 당하고 싶으냐?”

그제야 아련이 입을 다문 채 사라졌다. 말 그대로 사라졌기 때문에 한보는 정신을 수습하기 어려웠다. 제자가 보여준 신법만으로도 입이 다물어지지 않았으니 사부인 금사희의 능력은 보지 않아도 알 것 같았다. 금사희가 말했다.

"그러니까 너는 저놈의 죗값을 나도 치러야 한다는 얘기냐?"

곧 한보가 눈을 부릅떴다.

"그래요!"

"내가 어찌하면 좋겠느냐?"

금사희는 미소 지었다. 조각 같은 노인의 얼굴이 온화하게 변하니 그야말로 지장보살의 얼굴이다. 한보는 떨리는 심장을 진정하기 위해 길게 심호흡을 한 뒤 매서운 얼굴로 말했다.

"귀검자 대협의 시신 앞에 무릎을 꿇고 사죄하세요."

그러자 금사희의 곁에 있던 세 명의 제자가 눈살을 찌푸렸다. 금사희도 굳은 얼굴로 말했다.

"그럴 수는 없다."

"물론 그렇겠죠."

한보가 냉소하며 비아냥거렸다.

"천하의 공작왕이 일개 협객의 시신에 무릎을 꿇을 수 없으니 죗값을 치르기란 불가능하겠네요."

금사희는 굳은 표정을 풀더니 다시 미소를 지었다. 조금 전보다 더 부드러운 표정이었다.

"나는 그리할 수 있으나 네가 못하게 할 것 아니냐?"

"네?"

"굳이 그것을 원한다면 죽여서 시신을 만들고 무릎을 꿇으마."

그 말에 한보의 눈이 동그래졌다. 한보는 아직 남아 있는 몸의 통증도 무시한 채 벌떡 일어났다.

"귀검자 대협이 살아 있어요?"

금사희는 대답 대신 뒷짐을 진 채 걷기 시작했다. 장삭이 뒤에서 열심히 떠들었지만 관심도 없는 듯 눈길 한번 주지 않았다. 한보는 금사희가 걷는 방향으로 시선을 옮겼다. 주향상이 보였고, 조상혁의 몸뚱이도 그곳에 있었다.

조상혁은 주향상의 품에 안겨 있었는데, 한보가 안력을 돋우니 그 몸이 조금씩 들썩거리며 움직였다. 살아 있구나! 한보가 전신을 떨다가 입술을 길게 늘이며 웃었다. 하지만 눈은 더욱 처지며 설움 가득한 자의 것처럼 일그러졌다. 주향상도, 품에 안겨 있던 조상혁의 모습도 흐릿해졌다. 눈을 감았다 뜨며 눈물을 밀어버렸지만 다시 채워져 앞을 보기 힘들었다. 한보는 차가운 철권으로 눈물을 닦으며 육신의 고통을 무시한 채 억지로 걸었다.

"살아… 살아 있었군요!"

한보의 흐트러진 외침이 들렸을 때, 금사희는 이미 두 사람

의 앞에 멈춰 선 상태였다. 금사희는 조상혁과 주향상의 앞에
서 다시 표정을 굳혔다. 시선이 주향상에게 머물러 있었다.
금사희가 말했다.

"네가 수습하느라 고생이 많았구나. 부탁을 들어줘서 고
맙다. 언제 한번 사도맹으로 놀러 오면 섭섭지 않게 대접하
마."

"오히려 후배가 크게 감읍했습니다."

주향상은 미소를 지으며 포권했다. 시선을 옮겨 조상혁을
본 금사희는 품속에서 한 권의 책을 꺼냈다. 책을 펼쳤는데
온통 백지였다. 금사희는 천천히 우수를 들더니 백지에 자신
의 검지를 가져갔다. 갑자기 책에서 연기가 흐르기 시작했다.
주향상과 조상혁은 창백한 얼굴이 되어 금사희를 지켜봤다.
내력으로 화기(火氣)를 일으켜 글을 쓰는 것이 분명했다. 몇
장의 백지에 글을 채운 금사희는 그 책을 조상혁의 앞에 떨구
며 말했다.

"여기 적힌 무공을 익히거라. 이는 사감(四感)으로 나머지
일감(一感)을 얻는 무공이다. 촉각과 청각과 후각과 미각만
있다면 시각이 절로 생길 것이다. 이 무공이 있으면 너희 부
부가 하나의 눈으로도 부족함이 없이 살아갈 터. 네 수준이면
이 년 내에 충분히 익힐 것이다. 그때쯤이면 네 반려자도 온
전한 고막을 갖게 될 테니 네가 잘 알아서 가르치거라."

"예?"

조상혁의 얼굴이 굳었다. 금사희가 무슨 말을 하는 건지 이해할 수 없다는 표정이었다. 금사희는 발끝으로 책을 밀치며 불평했다.

"그럼 네 반려자를 계속 앞도 못 보고 살게 할 셈이었더냐?"

"아니, 저⋯⋯."

조상혁의 외눈에서 눈물이 글썽거렸다. 믿어지지 않는 모양이었다. 몇 번이나 입술을 떨고 멈추기를 반복하던 조상혁이 끝내 물었다.

"제 아내⋯ 자미가⋯ 살아 있습니까?"

"네 아들놈은 내가 십 년간 데리고 다니며 구타하겠다. 부귀영화에 찌든 놈이 별외 생활을 달가워할 리가 없으니까 사양하지 말거라. 십 년 후에는 너희가 어떤 생활을 하든 그놈 입장에서 극락처럼 여기게 해주마."

"소문주께서도 살아 계십니까!"

"소문주라⋯⋯. 허허허, 병신 같은 놈."

금사희는 냉소하며 조상혁에게서 몸을 돌렸다. 그러자 앞에서 한보가 창백한 얼굴로 자신을 응시하고 있었다. 한보가 말했다.

"정말⋯ 정말 모두 살아 있는 거예요? 제가 죽는 걸 봤는데⋯ 어떻게?"

"사람이 그렇게 쉽게 죽는 줄 아느냐?"

"하지만!"

"네가 강호초출(江湖初出)인가 보다. 내 파문제자들이 모두 다 의술이 뛰어난 이유가 뭐라고 생각하는 게냐? 아무렴 내가 의술에 재주있는 놈들만 제자로 받아들였겠느냐? 화타(華陀)를 부르고 편작(扁鵲)을 불러와라. 의술로 대적하여 내가 지면 스스로 목숨을 끊으련다."

"으아!"

한보가 울음보를 터뜨렸다.

"고마워요!"

한보는 금사희를 끌어안고 어린애처럼 울었다. 몇 번 한보의 머리를 쓰다듬던 금사희가 갑자기 야멸치게 밀쳤다. 한보가 눈물 가득한 얼굴로 금사희를 보니 오금이 저릴 만큼 근엄한 얼굴을 보이고 있었다.

"너는 내 제자가 될 생각이 없느냐?"

"없어요."

질문과 동시에 대답이 달려들자 금사희는 미간을 찌푸렸다. 금사희가 차갑게 말했다.

"정말 없느냐? 네가 가진 권이라고는 고작 죽은 자의 복수를 위해 득달같을 뿐이다. 정말로 나의 힘이 부럽지 않은 것이냐? 지키고 싶은 것을 끝내 지킬 수 있는 이 힘이 정말 부럽지 않다고?"

"부럽지만 제 친구를 찾아야 해요. 그리고 제 사부님은 천수신권 구동준, 단 한 분뿐이에요.”

“아쉽구나.”

금사희는 쓰게 웃었다. 그리고 한보에게 턱짓하여 따라오
라 했다. 한보가 따라가니 금사희는 장삭파의 정문까지 간 뒤
걸음을 멈췄다. 한보는 영문을 몰라 멍한 표정을 지었다. 곧
금사희의 신형이 서서히 떠올랐다. 금사희는 정문에 달린 현
판을 우수에 쥐고 깃털이 흐르듯 내려섰다. 금사희가 한보 앞
에 현판을 세우고 말했다.

“부수거라.”

“예?”

“장삭파는 네가 끝을 맺거라.”

그 말에 한보가 고개를 끄덕이더니 우철권을 뒤로 당겼다.
몸의 고통이 사라지지 않은 터라 인상이 절로 찌푸려졌다. 하
지만 한보는 그 어느 때보다 힘차게 우철권을 뻗었다.

“하아아아아!”

콰아앙!

그 순간, 처절한 비명이 울려 퍼졌다. 이 다경이 지나 전신
기혈이 폭발한 장삭의 단말마였다. 금사희는 쌍수에 가득 쌓
인 현판 조각들을 떨어버리더니 차가운 시선으로 한보를 보
았다.

“앞으로 길 가다 조심해라.”

“예?”

"너는 사도맹의 문파 하나를 궤멸시켰다. 사도맹주로서 너를 살려둘 수는 없는 법. 다시 한 번 만나게 되는 날이 네가 죽는 날이다."

"알았어요."

한보는 고개를 힘차게 끄덕였다. 그런 한보의 입가에 웃음이 머금어져 있었다. 금사희가 만족한 듯 고개를 몇 번 주억거리더니 뒷짐을 진 채 걷기 시작했다. 몇몇 사람이 장철산의 주변에 몰려 있었는데, 그 사람들도 금사희의 제자인 듯했다. 금사희가 열 걸음을 채 딛기 전에 뭔가 생각난 듯 움찔하며 한보를 돌아봤다.

"내가 중요한 걸 잊고 있었구나, 애야."

"네."

"네 이름이 한보고, 저 도인이 청성의 주향상이렷다? 그리고 또 한 명의 도사가 있지?"

"예, 맞아요."

한보가 철권을 벗으며 대답했다. 금사희는 가볍게 땅을 팅겨 한보의 곁으로 바짝 붙었다. 조각같이 매끈한 콧날이 한보의 이마 가까이로 접근하더니 금사희의 낮은 목소리가 들렸다.

"천축신승은 지금 공작천에 있다. 큰 부상을 입고 날 찾아와 치료를 부탁하더라. 서둘러 가면 만날 수 있을지도 모르니라."

“엇!”

한보가 대경하며 고개를 치켜들었을 때는 이미 금사희가 삼 장 밖 저편에서 느긋하게 걷고 있었다.

“한 소저.”

금사희의 뒷모습을 쫓던 한보는 주향상의 부름에 걸음을 멈췄다. 주향상이 조상혁 일가의 피로 도복의 색을 바꾼 채 포권을 취했다.

“싸움을 돕지 못해 죄송합니다. 제게 그럴 만한 사정이 있었습니다.”

“도우셨으면 오히려 제가 불편했을 거예요. 전 협공이라는 걸 해본 적이 없어서 아군 적군 가려가며 주먹을 쓰지 못해요.”

한보의 웃음이 고마워 주향상은 포권을 풀지 못한 채 미소를 지었다. 주향상은 변명의 이름을 빌려 자신의 행적을 자랑했다.

“객잔을 나와 한 소저를 쫓을 때부터 제 앞길을 방해하는 사람들이 있었습니다. 참다못해 시시비비를 가리려 하자 금 선배께서 저를 부르시더군요. 금 선배의 제자들이 제 앞을 막았던 겁니다. 금 선배의 청력이 신통하여 장삭파로 걸음하시던 중에 객잔 내의 대화를 모두 들으셨나 봅니다. 소저께 흥미가 있으신 듯했습니다.”

“그래도 다음에 길 가다 만나면 죽인다던데요?”

　한보가 웃음을 터뜨렸다. 한보는 주향상을 바라보면서도 금사희가 있는 방향으로 걷고 있었다. 금사희와 그 제자들은 이자미를 수습하고 있었다. 한보는 눈과 귀를 봉인당하여 봉인화로 살았던 여인을 다독거려 주고 싶었다. 한보의 걸음이 빨라질수록 주향상의 입술도 빨리 열렸다.

　"한 소저께서 싸우시는 동안 조 대협과 그 가족을 수습했습니다. 이 부인은 숨이 끊어질 지경이어서 급히 옮겼는데, 금 선배의 신술이 너무도 뛰어나 살릴 수 있었습니다."

　"네, 네. 정말 놀랐어요. 죽은 사람을 살린 것 같은 기분이었다고요."

　한보가 눈물을 글썽거리며 중얼거렸다. 막 이자미의 곁에 도착한 한보는 고개를 숙여 안색을 살폈다. 이자미는 여전히 시체처럼 창백한 얼굴이었으나 가슴이 초원 바람의 풀잎처럼 오르락내리락했다. 한보의 눈에 맺혔던 방울이 볼을 가로질렀고, 그 끝맺음은 미소 지은 입가였다. 주향상이 한보의 뒤에서 한숨을 쉬었다.

　"살았으니 다행이나 앞으로가 문제입니다. 부부가 그 지독한 고통을 당했으니 앞으로의 인생을 편히 이끌 수 없을 것입니다."

　이자미의 혈을 짚던 금사희가 약지를 비틀며 치료를 중단했다. 금사희는 주향상을 돌아보며 냉소했다.

　"흥! 과거의 불행에 연연하느라 현재의 행복을 외면하고 미래의 희망조차 두려움으로 떨친다면 평생 불행해도 싸다.”

“하, 하지만!”

당황하는 주향상 옆에서 한보가 소리쳤다. 쾌활한 웃음이 담겨진 외침이었다.

“맞아요! 다 살아 있잖아요! 옆에 있고, 이젠 손을 잡을 수도 있어요! 과거 따위가 다 뭐예요? 이젠 같이 살며 원하는 걸 할 수 있는데!”

“네가 도사해라. 도력은 네가 더 높구나.”

금사희가 너털웃음을 흘리며 다시 치료를 시작했다. 주향상은 부끄러움을 감추지 못해 얼굴을 붉혔다. 주변 사람들을 바로 볼 수 없어 시선을 옮기니 조상혁이 꿈틀거리는 게 보였다. 조상혁은 금사희 제자들의 부축을 받으며 조금씩 몸을 일으켰다. 한 걸음 한 걸음이 조심스러웠으나 조급하게 보이기도 했다. 조상혁은 오랜 세월 보지 않으려 했던 반려자의 모습을 직시하며 오열했다.

“자미……. 자미! 이제야 바로 볼 수 있어! 이제야 바로 보았어!”

이자미의 손을 쥔 조상혁의 두 손이 요동쳤다.

“얼마나 후회했는지 알아? 팽이치기를 할 때 왜 자미를 보지 않고 팽이를 보았을까. 왜 자미의 손을 놓고 귀암곡에 가서 그 오랜 세월을 외면했을까. 자미, 자미! 어허헝! 이제 절대 자미에게서 눈을 떼지 않겠어. 절대로!”

오열하는 조상혁을 보며 주향상과 한보가 헛기침을 했다. 한보의 눈이 눈물을 그치려 하지 않는다. 반면, 금사희는 굳은 표정으로 몇 번씩이나 고개를 갸웃거리더니 뒤늦게 손바닥을 치며 중얼거렸다.

"맞다, 맞아. 그러고 보니 귀암곡도 있었지. 내 이놈의 자식을 그냥……."

이자미의 머리 쪽에서 환자의 자세를 보정하던 제자가 금사희의 중얼거림에 깜짝 놀라며 물었다.

"스, 스승님, 설마 양 사저까지 죽이실 생각이십니까?"

"그 귀여운 년을 무슨 수로 죽여?"

멍한 얼굴로 던지는 금사희의 반문에 주향상이 눈물을 훔칠 새도 없이 급히 입을 막고 도망쳤다. 한보도 '풋' 하고 웃음을 터뜨리며 고개를 설레설레 저었다.

"가져왔습니다!"

한 무리의 제자가 우차를 끌며 나타났다. 금사희는 세 개의 우차를 보며 흡족한 표정을 짓다가 하나를 부수었다. 그리고 이자미와 조상혁을 하나의 우차에 누이라 명령했다. 제자들이 우차에 세 명의 환자를 태우고 사라지자 금사희는 기지개를 켜며 하늘을 보았다.

"빨리 네 갈 곳을 정해야 할 것이다."

"예?"

하늘을 향한 금사희의 혼잣말은 분명 한보를 위한 것이었다. 한보가 뜻을 묻듯 눈을 크게 뜨자 금사희의 입술이 다시 열렸다.

"천기가 변하고 있다. 아니, 애초에 천기는 변한 상태였다. 무의 근본을 논하며 검을 들던 시대는 이미 떠났다. 또 다른 자가 있으며, 그자야말로 강호에 진정한 혈풍을 일으킬 것이다."

"그게 무슨 말씀이세요?"

금사희가 하늘을 떨치고 한보에게 웃었다.

"내가 아느냐? 이후식이 한 말이다."

"이후식이 누군데요?"

"요즘 마교에서 잘나가는 놈."

금사희는 한보의 턱에 주먹을 견주더니 노인답지 않게 정갈하고 하얀 치아를 드러내며 웃었다.

"강호초출 주제에 사도맹의 일개 문파를 부수고, 공작왕의 제일제자였던 놈까지 죽였단 말이지? 거참, 대단하구나."

"그게 왜 그렇게 되는 건데요?"

한보가 퉁명스런 얼굴로 불평했다. 곧 금사희가 한보에게서 일 보 물러서며 호탕하게 웃었다.

"네 싸움을 보니 불꽃이 하늘을 뒤덮어 내 오금이 다 저릴 지경이었다. 아하하하하!"

금사희의 목소리가 너무 커서 아직까지 마당 구석구석에 박혀 있는 장삭파의 잔당들이 어깨를 움츠릴 정도였다. 한보는 얼굴이 빨개져서 금사희를 질책했다.

"뭐예요, 그 얼토당토않은 말씀은?"

"어떠하냐?"

"뭐가요?"

"오늘의 네 협행이 커서 강호에 귀감이 될 만하다. 또한 네 무공의 신위가 여타의 무인보다 현격하여 그 불꽃이 하늘을 떨쳤으니 내가 네게 별호 하나를 지어주고 싶구나. 내 신분이 공작왕이니 별호를 지어줄 사람으로 부족함이 없을 것이다."

"아, 됐어요!"

한보가 얼굴이 새빨개지다 못해 검게 변했다. 장삭파 잔당들이 모두 다 경외감에 젖어 자신을 바라보고 있었다. 어디 숨을 데가 없을까 싶어 쥐구멍을 찾아 고개를 휘젓던 한보 앞에서 금사희가 다시 외쳤다.

"불꽃의 권으로 협을 떨쳤으니 네 별호는 이제 초염여협(初炎女俠)이다. 어떠하냐?"

그 순간 한보의 얼굴이 굳었다. 조금 전까지의 당황하는 모습과는 사뭇 달랐다. 장삭파의 잔당들은 한보의 별호가 부러운 듯 입맛을 다셨는데, 정작 한보의 표정은 불쾌감을 가진 자의 것과 같았다. 금사희가 이상히 여겨 한보의 뜻을 다시 물었다.

"마음에 들지 않느냐?"

한보가 불만 가득한 얼굴을 지우지 않고 중얼거렸다.

"쳇! 남자들은 뭘 그렇게 잘해서 끽하면 대협이고, 여자들은 무슨 죄가 그렇게 많아서 죽었다 깨어나도 여협인지 원. 전 그냥 별호 없이 살 테니까 놔두세요."

금사희의 조각 같은 얼굴이 괴이하게 비틀렸다.

"어허, 음, 음, 그렇구나. 그랬어. 그래, 그래. 초염대협이 낫겠다. 네 말이 맞구나. 초염대협은 어떠하냐?"

"됐어요. 귀찮게 왜 이러세요?"

한보는 야멸치게 답하며 장삭파 정문을 향해 걷기 시작했다. 그 뒤에서 금사희의 웃음소리가 그치지 않았다.

"대체 무슨 일이냐고요?"

객잔에서 녹지현의 불평이 끊이지 않았다. 객잔 주인은 도망갔고, 점소이는 밀린 품삯을 달라며 조른다. 게다가 주향상과 한 무리의 사람들이 데려온 두 명의 환자도 녹지현의 몫이었다.

녹지현은 주인이 늘 앉아 있던 자리를 꿰차고서 본의 아니게 객잔을 운영하고 있었다. 가끔 객실을 살피고 환자도 보살핀다. 주향상이 도와주기는 했지만, 그건 어디까지나 환자를 보살필 때에만 한정되어 있었다. 손님들을 받고 음식을 대접하는 건 모두 다 녹지현이 할 일이었다. 환자를 보살피는 것을 빼면 한보는 늘 손님이었다.

나흘이 지났을 때, 조상혁이 기운을 차렸다. 술잔을 나누지는 못했으나 청성의 도인과 여인, 그리고 이제 강호를 떠난 검객은 서로를 의기를 다졌다. 세 사람은 객잔을 떠났고, 주방장이 객잔의 주인이 되었다. 호기 넘치는 주방장은 오래전부터 조상혁을 흠모하던 자이다. 훗날 조상혁과 이자미는 온전한 몸이 되어 객잔을 떠났다. 새로운 객잔 주인이 과분한 금전까지 쥐어주며 환송했다.

그전에 작은 일이 있었다.

"문을 여시오!"

현판이 떨어진 장삭파의 정문에서 사내들의 우렁찬 고함 소리가 울려 퍼졌다. 탁장복이 목발을 휘두르며 다시 외쳤다.

"어서 문을 여시오! 환룡문을 이리 푸대접하고 무사하리라 보오?"

그래도 문이 열리지 않자 탁장복은 수하들을 시켜 문을 두드리라 명령했다. 부하들이 일제히 정문으로 달려가 주먹질을 했다.

쾅쾅쾅쾅쾅!

"열란 말이오!"

탕탕탕!

"당장 문 좀 열어주시오! 우리들은 환룡문의 서신을 가져온 사람들이오!"

탕탕탕!

탁장복의 손이 끊임없이 대문을 두드렸다. 차가운 바람이 쉴 새 없이 지나쳤다. 달도 뜨고 해도 떴다. 문을 부술 듯 두드렸지만 옛 장삭파의 건물에서는 아무도 인기척을 내지 않았다. 상처를 치료하느라 돈을 다 써버린 이들은 배가 고팠다.

"우리가 뭘 그렇게 잘못했기에 이리도 홀대하는 것이오!"

탕탕탕!

"제발 열어주시오! 환룡문을 이렇게 대접하고도 사도맹이라 할 수 있소?"

탕탕탕탕탕!

"알았소! 잘못했소이다! 우리가 뭘 잘못했는지 모르겠으나 사과하리다! 용서하시오! 그러니 제발 밥 좀… 아니, 문 좀 열어주시오!"

탕탕!

"열어주세요. 네? 거기 사람 있는 거 압니다. 우리, 말 좀 하며 삽시다. 어헝헝!"

기루에서 벌어진 사건 때문이었는지 누구도 탁장복의 무리에게 장삭파가 망했다는 사실을 알려주지 않았다. 어떤 사람은 이것이 장삭파의 시험이니 며칠만 더 참고 두드리면 반드시 크게 환대할 것이라며 친절하게 조언했다.

휘이이이이이잉! 후아앙!

하루가 지날 때마다 겨울바람은 차가워졌다. 밤낮을 가리지 않고 시끄럽게 떠드는 겨울바람의 외침도 이제는 익숙해질 지경이다. 유난히 추운 겨울이었다. 작년과 달리 이번에는 폭포수의 일부도 얼음 막이 서려서 보기만 해도 냉기를 느낄 지경이다. 하지만 낙화동의 제자들은 하루도 거르지 않고 폭포수에 몸을 담갔다. 그것은 동월공의 운기조식법 때문이었다. 온고조식(溫孤調息)이라는 이름을 가진 이 조식법은 외로움을 스스로 안아 따뜻하게 이끈다는 취지를 갖고 있었다. 물론 육모탕은 그런 의미가 있는지는 전혀 몰랐다.

"사부님은? 사부님은 어디에 있지?"

우화경이 불안한 듯 주변을 둘러봤다. 곽성린이 우화경의 손을 잡아끌며 '방에 있는 거 방금 확인했어'라고 투덜거리듯 답했다. 그러자 우화경이 이번에는 막당을 찾았다.

"당아는? 우리가 원래 이 시간에 하지 않잖니."

"당아는 늘 이 시간에 연공하고 있단 말야. 언니도 알잖아."

"개가 요즘 날 첫째 사저라 부르지 않고 경 사저라 부르더라. 너무 어색해."

우화경의 투덜거림에 곽성린이 킥킥거리며 즐거워했다.

"참아, 언니. 내가 그렇게 부르라고 구박했거든. 아무튼 방울도 다 점검했으니까 걱정 말고 목욕하자. 난 오늘 할 일이 많아서 지금이 아니면 목욕할 시간이 없어."

"난 혼자해도 괜찮은데……."

"거짓말!"

곽성린이 대경하며 외쳤다.

"벌써 그 정도 경지에 올랐다고? 그저께 나 혼자 목욕하다

가 심장까지 얼어붙는 줄 알았다고! 우린 아직 당아처럼 혼자
서 버티지 못할걸?"

"음, 혼자 해본 적이 없어서 그런가 봐. 우리 둘이 할 때 전혀
차갑게 느껴지지 않아서 혼자 해도 괜찮다 싶었던 거지, 뭐."

곽성린은 우화경의 웃는 얼굴을 보며 진저리를 쳤다.

"죽어. 정말 죽음 그 자체야. 나도 그래서 혼자 하면 될 거
라 믿고 뛰어들었는데, 그 덕분에 경공술이 늘었어. 내가 얼
마나 빨리 뛰쳐나왔는지 알면 언니는 기절할걸?"

"넌 말을 너무 잘해."

우화경이 웃으며 고개를 저었다. 우화경은 허리를 죄고 있
던 매듭을 풀고서 목을 조이던 매듭에 손을 가져가며 말했다.

"내가 운기조식으로 내공을 쌓게 될 줄은 꿈에도 몰랐어."

"그건 나도 그렇지, 뭐. 정말 신기하지 않우?"

"응. 처음에 사부님이 몸의 열기로 한기를 막아낸다는 말
을 들었을 때는 이번에도 거짓말을 한다 싶었거든. 너 아니었
으면 정말 안 배웠을 거야. 넌 정말 그 말을 믿더라? 그게 제
일 신기했어."

곽성린도 매듭에 손을 가져가며 멋쩍게 웃었다. 제갈당숙
의 일을 우화경에게 말할 수는 없는 일이다.

"사부님이 다른 건 몰라도 무공으로는 장난 안 친다는 걸
알고 있었거든."

"참 이상해. 어떻게 그런 무공을 구해왔을까? 당아는 하늘

이 보살피나 봐.”

“우리도 보살피는 거지, 뭐. 덕분에 이런 한겨울에 차가운 물에서 목욕도 할 수 있잖아. 히힛. 당아를 데려오길 정말 잘 했지?”

“응.”

우화경은 웃으며 가슴의 매듭을 모두 풀고 옷자락을 당겼다. 하얀 어깨와 함께 가슴을 가렸던 검은 천이 옷 틈새에서 살짝 보였다.

“푸아아!”

“…….”

폭포수에서 치솟은 막당이 흠뻑 젖은 머리를 세차게 뒤흔들었다. 우화경은 탈의하던 자세 그대로 굳은 채 비명조차 지르지 못했다. 반면 곽성린은 반가운 표정으로 막당을 보며 외쳤다.

“당아야, 왜 거기 들어가 있었어?”

막당이 그제야 곽성린 쪽을 향해 고개를 돌리며 활짝 웃었다.

“아, 린 사저. 사부님께서 제게 호흡을 단련하는 수련을…….”

“다시 들어가! 꺄아아아아아아!”

드디어 우화경이 비명을 질렀다.

14장

산의 노래

꿈을 꾸었다.

좌아아아아!

겨울 무지개가 아련하게 폭포를 지나쳤다. 얼음 조각이 물안개처럼 흩날리며 바람을 타고 비상했다. 폭포수는 맑았으나 또한 깊었다. 짙은 푸름이 폭포수의 내면을 감추어 노을마저 사라진 저녁 하늘의 그것처럼 믿음직했다. 고드름에서 물방울이 떨어지니 폭포수의 거친 파문 속에서도 꿋꿋하게 아름다운 동심원을 그렸다. 옷조차 벗지 않고 뛰어들어 과거의 아픈 때를 모두 씻고 싶었다. 저 맑음 속에 자신을 담아 청색이 되고 싶었다.

스적.

옷을 벗었다. 하얀 어깨선이 드러나고 매끈한 종아리 아래
로 흑의가 주름졌다. 발을 들어 흑의에서 벗어나 옥같이 하얀
손을 내밀어 껍질을 주웠다. 곱게 접어서 바위 위에 올려두고
속옷 끈에 가녀린 손가락을 걸쳤다.

"푸아아!"

폭포수에서 막당이 솟구쳤다. 비명을 지르고 싶었는데 비
명이 나오지 않았다. 어느새 옆에 있는 곽성린이 막당을 반가
워한다. 바위에 올려둔 흑의로 급히 가슴을 가린 채 바깥으로
달렸다. 막 방울들 가득한 나무를 지나치니 절로 비명이 터져
나왔다.

"이리 오너라."

낙화동 마당 한가운데에 육모탕이 정좌한 채 자신을 바라
보고 있었다. 비록 모습은 극히 정갈했으나 그 정갈함이 자신
의 나신을 보기 위한 의식임을 알 수 있었다. 급히 몸을 돌려
폭포수를 보았다. 육모탕보다야 막당이 낫다!

"어서 오십시오, 경 사저."

조금 전까지 흑의를 올려둔 곳에 막당이 무릎을 꿇은 채 앉
아 있었다. 육모탕만큼이나 정갈한 자세다. 갑자기 방울 소리
가 들렸다. 방울을 매달아놓은 나무들이 일제히 하늘로 솟구
쳤다. 육모탕과 막당이 자신을 포위하고 있었다. 반라의 몸으
로 어쩔 줄을 몰라 하는데 곽성린이 즐겁게 웃는다.

"으헉!"

우화경은 잠에서 깨어 급히 상체를 일으켰다. 식은땀이 전신에 가득했다. 주변은 어둑했고, 곁에서는 곽성린의 낮은 숨소리가 들렸다. 우화경은 낮의 일을 떠올렸다. 아무리 생각해도 우연 같지가 않았다. 곽성린은 어째서 그렇게 태연할 수 있었을까? 그리고 왜 그렇게 급히 목욕하자고 했을까? 우화경의 눈이 표독스러워졌다.

"기집애, 일어나 봐!"

우화경은 곽성린을 꼬집어 깨웠다. 곽성린이 인상을 찌푸리며 팔을 문지르더니 졸린 눈으로 우화경을 봤다. 어둠이 짙어 얼굴을 확인할 순 없었으나 잔뜩 화가 난 것 같았다.

"왜 그래, 언니?"

"바른대로 말해. 너, 아까 폭포수에 당아가 있는 거 알면서 데려간 거지?"

"그건 왜 물어, 새삼스럽게?"

"뭐가 새삼스럽니? 아무래도 이상해. 솔직하게 말 안 하면 평생 네 얼굴을 안 볼 테야."

그러자 곽성린이 투덜댔다.

"하나밖에 없는 언니가 그런 것 좀 도와주면 안 돼?"

정말 일부러 그랬다는 소리다. 하지만 우화경은 곽성린에 대한 미움이 씻은 듯 사라지고 말았다. 하나밖에 없는 언니. 곽성린은 너무도 자연스럽게 자신을 친언니처럼 말하고 있었다. 자신도 머리 속에서는 곽성린을 친동생처럼 여겼다. 하지만 진짜 친동생은 아니라는 마음이 언제나 한구석을 채우고 있어서 스스로를 괴롭게 했다. 너무도 자연스럽게 친언니를 대하듯 말하는 곽성린이 고마웠다. 우화경은 한결 누그러진 마음이 되자 깨운 것조차 미안해졌다. 그러나 곧 입술을 악다물고 눈을 흘겼다. 어둠 때문에 보일 턱이 없으니 표독스러운 목소리도 꺼냈다.

"기가 막혀. 대체 왜 그랬는데? 네가 당아를 좋아하면 네 몸을 보여줘야지 왜 자꾸 내 몸을 보여주려고 안달이야? 지금까지 네가 몇 번을 그랬는지 알아?"

"아홉 번."

우화경이 잠시 고민하더니 입을 쩍 벌렸다.

"아악! 여덟 번이 아니고? 그럼 그때 이 방문이 바람에 열렸던 것도 네가 한 짓이란 말야?"

"잘못했어, 언니. 봐주라."

"이유나 좀 알자. 왜 그러는 거니?"

"당아가 바보라서 그렇지, 뭐."

"무슨 소리야?"

"당아는 아직 남녀가 유별한 걸 잘 모르잖아. 지금 내 몸을 보여줘 봤자 얼굴도 붉히지 않을 게 뻔한데 뭐 하러 보여줘. 나도 여자인데 자존심이 있지, 내 속살을 보고 가슴도 안 두근거리고 얼굴도 안 빨개지면 화날 거 아냐."

아까 누그러졌던 마음이 누그러졌다. 다시 말해서 우화경은 분기탱천했다.

"그러니까… 때가 될 때까지 내 몸으로 수련을 시키는 거다? 그거 맞니?"

"미안."

"하지 마."

"앙, 언니이."

"하지 마! 나 지금 많이 참는 거야. 또 이런 일 있으면… 음, 음, 그래! 나도 당아를 유혹할 거야!"

"헉! 그건 안 돼!"

"그러니까 하지 마!"

어둠 속에서 곽성린이 우화경의 손을 찾아 악쥐더니 힘차게 고개를 끄덕였다. 우화경이 비로소 안도의 숨을 길게 쉬며 고개를 저었다.

"너희들이 빨리 좀 혼인했으면 좋겠어. 내가 왜 자꾸 사이에 껴서 이 고생을 하는지 모르겠다."

"다시는 안 그럴게. 미안해. 앙."

"됐어, 이 기집애야! 애교 부리지 마!"

곽성린이 끌어안는 것을 뿌리치려 했지만 우화경의 입술은 어둠을 틈타 미소를 짓고 있었다. 다시 생각났다. 하나밖에 없는 언니. 자신은 곽성린을 한 번이라도 친동생이라 여긴 적이 있었던가? 똑같은 고아였지만 곽성린이 자신보다 몇 배는 더 행복해 보였다. 질투가 났다. 그러나 그 질투는 해선 안 되는 것임을 알고 있었다. 곽성린보다 자신이 훨씬 더 많은 시간을 가족과 함께 영위하지 않았던가. 곽성린은 가족의 추억이라는 것조차 없다. 우화경의 손이 서서히 올라가며 곽성린의 등을 어루만졌다. 곽성린에게 가족의 추억이 있다면 그 가족의 얼굴은 자신의 얼굴이리라. 둘은 어둠 속에서 서로를 끌어안은 채 미소를 지우지 못했다. 이따금 곽성린의 히히거리는 웃음소리가 튀어나왔다.

"이것들이 겨울이라고 게으름을 피우는 거냐! 당장 일어나지 못해?"

아침부터 육모탕이 부산을 떨었다. 부스스한 얼굴을 보이기 싫어서 두 여인이 방문을 열지 않은 채 왜 아침부터 소란이냐고 호통 쳤다. 사부가 기가 막혀 대청마루로 뛰어올라 가 달리듯 발 구르는 소리를 냈다. 마치 당장 문을 열어젖힐 것 같은 소리였다. 안에서 우화경이 비명을 지르며 문고리를 꽉 잡았다.

"어서 나와 씻어라! 오늘은 모두 갈 데가 있다! 당아야! 당아는 어디 있느냐?"

"예, 사부님! 연무장에 있습니다!"

쩡쩡거리는 소리가 한동안 계곡을 맴돌았다. 육모탕이 가슴을 부여잡고 비틀거렸다. 낙화동에 있으리라 여기고 소리친 건데 한참이나 멀리 떨어진 연무장에서 막당이 대답했다.

자신이 부르는 소리를 들은 것도 신기하지만 낙화동 부근에서 외치듯 크게 들린 대답이 놀라웠다. 육모탕은 입을 다물지 못한 채 중얼거렸다.

"저놈의 내공 수위가 어느새 저렇게 높아졌을까. 나 몰래 공청석유(空淸石乳)라도 먹었나?"

육모탕은 가슴을 진정시키고 다시 외쳤다.

"오늘은 갈 데가 있으니 수련을 대충 마치고 올라오너라! 준비할 일이 많구나!"

"예, 사부님! 지금 곧 가겠습니다!"

"너희들도 속히 나와라."

한참 뒤 곽성린이 폭포수에서 세수하고 돌아와 어딜 가느냐 물었다. 육모탕은 미소 지으며 검지를 뻗었는데, 우화경이 그 방향을 보고 입을 벌렸다. 육모탕은 하늘을 가린 기암을 가리키고 있었다.

"등산하시려고요? 이 한겨울에?"

"하늘이 제대로 보이지도 않는 이곳이 갑갑하지 않느냐? 모처럼 등산하여 넓은 하늘을 맘껏 보자꾸나."

"곳곳이 바위고 절벽이라고요. 게다가 서리 벽이 있어서 미끄러울 거예요."

우화경의 불만에 육모탕이 눈살을 찌푸렸다. 육모탕은 단호한 말투로 여제자의 불만을 일축했다.

"이것도 수련이니라! 항상 같은 곳만 밟으며 보법을 수련했으니, 행여 강호에 나갔을 때 어찌 온전한 위력을 보일 수 있겠느냐!"

"잠깐, 잠깐만요."

곽성린이 눈을 지그시 감으며 우수를 저었다.

"설마 무성신법이나 천자강림신법으로만 산을 올라가라는 소리는 아니시겠죠?"

육모탕이 어깨를 움찔하더니 눈알을 이리저리 굴렸다. 곧 육모탕은 호탕하게 웃으며 외쳤다.

"으하하! 어째서 아니겠느냐! 수련이라고 했으니 당연히 그리해야 한다! 자자, 오늘 수련은 고될 테니 마음의 준비를 단단히 하거라!"

곽성린은 우화경의 어깨에 얼굴을 묻고 용서를 빌었다.

"미안해, 언니. 방금 사부님이 하는 꼴을 보니 내가 말해서 생각난 게 틀림없어. 괜한 말을 꺼내서 고생하게 된 것 같아. 정말 미안해."

"괜찮아. 이런 일이 어디 한두 번 있었니? 그런데 정말 무슨 일이세요? 등산을 하는 이유가 있을 것 같은데……."

"수련이라니까! 당아야, 참은 챙겼느냐?"

"예, 사부님. 말씀하신 대로 넉넉하게 챙겼습니다."

막당이 한 품 가득 보따리를 안고 나타났다. 육모탕은 음식이 담긴 보따리를 대청마루에 두라 이른 뒤 막당에게 따라오라고 했다. 육모탕과 막당이 걸어가는 뒷모습을 물끄러미 보고 있던 곽성린은 갑자기 손뼉을 치며 외쳤다.

"앗! 알았다!"

"뭘?"

"지금 사부님은 매실주를 가지러 가는 거야! 지금쯤 잘 익었을 테니까! 산 위에서 풍류를 즐기고 싶은데 혼자서 들고 가긴 힘드니까 우리를 끌고 가는 거지."

육모탕이 일순 걸음을 멈췄다가 태연히 발을 놀리며 웃었다.

"발칙한 것. 매실주는 어디까지나 덤이다. 그냥 수련만 하면 허전하지 않겠느냐?"

"그래도 혼자 몰래 마시는 건 아니라 다행이네요."

곽성린의 웃음 섞인 목소리에 육모탕이 호쾌하게 웃더니, '예끼, 이 녀석! 사부가 그렇게 매정한 놈인 줄 아느냐?'라고 말했다. 하지만 정작 막당이 매실주가 담겨진 항아리를 들고 왔을 땐 여제자들의 눈치를 받아야 했다. 육모탕의 변명을 빌리자면, 상당량의 매실주가 증발하여 참으로 안타까운 일이 아닐 수 없었다.

기암골은 산세가 험하긴 해도 아미산이나 청성산에 비하면 언덕이나 다름없었다. 산맥의 끝 자락도 한참이나 벗어난 곳이며, 중경 방향으로 좀 더 지나면 양자강(揚子江)의 영역이니 풍화의 영향도 제법 받았을 것이다. 기암골이라는 이름도 괴상한 바위가 많아서 지어진 이름이라는 설이 있는 반면, 이런 곳에 산이 있다는 것이 기이(奇異)하여 지어진 이름이라는 설도 있었다.

"저놈은 이제 기암골의 영물이다."

육모탕이 헛웃음을 터뜨리며 중얼거렸다. 매실주를 비롯하여 음식과 몸을 감쌀 무명은 모두 다 막당이 들게 할 속셈이었다. 하지만 막당이 짊어진 것은 매실주 항아리뿐이었다. 나머지는 모두 다 초구의 등에 올려진 상태였는데, 허술하게 묶였음에도 불구하고 위태하게 흔들리는 모습조차 보이지 않았다. 초구는 누구보다 빠르게 등산하여 가끔씩 높은 곳에 웅크려 앉은 채 하품을 했다. 초구 덕에 육모탕 일행은 등산하는 길을 쉽게 찾을 수가 있었다.

"초구는 정말 영물이에요. 아무래도 우리보다 먼저 정상에 가본 것 같죠?"

곽성린이 초구의 꽁무니를 보며 중얼거렸다. 육모탕과 우화경도 고개를 끄덕이며 미소 지었다.

낙화동을 나와 훤히 트인 하늘 아래를 걸으니 기분이 좋았다. 겨울바람이 여전히 냉랭했건만 웃고 떠드는 네 사람의 주변을 차마 범접하지 못했다. 아침해가 제대로 뜨지 않았으나 창천이 빛이 되어 바닥을 훤히 밝혔다. 어렴풋이 보이는 양자강의 수평선이 붉게 물들어 부끄러워하는 듯 보였다. 부끄러운 안개가 서서히 주변을 뒤덮더니 일부는 산허리에 머물러

장관을 이루었다. 육모탕이 흥겨워 노래를 불렀고, 여제자가 콧소리로 따라 했다. 곽성린이 막당을 보니 어깨를 들썩거린다.

어이야~ 허이야~ 산이 제 있는데 검을 들고 어딜 가는 게냐~

허이야~ 에야~ 나무를 베련다~ 무복(武服)을 찢어 실을 모아 금(琴)을 만들자~

어이야~ 허이야~ 배가 떠 있는데 독을 품고 어딜 걷는 게냐~

허이야~ 에야~ 잡초에 뿌리리라~ 지기(知己)를 불러 길을 열고 강을 노닐자~

어이야~ 허이야~ 구름이 제 있는데 한(恨)을 담고 어딜 보는 게냐~

허이야~ 에야~ 땅속에 묻으리라~ 친구에게 복[友福]을 받아 구름을 쫓고 바둑[棋]을 두자~

어이야~ 허이야~ 노래가 예 있는데 홀로[獨] 되어 자신만을 보는구나~

허이야~ 에야~ 노래를 부르리라~ 이곳이 좋아 입을 열고 기쁨을 누리자~

"정상이구나! 어허라!"

육모탕이 노래에 이어 함성을 질렀다. 양자강의 수평선이 안개 무리를 떨치고 의연히 해를 놓았다. 곽성린, 우화경, 막당 세 사람이 기뻐 웃었다. 붉은 기운이 하늘 가득하며 그 어느 때보다 커다란 알이 이글거렸다.

"오길 잘했어요. 너무 좋아요."

곽성린이 함박웃음으로 해를 맞이했다. 구름이 곧 흩어지니 세상천지가 네 사람을 위한 것만 같았다. 겨울바람은 스러지고 또다시 육모탕의 노래가 적천(赤天)을 향하여 창천(蒼天)에 이르렀다. 막당이 널찍한 바위를 찾아 자리를 마련하는 새 육모탕은 초구와 춤을 추었고, 자매가 박수 치며 웃었다.

"너희들은 어째서 춤을 추지 않는 게냐?"

육모탕이 초구의 앞발을 잡고 덩실거리며 외쳤다. 살얼음이 덮인 바위가 제법 미끄러워서 육모탕이 두 번을 넘어질 뻔했으나 묘하게 중심을 잡았다. 예전의 육모탕이라면 분명 넘어졌을 것이다. 육모탕은 제자들을 가르치는 동안 자신의 무위도 제법 정진했음을 알았다.

아침 해의 붉은 기운이 모두 사라진 하늘이 육모탕의 춤에 따라 이리저리 흔들렸다. 언제부터인지 입술이 절로 열리며 노래를 불렀고, 메기수염이 가락과 바람에 맞춰 춤사위를 벌였다.

사방에 빼곡한 바위, 그리고 겨울바람, 끝을 알 수 없는 하늘, 저편의 바다 같은 강. 구도는 크게 다르나 본 적이 있는 세상이다. 귀암곡의 훈련장이 그랬다.

'늦었다! 아홉 개의 돌을 피하고 다시 시작하라!'

훈련 교육관의 호통이 하늘 어디에선가 천둥처럼 울렸다. 자신이 용서를 구하는 울음소리도 바위 틈새 어디에선가 맴돌았다. 각이 진 돌멩이가 사정없이 날아왔고, 어깨를 다쳐 신음하는 스스로의 목소리가 인정을 호소했다. 발길질. 교육봉. 잘할 수 있다며 수도 없이 외치고 구타를 피해 차가운 겨울 바위를 기어갔을 때 보았으며 느꼈다. 사방에 빼곡한 바위, 그리고 겨울바람, 끝을 알 수 없는 하늘, 저편의 바다 같은 강. 육모탕은 귀암곡의 시절이 끔찍하여 좀 더 신명나게 춤을 췄다. 끔찍한 과거의 풍경을 다시 보았거늘, 어찌 이리 기쁘고 반가운가.

하늘에 구름이 걷힌 줄 알았더니 안개 걷힌 호수였구나~

초구의 앞발을 쥔 육모탕이 하늘 우러러 노래를 불렀다. 아직 매실주조차 입술에 닿지 않았거늘 취기가 오르고 있었다. 초구가 끽끽거리며 장단을 맞췄고, 여제자들의 박수 소리가 금을 타는 소리와 같았다.

하늘에 연이 떠다니는 줄 알았더니 호수에 머문 빈 배였구나~

세상이 노래를 불렀다. 자신만 알아들을 수 있는 노래에 취

하여 춤을 추고 있으니 백아(伯牙)의 거문고 소리를 듣는 종
자기(種子期)가 된 것만 같다. 기뻐 부르는 노래가 신명 날수
록 육모탕과 초구의 춤이 빨라졌다.

배를 타자~ 어이어차~ 호수가 끝이 없어~ 어이어차~
배야~ 가자~ 어이어차~ 이제 보니 이곳은 하늘이구나~ 어
이어차~
밑바닥 물고기야~ 어찌 서로를 물어뜯느냐~ 잔물결이 흐르
니 그냥 가자꾸나~
밑바닥 세인들아~ 어찌 서로를…….

뀌에에!
"으하하하하!"
갑자기 육모탕이 노래를 부르다 말고 웃음을 터뜨렸다. 초
구의 뒷다리가 살얼음을 견디지 못하고 미끄러지더니 육모탕
이 앞발을 놓아주는 순간 뒤로 나동그라진 것이다. 박수를 치
던 자매들도 웃음을 참지 못하고 박장대소했다. 초구는 몸을
몇 번 뒹굴어 자세를 바로잡더니 머리를 땅에 박은 채 막당의
눈치를 봤다. 막당이 유흥을 준비하다 말고 초구를 돌아보며
말했다.
"초구는 바보구나."
초구가 저 사람에게만큼은 결코 들어서는 안 될 말을 들은

것처럼 괴로워하더니 더 이상 춤을 추지 않았다. 육모탕이 초구의 몫까지 춤을 출 듯 팔을 흔들었다.

"얼씨구! 미끄덩! 절씨구! 미끄덩!"

곽성린과 우화경이 손뼉을 치며 웃음을 터뜨렸다. 육모탕이 초구를 조롱하는 춤이다. 육모탕은 살얼음에 미끄러질 듯 위태롭게 흔들리면서도 용케 중심을 잡으며 춤을 췄다. 초구가 육모탕을 아예 외면해 버렸다. 육모탕은 막당까지 웃는 것을 보고 더욱 기뻐 덩실거렸다. 산 정상의 바위들이 온통 육모탕의 춤판이었다.

"어절씨구~ 미끄덩! 저절씨구~ 미끄……."

갑자기 육모탕의 노랫소리가 멎었다. 곽성린과 우화경의 박수 소리도 멎었다. 웃고 있던 막당이 일어섰다. 육모탕은 노래를 부르던 얼굴 그대로 굳은 채 고민했다. 발은 이미 미끄러졌고, 몸은 이미 뒤로 기울어진 상태다. 그리고 육모탕의 뒤에는 아무것도 없었다. 육모탕이 마지막 곡을 외쳤다.

"아이고, 애들아!"

"사부님!"

곽성린이 창백해진 얼굴로 몸을 일으켰다. 육모탕은 정상에 자리 잡은 둥근 바위를 떨치며 밑으로 사라져 갔다. 예전에 막당이 떨어졌던 절벽과는 천지 차이다. 그저 밑을 보기만 해도 아찔한 곳에 육모탕이 추락하는 것이다. 곽성린은 뒤늦게 신형을 날렸다. 하지만 그보다 빨리 막당의 신형이 화살처럼 지나쳤다.

텁!

"어쿠!"

촤라락!

육모탕의 멱살을, 그리고 어깨를, 곧 팔을 잡았다. 금나수(擒拿手)처럼 빠르고 매서운 동작으로 추락자의 몸을 부여잡은 막당은 급히 두 팔을 당겼다. 팔은 당겨졌으나 몸은 바위의 살얼음을 감당하지 못하고 미끄러졌다.

픽!

막당이 육모탕처럼 허공에 머물더니 과격한 동작으로 바위에 엎어졌다. 하지만 육모탕의 팔은 놓지 않았다.

좌르르르르르륵!

고개 들어 막당의 얼굴을 보는 육모탕의 안색이 변했다. 자신을 부여잡은 막당의 몸이 바위 끄트머리에서부터 급속하게 드러나고 있었다. 자신과 함께 떨어지고 있는 것이다. 미끄러운 바위였으니 잡을 만한 것이 있을 리 없다. 막당의 몸이 허리까지 드러나자 육모탕은 힘껏 고함쳤다.

"내 팔을 놓아라!"

내 팔을 놓아라! 놓아라! 산울림이 겨울바람을 타고 되돌아왔다. 하지만 막당은 그 여러 번 반복되는 외침도 무시한 채 육모탕의 팔을 더욱 악쥐었다.

좌륵! 좌르륵!

살얼음은 막당의 몸을 절벽으로 밀어냈고, 육모탕의 신형을 좀 더 떨궜다. 막당의 허벅지가 보이자 육모탕이 또다시 고함을 지르려고 입을 벌렸다.

"이!"

텁!

허벅지 뒤에서 곽성린의 얼굴이 보였다. 곽성린이 창백한 얼굴로 막당의 하체를 끌어안고 있다. 속도는 늦어졌으나 여전히 막당은 미끄러지고 있었다. 곽성린은 급히 고개를 돌려 우화경을 봤다.

"언니! 도와줘!"

우화경은 박수를 치던 그 자리에 머문 채 온몸을 떨고 있었다. 두 다리가 후들거리는 꼴이 바닥의 살얼음에 붙어 떨어지지 않는 것처럼 보일 지경이다. 곽성린은 우화경을 포기하고 초구에게 외쳤다.

"초구야!"

초구가 하늘을 날았다. 그리고 곽성린은 초구를 부른 것을 후회했다.

퍼억!

"꺄아악!"

허리가 끊어진 것 같은 기분이고, 배가 터진 게 아닐까 의심될 정도다. 초구는 곽성린의 등에 추락하여 엎드렸다. 하지만 그 덕에 막당의 추락이 멈췄다. 아니, 그보다는 육모탕이 발을 휘저어 절벽 틈새의 잡초 하나를 찾아낸 것이 더 도움됐다. 미끄러지던 과정이 멈췄을 때에야 우화경이 정신을 차렸다. 우화경은 급히 고개를 휘젓다가 음식과 무명을 초구의 등에 고정할 때 사용했던 밧줄을 찾아냈다. 밧줄을 쥔 우화경은 그야말로 천하의 보도(寶刀)라도 얻은 사람 같았다. 육모탕의 제자가 되자마자 제일 먼저 배운 것이 밧줄과 실을 이용한 잡스러운 기술이다. 우화경은 육모탕을 포함한 낙화동의 누구보다 밧줄을 잘 다루는 여인이었으며, 보이지 않는 곳에 밧줄과 실을 넣어 그 안의 물건이 어떻게 생겼는지를 알아맞히는 재주마저 있었다.

"여기, 밧줄요!"

휘익!

밧줄이 육모탕의 곁으로 내려섰다. 우화경은 손목에 매듭 지은 밧줄에서 기척이 느껴지자 눈을 질끈 감았다. 곧 엄청난 통증이 손목으로 몰아칠 것이다. 각오를 단단히 한 채 심호흡을 하는데 의외로 무게감이 약했다. 육모탕이 밧줄을 잡자마자 막당이 팔에 힘을 주어 당겼던 것이다. 게다가 바위의 면에 발바닥이 닿은 육모탕은 일명 천자강림신법을 펼쳐 가볍게 위기를 벗어났다. 곧 막당과 곽성린도 어렵지 않게 몸을 되돌렸다.

"하아! 하아아!"

네 사람 모두 서로를 마주하여 둥글게 앉은 채 숨을 몰아쉬었다. 육모탕이 흘깃 고개를 돌려 절벽 아래를 보니 보통 끔찍한 게 아니었다. 구천대제의 쌍장을 한 몸에 받아도 여기서 떨어지는 것보다는 나으리라. 육모탕이 히죽거렸다. 곧 육모탕의 웃음소리가 정상을 뒤덮었다.

"하하하! 하하하하하하하!"

"히히! 아하하하하!"

곽성린이 웃고 막당도 웃었다. 우화경이 새침하게 눈을 흘기다가 결국 웃었다. 초구만 우울해져서 처음 있던 자리로 돌아가 웅크렸다. 막당에게 들었던 말이 아직도 잊혀지지 않은 듯했다. 네 사람은 앙천대소하며 끔찍할 뻔했던 사건을 하늘에 던져 버렸다. 육모탕이 막당에게 명령했다.

"모두 살았으니 술이나 마시자. 어서 항아리를 가져오너라."

"예, 사부님."

막당이 일어서자 곽성린이 고개를 저었다.

"안 돼요. 술에 취해서 또 떨어지면 어쩌시려고요? 여긴 위험하니 좀 더 안전한 곳에 가서 마셔요."

"그래요!"

우화경도 사매를 거들었다.

"이젠 여기가 무서워요."

육모탕은 고개를 저었다. 팔을 힘껏 뻗으니 온통 하늘이요,

구름이다. 육모탕이 이보다 좋은 경치를 가진 곳이 없으니 여기가 좋다고 했다. 그리고 춤을 추지 않겠다고 약속했다. 그제야 모두 술을 마셨다. 막당도 술을 마셨는데, 단숨에 들이켰다며 육모탕이 혼쭐을 냈다.

"네 주제를 보니 오늘 처음 음주했을 터인데 그렇게 단숨에 마시면 취기가 빨리 오를 것이다."

"처음이 아닙니다. 저번에 싸우고 마셨습니다."

막당이 대들었다. 육모탕보다 먼저 곽성린이 고개를 저었다.

"벌써 취했니? 마시고 싸웠겠지."

"아닙니다. 싸우고 마시고 다시 싸웠습니다. 구 아저씨께서 술을 마시라고 하셨습니다."

"커허허! 너의 술버릇은 횡설수설이구나."

육모탕이 기침하듯 웃음을 터뜨리며 막당에게 또 한 잔을 건넸다. 곽성린과 우화경이 말렸지만 이미 술은 막당의 목구멍으로 넘어가고 있었다. 이후로도 막당은 술을 즐겼다.

"술이 달아서 너무 좋습니다!"

막당이 발그레한 얼굴로 웃었다. 곽성린은 막당의 모습이 귀여워 두 팔을 벌린 채 이리 오라고 외쳤다. 막당이 그리하다가 육모탕의 발길질에 차단당했다. 해가 중천에 뜨자 네 사람 모두 몸을 덮은 모포를 떨치고 운공했다. 술기운과 동월공의 내력이 한기를 모두 몰아내어 겨울바람이 어쩔 줄을 몰라

했다. 운기행공을 끝내자 육모탕이 말했다.

"드디어 내일이다."

"뭐가요?"

"너희들은 실전 비무에 들어갈 것이다. 이제 린아와 경아의 수위가 만만치 않으니 당아를 도와줘야겠다."

"우리보고 죽으란 얘기세요? 사부님이 하시면 안 돼요?"

"이년이 사부보고 죽으란 얘기냐? 걱정 마라. 너희들이라면 별 탈 없을 게다."

곽성린과 우화경은 즐거웠던 기분이 모두 사라진 듯 뚱한 표정으로 육모탕을 흘겼다. 육모탕이 손을 저으며 즐겁게 소리쳤다.

"그런 눈 하지 말아라! 너희들도 좋아할 것임을 잘 안다. 절세고수가 되는 길을 어찌 마다할까! 동월공의 새로운 경지 폭마사악귀광살천공검(爆魔邪惡鬼狂殺天空劍)을 대성한다면, 설사 구천대제의 오외천(五外天)이라 할지라도 너희에게 꼼짝 못할 것이다! 으하하하하!"

"그거… 파탄검(破彈劍) 얘기죠?"

육모탕이 웃음을 멈추고 곽성린에게 호통 쳤다.

"그 이름은 싫다!"

"왜 또 그러세요? 이미 끝난 얘기잖아요. 폭마… 뭐요? 자꾸 그러시면 사부님 단검, 부러뜨릴 테야."

"이런 빌어먹을. 그 경천동지(驚天動地)할 무공에게 그따

위 이름을 붙여줘야 한단 말이냐? 당아야, 네 생각은 어떠하
냐?"

"예, 사부님. 술이 맛있다는 생각을 하고 있었습니다."

육모탕은 쑥 씹은 얼굴이 되어버렸고, 곽성린은 배를 잡고
웃었다. 우화경이 과거 배를 졸인 기억을 떠올리며 육모탕을
설득했다. 결국 무공의 이름은 파탄검으로 확정되었는데, 아
무도 그것이 육모탕의 술수라는 것을 몰랐다. 하산하면서 곽
성린이 뒤늦게 생각난 듯 외쳤다.

"아참! 그러고 보니 얼렁뚱땅 넘어갔네? 정말 내일부터 실
전 비무에 들어갈 생각이에요?"

육모탕이 멍한 얼굴로 돌아보며 물었다.

"이미 끝난 얘기가 아니냐?"

"끝나긴 뭐가 끝나요! 이 너구리 같은 사부! 무공 명을 얘
기하다가 깜빡 잊은 것뿐이라고요!"

육모탕이 웃음을 터뜨렸다.

"예끼, 이 녀석! 네가 파탄검의 이름을 알고 있으니 그 무공
이 어떠한 것인지도 잘 알잖느냐. 혼자서 그 무공을 성취할
수 있으리라 보느냐? 동월공의 다른 무공은 홀로 성취할 수
있으나 파탄검만큼은 예외다. 이 사부가 아무리 고심을 해도
방법이 없거늘, 어찌해야 할까?"

"건너뛰면 되잖아요."

"그 무슨 소리냐? 동월공에서 가장 뛰어난 무공을 건너뛰

다니! 그야말로 구천대제의 오외천……."

"말도 안 되는 소리는 하지 마세요. 실전 비무는 그렇다 치고, 검은 어쩌실 생각인데요? 그 무공을 익히려면 한두 개의 검을 갖고선 어림도 없을 텐데. 게다가 위험하잖아요."

"그건 걱정하지 말아라. 이 사부도 다 생각이 있다."

육모탕이 수염을 쓸며 하산을 재촉했다. 곽성린이 뒤에서 툴툴거리다가 더 이상의 불평을 포기했는지 막당의 옆에 붙어 수다를 떨었다. 우화경은 막당과 곽성린을 부러운 듯 주시했다. 초구가 옆에 붙어 재롱을 떨었지만 막당에게서 눈이 떨어지지 않았다. 부러웠다. 자신의 정혼자는 지금쯤 무얼 하고 있을까. 당아처럼 순하고 깨끗한 사람이면 좋을 텐데.

"음."

막당이 잠깐 시선을 돌리는 바람에 눈이 마주쳤다. 우화경은 급히 헛기침을 하며 초구를 돌아봤다. 고작 한 번 본 정혼자의 모습이었으나 그리웠다. 하지만 이곳 낙화동을 떠나기는 더욱 싫었다. 생각이 생각을 낳아 평생 이곳에서 모두 다 즐겁게 살아갈 수는 없을까 하는 욕심에까지 이르렀다. 아예 정혼자가 자신의 존재를 잊고 다른 여자와 혼인했으면 하는 바람도 가졌다. 이전에는 그런 생각이 악몽이었는데 지금은 오히려 그것을 바란다. 우화경은 곽성린이 고마웠고, 막당에게 감사했다. 시뻘건 불길과 고약한 악취의 추억이 흐릿해지고 있었다.

"음."

또 한 번 막당과 눈이 마주쳤다. 우화경이 급히 시선을 돌려 육모탕의 뒤통수에 고정했다.

"산행을 자주 해야겠어요. 사부님이 오늘처럼 즐거워하시는 모습을 본 적이 없네요."

"하하하!"

육모탕이 호탕하게 웃으며 어깻짓으로 춤췄다. 오늘의 등산이 즐거웠던 것은 사실이다. 비록 목숨을 잃을 뻔했으나 귀암곡의 아픔을 떨친 것이 너무도 기뻤다. 하지만 육모탕을 즐겁게 만든 진짜 이유는 다른 데 있었다. 육모탕은 자신을 즐겼다. 스스로의 입에서 튀어나왔던 목소리가 뇌리를 떠나지 않았다.

'내 팔을 놓아라!'

"하하하! 그래, 자주 오자꾸나. 이 기암골은 이제 우리의 것이다. 아니, 애초부터 우리의 것이었지. 하하하!"

'내 팔을 놓아라!'

앞으로 평생의 시간이 흘러 또 이런 말을 뱉을 기회가 올 수 있을까? 내가 누군가를 위해 목숨을 버릴 놈이었던가? 스스로가 대견스러워 미칠 것만 같았다. 내 팔을 놓으라고 말하다니, 저 바보 같은 놈이 내 목숨을 던질 만큼 소중해졌단 말이냐. 그러고 보니 내가 왜 저 녀석에게 무공을 가르쳤던 거지? 그렇군, 그랬어. 사기를 치다 걸리면 같이 싸워줄 놈이 필요해서 무공을 가르쳤지. 그런데 왜 한 번도 중경에 데리고 가지 않았을까. 왜 나 혼자 중경에서 사기 치며 고생을 했을까. 나는 변했다, 나는 변했어. 이 오물상인 육모탕이 변해도 너무 변했다. 기쁘구나. 춤을 추고 노래를 부르고 싶구나.

"우리, 이렇게 하자! 계속 낙화동에서 무공을 익히다가 아예 오물당을 차려서 세력을 이루는 게야! 강호의 전쟁사가 싫어서 검을 버린 자들만 모아놓고, 피 한 방울 없는 또 하나의 강호를 만드는 게지."

"멋져요!"

곽성린이 환호성을 터뜨렸다. 그리고 표정을 굳혔다.

"그런데 왜 오물당이에요, 낙화당이지?"

"못된 것! 네년과는 평생 이름만 갖고 싸우겠다."

육모탕이 투덜거리다가 노래를 흥얼거렸다. 산 구석구석 육모탕의 노래가 흘러 낙엽의 처음 모습처럼 우거졌다. 우화경도 슬그머니 콧노래를 흥얼거렸고, 초구가 끼끽거렸다. 곽성린과 막당도 결국 노래를 불러 산을 채웠다.

하산 후 하루를 쉬라고 했던 육모탕은 다음날부터 막당에게 벌목 일을 시켰다. 장작이 부족한 탓도 있었으나 진짜 목적은 파탄검의 수련에 쓸 목도를 구하기 위해서였다. 그리고 곽성린과 우화경은 살얼음에 젖은 풀잎을 베어 모으는 일을 맡았다. 육모탕은 막당에게 최대한 긴 목도를 만들라고 명령했다. 그리고 풀을 한가득 안고 나타난 우화경을 돌아봤다.

"자아, 경아는 당아가 만든 목도의 끝에 천을 씌우거라. 서로 다치지 않도록 풀을 잔뜩 넣어서 봉해야 하느니라."

육모탕의 명에 따라 목도의 끝이 둥근 천으로 덧씌워졌다. 삼 일 넘게 그 작업에 열중하면서도 막당은 수련을 게을리 하지 않았다. 제갈당숙이 가끔 연무장을 찾아와 시비를 걸었다. 다음날도 나오지 않을 것이면 차라리 파탄검을 건너뛰라고 했는데, 물론 답답해서 한 말이었다. 막당에게 권한이 없음을 누구보다 제갈당숙이 더 잘 알고 있었기 때문이다.

동월공의 파탄검은 육모탕을 가장 고심하게 만든 무공이었다. 동월공의 다른 무공과 달리 파탄검의 기식은 혼자서 이룰 수 없었다. 하지만 검식의 결과까지 세세하게 언급되어 있어 가장 호감이 가는 무공이었다. 결과만을 보면 입이 쩍 벌어질 정도로 대단한 무공이었으나 이를 가르칠 육모탕의 입장에선 정말 실현 가능한 것일지 실감할 수 없었다.

"자, 우선 검식만 따로 펼쳐 보자."

육모탕은 세 명의 제자에게 목도를 쥐어주고 파탄검의 초식을 펼치라는 명령을 내렸다. 당연히 아무도 펼치지 않았다. 비로소 육모탕이 '미안하다' 고 말하며 직접 시범을 보여줬다. 자신이 파탄검의 초식에 대해 얘기한 적이 없었기 때문이다. 육모탕이 한 번도 실수하지 않고 검식을 끝까지 펼치자 여제자들뿐 아니라 막당까지 입을 쩍 벌리며 박수를 쳤다. 육모탕은 멋쩍게 웃다가 막당의 감탄을 보고 기분이 나빠졌다. 네놈마저 그동안 나를 우습게봤다는 뜻이렷다! 며칠 전 초구의 기분을 진심으로 이해하는 목도가 막당에게 휘둘러졌다. 곽성린이 말리며 사부의 목도를 빼앗아 초식을 펼쳤다.

"맞아요?"

단숨에 초식을 펼친 곽성린이 육모탕을 돌아보며 물었다. 육모탕이 메기수염을 쓰다듬으며 흐뭇한 얼굴로 고개를 끄덕였다. 하나도 틀리지 않았다. 곽성린의 암기력이 뛰어난 탓도 있겠지만, 동월공의 내용이 적힌 가죽을 같이 살폈던 이유도 있다. 육모탕은 메기수염을 놓지 않은 채 곽성린에게 말했다.

"그럼 이 사부는 낙화동에 갈 테니 네가 경아와 당아에게 기식을 가르치거라."

"으윽!"

곽성린이 아미를 찌푸렸지만 그다지 불쾌한 표정은 아니었다. 육모탕은 낙화동으로 몸을 돌리면서 짐짓 목소리를 깔고 마지막 조언을 던졌다.

"목도가 긴 것은 서로 다치기 전에 피할 수 있는 장점 때문이기도 하나, 팔 힘을 키우라는 의미도 있다. 초식을 펼칠 때 도의 끝이 떨지 않도록 태산지세를 잊지 말아라."

"두 번째 이유는 방금 생각나신 거죠?"

"예끼! 아니다!"

육모탕이 껄껄 웃으며 낙화동을 향하는 길로 모습을 감췄

다. 곽성린은 우화경과 막당이 보는 앞에서 몇 번 더 파탄검
의 초식을 선보였다. 똑같은 초식이 여러 번 반복되었지만 목
도의 끝은 예외없이 흔들렸다. 팔 힘과 내력이 부족한 탓도
있겠으나 곽성린이 초식을 펼칠 때 다른 생각을 떠올렸기 때
문이기도 했다.

'어째서 이걸 만드셨을까?

곽성린은 막당을 위해 또 한 번 초식을 펼치면서 생각했다.
동월공을 연마하면서 곽성린과 막당은 몇 번 더 제갈당숙을
만난 적이 있었다. 제갈당숙은 곽성린에게도 겨울의 외로운
달을 보여주며 막당에게 했던 말을 그대로 전했다. 막당에게
애기할 때도 뒤에서 일부 들었던 곽성린이기에 동월공은 제
갈당숙 다음으로 잘 이해하고 있었다. 하지만 그런 곽성린도
파탄검만큼은 이해하기 어려웠다. 외로움을 담은 무공이 어
째서 두 사람이 함께 시전해야 가능한 초식을 갖고 있을까?

파탄검은 두 사람이 한 명을 상대하는 협공 기술이었다. 각
각 검을 든 채 똑같은 초식과 보법으로 움직이는데, 그 변화
가 신묘했다. 어떤 상황에서 어떻게 싸우든 초식의 끝 부분에
이르면 적을 중심으로 하여 좌우, 또는 전후 포진의 형세를
이루게 되는 것이다. 일단 이것만으로도 강한 상대에게서 시
간을 끌게 되는 장점이 있었다. 상대가 절세의 고수에다가 금
강불괴지신이 아닌 한 파탄검의 초식을 도중에 깨는 것이 쉽
지 않았다. 물론 그게 끝이 아니었다. 파탄검의 진짜 위력은

마지막 초식에 있었다. 중심에 놓인 적을 향하여 동시에 일검을 뻗는 초식인데, 적이 만약 회피한다면 서로에게 검을 겨누는 꼴이 되는 초식이기도 했다. 물론 이 초식은 적에게 회피하기를 바라는 것이다.

쾌액!

곽성린의 마지막 초식이 힘차게 허공을 찔렀다. 이 초식은 맞은편에 있는 시전자도 똑같이 행하게 될 것이다. 서로를 겨눈 채. 이때 처음으로 초식에 변화가 생긴다. 형태상으로는 큰 변화가 없겠으나 내력의 조율이 달랐다. 한 명은 혼신을 다한 내력으로 강맹함을 추구하고, 맞은편의 또 한 명은 정밀한 내력의 조율로 파탄검의 방향을 조절하는 것이다. 둘의 검은 서로 맞부딪쳐 내력이 담긴 검을 부러뜨리게 되는데, 정밀한 조율을 하는 쪽의 검이 부러진다. 부러진 검의 조각이 바로 적의 목숨을 끊는 최후의 일격이었다. 육모탕의 말에 의하면 그 속도가 빛살조차 감당하지 못할 정도로 빨라서 구천대제조차 피할 수 없을 것이라 했다.

"자, 이제 해봐."

곽성린은 이마를 타고 흘러내리는 땀을 소매로 훔치며 막당의 곁에 앉았다. 곧 막당과 우화경이 몸을 일으켜 적절한 거리를 잡고 초식을 펼쳤다. 둘의 초식을 보며 생각했다. 가능은 한 건가? 만약 검이 서로 어긋나면 자살하는 꼴이 아닌가! 지금이야 목도라서 별 탈이 없겠지만 진검으로 하게 된다면 가슴이 떨려 처음 초식조차 제대로 발휘하지 못할 게 뻔했다. 아니, 그것보다 궁금한 것은 제갈당숙이 혼자 살면서 어떻게 이런 무공을 만들게 됐느냐 하는 점이었다. 혹시 몽상(夢想)의 무공이 아닐까? 그래도 상관은 없었다. 우리가 강호를 지배할 거냐, 아니면 있지도 않은 조상의 원수를 갚기라도 할 거냐. 허송세월이면 어때, 당아와 재미있게 놀면 그만이지. 곽성린은 스스로를 다스리며 미소 지었다.

"언니는 최고! 당아는 최악! 이 바보야, 둘이 펼치는 검식이라는 건 자각하는 거니? 시작부터 같은 편을 베어 죽이면 어쩌자는 거야!"

"죽었습니까!"

당아가 깜짝 놀라며 목도를 뒤에 감췄다. 그 모습이 귀여워 두 자매가 웃음을 터뜨렸다. 곽성린은 당아의 뒤에서 끌어안듯 자세를 잡은 뒤, 직접 손목을 쥐고 초식을 가르쳤다. 보기에 민망했으나 우화경은 미소를 지으며 초식에 열중했다.

그날 하루 우화경은 초식을 모두 외웠고, 막당도 절반 이상 진전을 보였다. 막당이 초식을 실수하는 이유가 버릇 때문임을 잘 알기에 그날 저녁 식사 때 곽성린은 톡톡히 주의를 주었다.

"네가 자꾸 틀리는 건 좀 더 수월하고 빠르게 초식을 펼치려 하기 때문이야. 뭘 해도 변형을 주는 네 버릇은 잘 알지만 파탄검만큼은 그렇게 하면 안 돼. 이건 너 혼자 하는 게 아니라 상대와 호흡을 맞춰야 하거든. 다른 생각 하지 말고 무조건 시키는 대로 해. 보폭이나 몸의 흐름이 조금이라도 빠르거나 늦어서는 파탄검을 제대로 펼칠 수 없어."

육모탕이 '네년이 사부해라' 라며 숟가락을 던졌지만 싫어하는 표정은 아니었다. 밥상을 치우자 우화경이 조심스레 불평했다.

"그런데 이번 수업은 좀 재미가 없어요. 앞으로도 계속 초식을 연습해야 하는 거예요?"

그릇을 한데 모아 설거지를 하러 가는 막당의 뒷모습을 보며 육모탕이 메기수염을 매만졌다. 작게 말해도 충분히 들을 수 있는 막당이었건만 육모탕의 대답은 제법 큰 목소리였다. 막당도 들으라는 소리가 분명하다.

"걱정 말아라. 이게 다 놀자고 하는 짓이다."

야간 수업에서 막당이 제갈당숙에게 그 말을 전했다. 제갈당숙이 안심하며 두 손을 연신 비비더니 신이 나서 돌아갔다. 하지만 다음날도 세 제자는 초식만을 수련했다. 새로운 수업 방식을 꺼낸 날은 막당이 초식을 모두 익혀서 사저들과 동작을 맞추는 데 성공한 육 일째의 날이었다. 육모탕은 중천에 뜬 해를 물끄러미 바라보다가 히죽 웃었다. 이날이 오기를 얼마나 기다렸던가.

"이제부터는 사부도 너희들과 같이 수련할 것이다."

"설마요!"

곽성린이 비명을 지르다가 머리통을 얻어맞았다. 육모탕은 연무장의 중앙으로 걷더니 커다란 원을 그렸다. 그리고 모두에게 원 안으로 들어오라고 명령했다.

"이제는 이곳에서 사부가 노래를 부를 것이다. 또한 춤도 추마."

"그러세요."

곽성린은 말을 마치자마자 급히 머리를 감싸 쥐며 원 밖으로 도망쳤다. 육모탕이 주먹을 부르르 떨다가 그것으로 헛기침하는 입을 가린 뒤 말을 이었다.

"노래는 모두 다섯 곡이다. 그 노래에 따라 너희들은 무성신법으로 춤을 출 때가 있고, 천자강림신법으로 출 때가 있다. 또는 만불천하(萬佛天下)의 초식을 펼치거나 파탄검의 초식을 펼쳐야 한다. 이 사부의 초식을 따라서 춤을 출 때도 있지. 그리고 내가 노래를 부르다가 손뼉을 한 번 치면 파천쌍익붕으로 몸을 띄워야 하며, 두 번을 연이어 치면 파탄검 마지막 초식을 펼치되 검 대신 쌍장을 뻗어야 한다. 그 상대는 손뼉을 쳤을 때 자신과 가장 가까이 있는 사람이다. 쌍장을 뻗을 곳은……."

"……."

모두의 시선을 일일이 돌아보며 육모탕이 잠시 헛기침을 했다.

"상대의 가슴이다."

"안 할래요!"

우화경이 고함치더니 원 밖으로 뛰쳐나가 낙화동으로 질
주했다. 육모탕은 막당보다 믿음직한 녀석에게 '막아라, 초
구야!' 라고 명령했다. 우화경이 초구의 머리에 받힌 엉덩이
를 문지르며 성질을 부렸다. 육모탕은 근엄한 얼굴과 목청을
지우지 않고 말했다.

"끝까지 듣거라! 파탄검을 익히려면 어쩔 수 없다. 파탄검
이야말로 서로의 마음이 맞지 않으면 결코 익힐 수 없는 무공
이 아니더냐. 이렇게 수련하여 서로의 마음을 맞춰야 할 것이
다. 이 사부가 너희들을 위하여 직접 나선 것은 서로의 짝이
맞지 않아서이다. 이런 사부의 뜻도 모르니 경아가 참으로 섭
섭하구나."

"정말 다른 생각은 없었던 거예요?"

곽성린도 눈을 흘기며 물었다. 육모탕은 근엄한 얼굴이 조
금도 변하지 않았다.

"물론이다. 내 행여 경아가 의심할까 걱정이 되어 벌칙까
지 만들었다."

"벌칙이요?"

"이 수련을 할 때 중요한 점은 서로의 손뼉이 정확하게 마
주치는 데 있다. 각자의 결과를 계산하여 가장 많이 실수한
자가 다음날의 설거지를 모두 맡아야 할 것이다. 만약 이 사
부가 제일 많이 실수한다면, 너희들이 먹은 음식 그릇을 닦아

야 하겠지. 아무렴 그런 치욕을 감당할 성싶으냐?”

“와!”

곽성린이 의외라는 듯 휘파람을 불었다. 이제까지 낙화동에서 육모탕이 설거지를 한 적은 한 번도 없었다. 언제나 세 사람이 돌아가며 설거지를 했고, 그것이 당연하다 여겼는데 육모탕 스스로가 규칙을 바꾸려 하는 것이다. 우화경도 머리를 긁적거리며 원 안으로 다시 들어왔다. 육모탕이 말을 이었다.

“그뿐 아니라 차후에는 청소의 벌칙과 빨래의 벌칙도 포함하게 될 것이다. 언제까지 당아만 부려먹을 수는 없는 일이 아니더냐? 게다가 이 과정이 쉽지 않을 것이다. 춤을 추고 초식을 펼치던 와중에 순간적으로 변화를 꾀하면 몸의 중심을 잃기 쉽다. 마음이 서로 맞지 않으면 손이 엇나가기 십상이지. 행여 노래에 따라 적응하는 수도 있을 테니 날마다 노래가 바뀌고, 그것과 맞는 초식이 달라지리라. 어떠냐? 이래도 사부가 다른 뜻을 품었다고 생각되느냐? 파탄검을 온전히 이루기 위해서는 이렇게 마음을 맞추는 것이 무엇보다 중요하다. 또한 다른 무공도 복습할 수 있고, 벌칙을 피하기 위해 열심히 정진할 수 있으니 얼마나 좋으냐. 어서 결정하거라.”

곽성린이 제일 먼저 고개를 끄덕였다. 막당이야 뜻을 알아볼 필요도 없다는 듯 육모탕의 시선이 우화경에게 고정되었다. 우화경도 잠시 고민하다가 알았다며 미소를 지었다. 그제

야 육모탕의 근엄한 얼굴이 풀어지며 부드러운 미소가 흘렀
다. 육모탕은 뒷짐을 진 채 낙화동 쪽으로 걷기 시작했다.

"그럼 이 사부는 수련하기 편한 복장으로 갈아입고 오마.
너희들은 이곳에서 준비하거라."

"빨리 다녀오세요. 재미있을 것 같아요."

곽성린이 활짝 웃으며 손을 흔들었다. 육모탕이 낙화동으
로 향하는 길목에 내려서면서 모습을 감추자 막당이 급히 외
쳤다.

"무슨 말씀인지 모르겠습니다!"

곽성린이 막당의 어깨를 때리며 급히 소리쳤다.

"내가 설명할 테니 입 다물어! 사부님 가신 뒤에 그 말을 하
면 어쩌자는 거니?"

"아니, 그게 아니라… 저는……."

막당이 자신의 어깨를 어루만지며 울상을 지었다.

"방금 사부님께서 하신 말씀의 뜻을 모르겠어서……."

"그러니까 내가 설명하겠……."

아미를 찌푸리며 구박하던 곽성린이 갑자기 입을 다물었
다. 곽성린은 막당의 앞에서 고개를 기울이며 낮은 소리로 물
었다.

"혹시 사부님이 저 길로 가시다가 뭐라고 하셨니?"

"지금 설거지가 대수냐?"

막당이 육모탕의 목소리를 어설프게 흉내 냈다. 그리고 머

리를 긁적거리며 우물거렸다.

"이렇게 질문하시고 웃으셨습니다."

"내가 미쳐!"

우화경이 짜증을 부리며 발을 동동 굴렀다. 옷을 갈아입고 돌아온 육모탕이 여제자들에게 한동안 쫓겨다니다가 해가 기울 무렵에야 비로소 수련에 들어갈 수 있었다.

깊은 밤, 막당은 홀로 연무장에서 수련했다. 얼마 지나지 않아 제갈당숙이 인기척을 냈다. 막당이 급히 고개를 숙이며 제갈당숙의 눈치를 봤다. 이전처럼 장난기가 가득한 얼굴이 아니었다. 막당은 며칠 전의 기억을 떠올렸다. 동굴에서 조금 떨어진 곳에 놓여진 판자. 며칠 전 제갈당숙이 막당을 그곳으로 데려가 널뛰기를 하자고 졸랐다. 그때처럼 즐거워하는 제갈당숙의 얼굴을 본 적이 거의 없었다. 막당은 이미 보이지도 않는 연무장의 원을 향해 검지를 뻗었다.

"이 수련도 혼자서는 못하니 제가 돕겠습니다, 새사부님."

"그럴 필요 없다."

제갈당숙이 우울한 얼굴을 지우지 않고 말했다. 거칠게 머리를 긁적일 때마다 냄새가 확 몰려들었다. 이미 익숙해진 터라 막당은 오히려 앞으로 얼굴을 내밀며 어둠 속의 제갈당숙을 유심히 살폈다. 제갈당숙이 하늘로 고개를 치켜들더니 입을 열었다. 밤하늘의 희미한 별처럼 낮은 음성이다.

"네 사부가 이번에는 잘못 알고 있구나. 그렇게 해서는 결코 파탄검을 대성할 수 없다. 어찌 보면 당연한 일이겠지. 너희들이 파탄검의 오의를 깨닫기란 애초에 불가능했다."

"그렇게 전하겠습니다."

"아니, 됐다."

제갈당숙이 급히 손을 저었다.

"그 수련 자체도 도움이 되는 것 같더라. 파탄검은 익히지 못할지라도 너희들에게 큰 도움이 될 것이다. 그리고……."

딱!

오늘도 역시 제갈당숙의 주먹은 막당의 머리통을 외면하지 않았다.

"여기서 아예 맹세를 해라. 다시는 네 사부에게 전하겠다는 둥의 말을 하지 않겠다고."

"알겠습니다! 맹세하겠습니다!"

제갈당숙이 잠시 웃었다. 하지만 곧 굳은 표정이 되어 또다시 밤하늘로 얼굴을 향했다. 답답한 숨결이 별을 가릴 듯 어른거렸다. 막당은 제갈당숙이 입을 열 때까지 아무 말 없이 곁에 있었다. 유성이 길게 꼬리를 그리며 떨어지자 어디선가 늑대가 울었다. 차가운 겨울바람 때문인지 울음소리가 더욱 구슬펐다.

"내가 만약 너희들처럼 여러 사람과 함께 있었다면 전혀 다른 파탄검식을 창안했을지도 모르겠구나. 아까 네 스승이

만든 수련법을 보며 그것에 맞는 검식을 고민했는데 감조차 잡히지 않더라. 참 재미있는 검식이 되었을 텐데."

막당이 뭐라 말하기도 전에 제갈당숙의 손바닥이 함구할 것을 명했다. 지저분하게 비틀린 수염이 입을 다문 막당을 향하며 씰룩거렸다.

"가끔은 너희가 부럽다. 아니, 부럽지 않다. 히히, 내가 왜 이럴까? 파탄검이라……. 왜 그걸 생각해 냈을까. 부러워하면 안 되는 일이지, 암. 히히히히. 남상괴가 지금 무슨 생각을 하고 있는 거냐. 홀로 있지 않다면 남상괴라 할 수 없지. 사부님이 그랬고, 사형, 사저, 사제, 사매들이 내가 만든 벽 저편에 있지 않았던가. 파탄검, 파탄검이라……."

제갈당숙은 막당의 손에 들린 목도를 빼앗았다. 그리고 갑작스레 신형을 날리더니 연무장 구석에서 파탄검의 초식을 펼쳤다. 겨울바람이 딸꾹질을 하며 밤하늘로 도망쳤다. 목도의 끝이 하늘의 한 점에 머물자 그곳의 별이 대경하여 빛을 잃었다. 주변의 별들뿐 아니라 밤하늘을 장악한 월광마저 두려움에 떨었다.

한 초식 한 초식에 차가운 기운이 서리고 천상천하유아독존(天上天下唯我獨尊)의 패기가 흘렀다. 그 누구라도 연무장의 노인이 펼치는 초식을 보았다면 함께 파탄검을 시전하려 들지 않았을 것이다. 지금 막당이 그랬다. 목도가 호선과 직선을 그릴 때마다 가슴이 떨려서 앞으로 파탄검의 초식을 펼칠 수 있을지 걱정되었다.

"헙!"

콰후!

일 장이 넘는 거리에서 끝맺음한 목도의 끄트머리였으나 그것에서부터 매서운 바람이 쏘아졌다. 막당의 머리칼이 한 동안 뒤로 흩날렸다. 제갈당숙은 목도를 막당에게 던지며 한숨을 뱉었다.

"정말 이것을 익히고 싶어지면 하늘을 보거라. 곁에 어느 누구도 있어서는 안 된다. 저 차가운 달이 네놈과 함께 초식을 펼칠 것이다."

"새겨듣겠습니다."

"흥!"

달만큼이나 차가운 웃음이 제갈당숙의 입가를 적셨다. 제갈당숙은 잠시 달을 응시하다가 천천히 고개를 떨구며 몸을 돌렸다. 막당은 보았다. 제갈당숙이 몸을 돌리는 순간 월광이 비춘 쓸쓸한 얼굴을. 막당은 자신도 모르게 입술을 열었다.

"어이야~ 허이야~ 산이 제 있는데 검을 들고 어딜 가는 게냐~"

"음?"

제갈당숙은 어둠 속으로 사라지려다 말고 고개를 돌렸다. 멍한 얼굴이다. 막당은 어깨를 들썩거리며 허공을 향해 목도를 휘저었다.

"허이야~ 에야~ 나무를 베련다~ 무복을 찢어 실을 모아 금을 만들자~"

"이놈이 갑자기 뭐 하는 짓이냐?"

"어이야~ 허이야~ 배가 떠 있는데 독을 품고 어딜 걷는 게냐~"

목도가 바닥에 떨어졌다. 막당이 달을 등진 채 춤을 추기 시작했다. 제갈당숙은 제자리에 서서 물끄러미 막당의 춤과 노래를 받았다. 멍한 얼굴이어서 쓸쓸함을 찾아볼 수 없었다.

"네놈 주제에 천하의 남상괴를 위로하는 게냐? 발칙한 놈이다!"

한 사람은 춤과 노래로 연무장을 따뜻하게 데웠고, 또 한 사람은 차가운 바닥에 발을 붙이고 미동도 하지 않았다. 옅은 구름이 달의 중앙을 지나쳤다. 어디선가 별의 곡조가 흐르는 듯했다. 제갈당숙은 막당의 춤과 노래를 지켜보다가 서서히 어둠 속으로 스며들었다.

"네 바보 같음을 이제 좀 더 알겠구나. 생각보다 더 바보였어. 히히히."

수풀 어둠이 가득한 곳에 월광이 마지막으로 비췄던 미소가 결국 사라졌다. 산이 차가운 달을 달래듯 오랫동안 노래했다.

15장

폭설이 가린 미소

폭설이 가린 미소

휙! 휘악! 키에에에엑!

하늘이 뿌리는 게 아니라 산이 내던지는 것만 같은 눈덩이다. 팔을 들어 눈썹을 누르고 열심히 시야를 보호했지만 아래서부터 비상하는 눈발 때문에 몇 번을 연이어 눈감아야 했다.

휙! 캑! 시익!

변덕스러운 폭설의 바람이야말로 기암골의 진미였다. 좌를 칠라 하면 땅에서부터 몰아치고, 하늘 저편에서 달려오던 바람이 급작스레 침묵하면 오른쪽 나뭇가지가 난리법석을 떨었다. 길고 구슬프게, 또는 의연한 대장군처럼 힘차게 지나치는 바람 따위는 없었다. 여기서 휙, 저기서 캑. 도대체 풍신(風神)

이 무슨 가락에 맞춰 춤을 추기에 이런 요란을 떠는지 이해할
수 없었다.

"그러게 이 산을 넘기 싫었다니까."

임락규가 앞을 가득 채운 눈발을 파리 쫓듯 휘저으며 불평
했다. 약관을 갓 넘긴 나이였지만 불혹의 연륜이라도 훔쳤는
지 무척 늙어 보였다. 가뜩이나 주름 많은 얼굴이 일그러지자
그야말로 용모만 산신령이었다. 반면, 잘생긴 얼굴은 아니었
으나 훤칠한 이마가 돋보이는 윤양덕은 임락규보다 한 살이
더 많은 스물두 살이었지만 훨씬 더 젊어 보였다. 폭설을 사
이에 두고 멀리서 지켜본다면 아비와 자식 간의 고생길처럼
여겨질 정도였다. 윤양덕이 임락규의 불평을 받아 한숨을 쉬
었다.

"이렇게 폭설이 심해질 줄 알았다면 자네 말을 따를걸."

둘은 동문 사이였다. 소속으로 돌아가기 위해 두 달째 고생
하는 중이었는데, 막상 귀암곡의 앞에 이르러 큰 난관을 맞이
했다. 정도맹 소속의 무사들이 중경 부근에 너무 많이 모여
있어서 목적지로 향하는 길이 쉽지 않았던 것이다. 결국 윤양
덕의 제안에 따라 두 사람은 산길을 택했다. 귀암곡과 가깝게
붙어 있는 기암골의 길을 선택했으니, 그것이 또 다른 고난의
시작이 되었다. 처음 산행은 어렵지 않았으나 중턱에서부터
조금씩 내리던 눈발이 어느 순간 대폭설로 변해 버린 것이다.
이쯤 되면 눈송이가 아니라 눈사람들이 떨어진다고 표현해야

옳았다. 바람도 만만치 않았다. 매섭게 몰아치는 바람에게 숨통이 막힐 지경이고, 무릎까지 빠지는 눈밭은 일순간 바람에 휘말려 뭉텅이째 달려들었다. 산의 고행이 그뿐 아니어서 때로는 눈밭이 수작을 부렸다. 땅인 것처럼 속이는 경우가 잦았기 때문에 두 사람은 몇 번이나 서로의 도움을 받아 허공답보 놀이를 즐겼다.

"그래도 조금만 더 내려가면 귀암곡으로 가는 길이 있어. 희미하기는 해도 양자강이 보이니 좀 더 힘써보자고."

휘! 쾌애앳! 촤차차차!

퍽!

살인적인 눈덩이가 두 사람의 앞에 떨어졌다. 그 용량으로 용케 나뭇가지 위에서 버티고 있었구나 싶을 정도다. 아직 푸른빛을 잃지 않은 양자강 쪽으로 검지를 뻗은 채 힘껏 발을 내밀던 윤양덕이 그대로 굳었다. 윤양덕은 소심하게 중얼거렸다.

"일단 쉴까?"

"내 귀에는 죽자는 소리로 들리네. 어서 가세."

둘은 폭설 속을 헤엄치며 계속 잠수했다. 바람에 숨이 막혀 호흡이 곤란할 지경이었다. 심하다 싶을 정도로 잔뜩 쌓인 눈밭에 이르면 무성신법을 펼치며 헤쳐 나갔다.

어느 순간 평지 가까운 바위의 둔덕에 이르렀고, 폭설도 급작스레 잦아들었다. 둘은 죽다 살아난 사람처럼 안도의 숨을 쉬며 눈송이의 대군에 희미하게 가려진 양자강 저편으로 웃음을 전했다.

"날이 조금 풀리려나 보군. 이럴 때 더 서두르자고."

"다행이지 뭔가. 하하하하!"

두 사람은 급히 걸음을 놀리며 하산을 서둘렀다. 하지만 너무 서두른 탓인지 쉴 새 없이 몸이 빠지는 눈밭에게 패하여 녹초가 되었다. 두 명은 적당한 바위를 찾아 그곳의 눈을 발끝으로 치웠다. 그리고 무너지듯 주저앉으며 한숨을 뱉었다. 아직도 눈은 내리고 있었으나 조금 전과 비교한다면 그야말로 맑은 날씨였다. 윤양덕은 신을 벗어 발싸개의 물기를 쥐어짠 뒤 허공에 털었다. 임락규가 그것을 보고 자신도 신을 벗었다. 조금 전의 폭설이 허상이라 여겨질 만큼 주변은 고요해졌다. 긴 한숨이 임락규의 입술을 비집고 나와 세 송이의 눈을 녹였다.

"이젠 세상이 어떻게 돌아가는지도 모르겠어. 몇 년 전에 동방량이 병이 나서 쓰러졌다는 말을 들었을 때는 좋아라 했었는데, 이제는 같은 소문을 들어도 절대 좋을 것 같지가 않아."

"어째서 그렇지? 동방량이 병 나 죽으면 사도맹에 있어서 그보다 좋은 일이 어디 있겠나?"

"그게 그럴까? 자식들을 보면 동방량이 죽거나 말거나 별로 달라질 게 없을 것 같단 말야."

임락규의 말에 수긍하듯 윤양덕도 한숨을 쉬며 고개를 끄덕거렸다.

"하긴… 자네 말도 일리가 있지. 동방량의 자식들이 없었다면, 지금의 강호가 이런 추세로 흐르지는 않았을 거라는 말도 돌더군."

"대체 동방가는 전생에 무슨 덕을 베풀었기에 그렇게 자식 복이 있을까?"

"그러고 보니 자네는 동방진양을 본 적이 있다고 하지 않았던가? 동방가의 막내 동방진양이라면 네 아들 중에서 가장 특출한 인재 아닌가."

임락규가 신을 발에 가져가며 쓰게 웃었다.

"보았지. 정말 먼발치에서 보긴 했지만 그 위용에 오금이 저릴 지경이었어. 와! 검을 한 번 휘두를 뿐이었는데 추풍낙엽이 따로 없더만. 동방진양을 본 것만으로도 헛되이 살진 않은 거지, 뭐. 흐흐."

"가서 팔이라도 하나 잘렸으면 평생 자랑거리가 될 텐데 말일세. 하하하!"

"나도 그래볼까 생각했는데 겁이 나서 움직일 수가 있어야 말이지. 가끔은 정도맹 놈들이 부러워. 그놈들은 정도맹 소속이라는 이유만으로 소림사 주지승이나 무당 장문인까지 만날 수 있다며? 동방량도 가끔씩 소속 문파에 들러서 밑바닥 인생까지 다독거린다고 하더라. 우리는 뭐… 곡주님 만나기도 하늘의 별 따기니."

“뭘 그렇게 말해? 곡주님께서도 처음에는 활달하시어 기초 훈련장도 자주 찾으셨다고 하던데. 다만 그 패악한 칠강이 자식이 그런 짓을 하는 바람에 두문불출하시는 거지. 에잉, 몹쓸 놈. 그렇게 죽어도 싸지. 어딜 천하의 곡주님을 넘봐?”

“아, 절색이라며? 에쿠! 일단 일어나세. 아무튼 우리 곡주님은 사도맹에서도 소문이 자자해. 오죽하면 전대 맹주가 받는 것 없이 주기만 했을까? 그나저나 우리 곡주님은 언제쯤 돌아오시려나. 도주하신 지 벌써 한 달이 지났는데…….”

“그러게 말야. 어쩌다가 공작왕이 맹주가 되어서…….”

둘은 바위를 벗어나 다시 하산했다. 이제 눈발은 거의 사라지고 백설 가득한 둔덕과 굴곡진 바위의 어둑한 밑동만 잔뜩 보일 뿐이었다. 주변을 가꾸는 나무들도 백설에 뒤덮여 어쩌다가 한 번씩 바람의 도움을 받아 하늘 대신 눈을 내렸다.

“근데 동방량이 죽으면 누가 맹주가 될까?”

“동방천 아닐까?”

“동방천만은 아니지, 이 친구야. 동방량 성격에 그 패악한 놈에게 잘도 맹주 자리를 넘겨주겠다. 그렇다고 동방인처럼 지략이 뛰어난 것도 아니고, 동방진양처럼 뛰어난 무공을 가진 것도 아니잖나. 내 생각에 동방량은 셋째 동방진상에게 맹주자리를 넘겨줄 것 같네. 엇차! 이런! 자빠질 뻔했네.”

“조심해, 이 친구야. 그렇다면 내 생각엔 동방진양이 아닐까 싶어. 동방진상은 너무 정직해서 정도맹처럼 커다란 집단을 이끌기엔 부족함이 많을 듯싶네. 물론 이 얘기야 소문으로 들었으니 얼마나 정직할지는 나도 모르지만. 에휴! 아쉬워 죽 겠네. 비번이 닷새만 틀어졌어도 내가 문지기가 되는 건데 말야. 과적, 그놈의 자식은 공작왕을 직접 봤겠지?”

“봤겠지. 캬! 부럽구먼. 당장 죽더라도 무량검 동방량의 얼굴 한번 봤으면 소원이 없겠네. 그러고 보니 자네도 참 욕심이 많아. 동방진양을 본 사람이 공작왕까지 보려 하다니.”

“흐흐흐, 사람의 욕심에 어디 끝이 있을까? 그저 무공 수련에 정진하다 보면 언젠가는 보겠지. 우린 그때까지 꼭 살아남자고. 혹시 누가 알아? 천하제일미(天下第一美)라 불리는 동방량의 처라도 보게 될지.”

“이름이나 알았으면 좋겠네. 자네 말대로 살아남는 게 중요하긴 하지. 자자, 서두르자고! 이 산을 내려가야 살든 죽든 할 게 아닌가.”

“죽을 거야.”

“뭐?”

윤양덕이 멍한 얼굴로 동료를 돌아봤다. 임락규는 정면의 한 지점을 응시한 채 정말 임종할 사람처럼 허망한 웃음을 짓고 있었다. 주름 가득한 친구의 얼굴을 물끄러미 바라보다가 조심스레 고개를 돌리니 뭔가 보였다. 윤양덕도 곧 입을 반쯤 벌리며 굳어버렸다. 잠시 동안 둘의 시선이 한 점에 머무른 채 움직일 기색을 보이지 못했다. 지금 보고 있는 것이 제발

환각이기를 바라는 애절한 마음을 비웃기라도 하듯 호랑이가
혀를 내밀어 입맛을 다셨다. 윤양덕이 고개조차 돌리지 않은
채 소곤거렸다.

"저렇게 큰 설호(雪虎) 봤나?"

"아니. 호랑이 자체를 본 적이 없어. 원래 저렇게 큰가?"

"실은 나도 처음이네. 혹시 이 산을 관장하는 신령이 아닐
까? 아무튼 수를 써야지 이러고 있을 수만은 없어. 우리 둘이
합심하면 분명히 수가 생길 걸세."

윤양덕이 먼저 조심스러운 동작으로 허리춤에 손을 가져
갔다. 임락규도 그것을 보고 친구와 동작을 같이했다. 하지만
손가락이 폭풍 속 눈발처럼 사정없이 흔들려서 검의 손잡이
조차 제대로 건들지 못했다. 일 장 높이의 둥그런 바위에 웅
크리고 있는 호랑이는 아직 미동하지 않았으나 금세 펄쩍 뛰
어 천하를 낚아챌 듯 위세를 부리고 있었다. 대개의 동물들은
뭔가 노리고 있을 때 저런 짓거리를 한다.

"어?"

임락규가 갑자기 어깨로 친구를 쳤다. 윤양덕이 조심스레
눈알을 굴리니 임락규의 얼굴 주름이 좀 더 심하게 굴곡진 것
처럼 보였다. 임락규가 말했다.

"저 호랑이가 우릴 보고 있는 것 같지가 않은데?"

"뭐라고?"

비로소 윤양덕은 호랑이의 눈치를 살피기 시작했다. 지금

까지 호랑이의 얼굴을 보는 것이 무서워서 앞발이 언제 움직일지에 집중하던 터였는데, 그 위로 시선을 옮기니 특이한 점이 많았다. 호랑이는 한쪽 얼굴이 세로로 길게 찢어져 눈을 지나치고 있었다. 상처의 경로에 머문 오른쪽 눈은 영영 사용할 수 없는 듯 굳게 감겨져 있었고, 왼쪽 눈만 패악한 기세를 보이며 부릅뜬 상태였다. 깜빡거리지도 않는 호랑이의 외눈은 분명 자신들을 향하고 있지 않았다.

"이크!"

호랑이가 잠깐 눈알을 굴려 겁먹은 두 사람을 흘겼다. 하지만 곧 어깨를 움찔하며 처음 보던 곳으로 시선을 고정했다. 윤양덕과 임락규의 전신에 소름이 돋았다. 호랑이가 응시하는 곳은 자신들의 바로 뒤쪽이다. 대체 뒤에 뭐가 있기에 백수의 왕이 저렇게 긴장하고 있단 말인가!

임락규가 용기를 내어 슬그머니 고개를 돌렸다. 고개가 모두 돌아갈 때까지 임락규의 떨리는 입술은 멎을 생각을 하지 않았다. 하지만 막상 고개가 돌아갔을 때 임락규의 입에서 실망감과 안도감이 섞인 괴상한 탄성이 흘러나왔다.

"엥? 멧돼지잖아?"

"멧돼지가 있었나?"

윤양덕도 깜짝 놀라며 뒤를 돌아봤다. 그와 동시에 임락규가 고개를 저으며 혼잣말을 했다.

"아냐, 아냐. 저건 멧돼지도 아닌데? 아니, 그냥 돼지가 어떻게 이 깊은 산중에 있지?"

윤양덕이 눈매를 찌푸리며 유심히 보니 정말로 돼지였다. 하지만 보통 돼지보다는 몸집이 크고 입에 시뻘건 불덩이를 달고 있는 듯하여 범상하게 보이지가 않았다. 두 사람 외의 생물이 모처럼 소리를 냈다. 호랑이는 낮게 신음했고, 돼지는 입에 물고 있던 것을 '우적' 씹었다. 드디어 두 무인이 대경하며 호랑이를 돌아봤다.

"지금 돼지랑 호랑이가 서로 싸우는 중인 거야?"

"여긴 어떻게 된 산이야!"

크워어어엉!

호랑이가 포효했다. 곧 장정 허벅지만 한 호랑이의 앞발이 바위를 떨쳤다. 그 순간 돼지가 있던 자리에서 '콰훅!' 하며 폭음처럼 시끄러운 소리가 났다. 돼지 쪽을 돌아보니 앞발을 튕겨 땅을 파헤치는 소리다. 둘은 동시에 생각했다. 신수(神獸)다! 그 순간 돼지가 날았다. 정말 신수다! 신령님은 저쪽이셨다!

크워엉!

꽤에에에엣!

서로의 포효가 주변을 쩌렁쩌렁 울리며 나무와 바위를 흔들었다. 두 무인은 급히 눈 속에 엎드린 채 조심스러운 동작으로 검을 뽑았다. 그러나 만물의 영장 따위가 백수의 왕과 산신령의 싸움에 끼어들 수는 없다고 여겼는지 검을 뽑은 자세 그대로 꼼짝도 하지 않았다.

호랑이와 돼지는 서로 엉키고 날뛰기를 몇 번 반복하다가 자신들의 자리로 돌아왔다. 호문(虎紋) 때문에 당장 알아보지는 못했으나 유심히 살펴보니 호랑이의 뺨에서 피가 흐르고 있었다. 조금 전 돼지의 앞발에 얻어맞은 뺨이 찢긴 것 같았다. 돼지가 콧바람을 뿜으며 다시 한 번 땅을 팠다.

"초구야!"

갑자기 어디선가 여인의 외침이 들렸다. 무인은 화색이 되어 소리가 들린 곳으로 급히 고개를 돌렸다. 하지만 어디에서 들리는 소리인지 알기 어려웠다.

끼웨! 끼!

돼지는 으르렁거리며 조금씩 뒤로 물러났다. 돼지가 으르렁거리는 소리는 생전 처음 들어보는지라 무인들의 등에 식은땀이 흘렀다. 돼지는 지금 자신들이 엎어진 곳에서 일 장쯤 되는 거리에 있다. 마음만 먹으면 우리들 뺨도 저 호랑이처럼 피가 흐르리라. 호랑이는 호랑이니까 저 정도겠지만 우리들 뺨이라면 피만 흐를 게 아니라 몸도 식겠지. 둘 다 창백한 얼굴로 좀 더 눈밭에 몸을 묻으려 했다. 그때 또 한 번 여인의 외침이 들렸다.

"초구야, 어디 있니?"

뽀득.

돼지 쪽에서 콧김을 뿜는 소리와 눈을 밟는 소리가 동시에 들렸다. 갑자기 폭풍이 몰아치듯 맹렬한 바람 소리가 뒤를 잇더니 아까처럼 땅을 박차는 폭음이 울렸다. 돌아보니 돼지가 어디론가 달려가고 있었다. 두 사람은 안도의 숨을 쉬었다. 윤양덕이 검의 손잡이를 놓고 손바닥 가득한 땀을 눈밭에 문지르며 말했다.

"사람이 있는 것 같은데 쫓아가 볼까?"

"미쳤어? 은거기인이 살고 있는 곳일 거야. 거기 가면 분명히 개나 소나 신수일 텐데 우리가 가서 뭘 어쩌게? 행여 오외천 중 누군가가 살고 있는 곳이면 인사도 하기 전에 목이 달아날걸? 일단 하산을 해서 곡주님께 알리자고. 흐흐흐, 이야말로 천운이 아닐까? 곡주님이 돌아오시면 우릴 직접 대면하실지도 모르는 일이야."

"후후, 그렇겠지. 기암곡 바로 옆에 은거기인이 살고 계실 줄 누가 알았겠나? 일단은 하산을… 잠깐. 우리 지금 뭔가 잊고 있는 거 없나?"

"있었어."

둘의 시선이 천천히 돌아갔다. 호랑이가 혀를 길게 빼어 앞발을 핥더니 뺨의 상처에 열심히 문지르고 있었다. 앞발이 뺨의 상처를 문지를 때만 빼고 그 험악한 외눈은 두 명에게 항상 고정되어 있었다. 호랑이의 외눈이 자신들을 향해 질문하는 것 같은 기분이 느껴졌다. 너희들, 봤냐? 호랑이가 앞발을 바위에 놓고 슬그머니 엉덩이를 들었다. 봤구나. 백수의 왕이 돼지 따위에 목숨까지 걸며 필사적으로 싸웠던 것을. 그래, 보고 말았던 게야. 호랑이의 외눈이 우울해졌다. 하지만 뜻밖의 소리를 꺼냈다.

가르르르릉!

임락규가 떨리는 입술을 억지로 주체하며 중얼거렸다.

"우릴 좋아하는 것 같은 소린데?"

"좋아하겠지. 뭔가 한이 잔뜩 맺힌 것 같은데 우리처럼 만만한 한풀이감을 만났으니 싫을 턱이 있겠나?"

"이를 어쩌지?"

"이제 정신을 바짝 차리게."

윤양덕이 친구를 향해 미소 지었다.

"극성의 무성신법으로 저 두 개의 나무까지 달리는 걸세. 그리고 최대한 힘껏 도약하여 나무에 오르는 거지. 자네가 오른쪽을 맡게. 내가 왼쪽으로 올라가겠네."

"과연 갈 수 있을까?"

"명심해. 호랑이가 자네를 쫓아가면 내가 검을 던져 방해하고, 나를 쫓아오면 자네가 검을 던져 방해하는 거야. 한 번이면 돼. 분명 우리는 나무 위에 올라 안전을 꾀할 수 있을 걸세."

"좋은 생각이군. 그렇게 방해를 하면 분명 시간을 벌 수 있을 거야. 어디, 해보자고."

두 사람이 잠시 서로의 손을 맞잡았다. 굳은 우정의 꽃이 눈밭 위에 활짝 피어 상처 입은 호랑이의 가슴을 뜨겁게 했다. 호랑이가 상체를 낮췄다. 곧 둘은 나무를 향해 달리기 시작했고, 호랑이는 도약했다.

쾅다다다닥!

"됐네! 됐어!"

"나도 올라갔어! 흐흐흐!"

일 장쯤 떨어진 거리를 두고 두 사람이 활짝 웃었다. 둘 모두 단숨에 나무 위에 올라 안전을 꾀하고 있었다. 호랑이는 두 그루의 나무 주변을 어슬렁거리다가 정확히 중앙에 자리를 잡고 웅크렸다. 윤양덕이 심호흡을 크게 하더니 용기를 내어 호랑이에게 검을 던졌다. 호랑이가 움찔하더니 한 번 으르렁거리고는 몇 걸음 물러섰다. 이번엔 임락규가 검을 던졌다. 호랑이가 좀 더 물러섰다. 두 사람은 호탕한 웃음을 터뜨리며 즐거워하다가 서로의 얼굴을 바라보며 침묵했다.

"……."

"……."

휘이이이익!

헛된 우정을 질책하듯 산바람이 맹렬해졌다. 곧 폭설이 내렸다. 두 사람은 나무 위에 새로 자라난 사시나무처럼 몸을 떨며 하늘에 용서를 빌었다. 평생 우정을 배신하지 않겠다며 수백 번을 빌었건만 호랑이는 떠나지 않았고, 폭설도 그치지 않았다.

"눈도 이렇게 많이 오는데 또 어딜 갔다 오니?"

우화경이 어깨에 쌓인 눈을 털며 투덜댔다. 허리까지 흔들며 즐거워하는 초구를 보니 안심할 수 있었다. 며칠 전 피투성이가 되어 돌아왔을 때, 막당은 초구의 목을 끌어안고 울음을 터뜨렸다. 그 모습이 보기 싫어서 우화경은 시간만 나면 초구를 불러들였다. 입에 가득 묻은 흙과 잎을 털어주자 초구가 기분 좋은 듯 머리를 내밀어 비볐다. 우화경은 초구의 머리를 몇 번 두드리다가 슬며시 고개를 돌렸다. 막당은 여전히 눈을 치우고 있었다.

"당아야, 이제 그만 들어가."

우화경이 힘주어 외쳤지만 막당은 고집을 부렸다. 눈은 제때 제때 치워주지 않으면 사람을 다치게 한다는 것이다. 좀처럼 보기 힘든 막당의 고집인지라 육모탕과 곽성린도 더는 말리지 않았다. 하지만 우화경은 막당 혼자 폭설을 맞아가며 낙화동을 지키는 게 못마땅했다. 고향의 누군가가 빙판에 미끄러져 죽었다는 말을 들었기 때문에 막당의 행동이 이해는 갔지만, 낙화동 내에서 그렇게 죽을 만큼 허술한 사람은 이제 없었다.

"한 번만 더 쓸면 푹 쉬어도 괜찮을 것입니다, 경 사저."

막당이 고개를 돌리며 웃음 짓다가 초구에게 빗자루를 겨누었다. 초구가 어깨를 움찔거리더니 막당에게 덤빌 듯 상체를 웅크렸다. 둘이 노는 꼴을 보며 우화경은 미소를 지었다. 우화경은 마루에 앉아 폭설 속의 싸움을 구경했다.

"연무장에서도 그러고 노니?"

"예, 경 사저. 얼마 전부터 초구가 덤비기 시작했습니다."

"재미있게 노는구나. 너희는 정말 어울려."

"재미있습니다, 경 사저."

막당이 초구에게 깔린 채 웃었다. 폭설이 더욱 심해져서 눈 발이 마루 전체를 뒤덮을 정도가 되었다. 우화경은 잠시 어깨를 움츠렸다가 다시 한 번 막당에게 쉬라고 명령했다. 이번에는 막당도 웃음 지으며 빗자루를 한곳에 세워뒀다. 그리고 우화경의 곁으로 다가갔다.

"잠깐만."

막 곁을 지나서 방으로 들어가려 할 때 우화경이 불러 세웠다. 막당이 돌아보니 우화경이 자신의 옆자리를 두드리며 앉으라고 한다. 막당은 목을 길게 빼고 기울이다가 조심스러운 동작으로 우화경이 눈을 치운 자리에 앉았다. 우화경은 막당의 등과 어깨를 살피더니 '옷이 작아졌구나' 라고 말했다. 곧 우화경은 막당에게 들어가라고 명령했다.

원래 막당의 방은 도구를 놓아두는 방이었다. 육모탕이 사부의 예를 갖추라며 독방을 고집했기 때문에 막당의 방으로 둔갑한 것이다. 곽성린은 그것이 다행이라고 했다. 미래의 서방님을 육모탕과 합방시키는 일은 결코 있어서는 아니 될 일이라고 했다가 몇 번을 쫓겼는지 헤아릴 수 없다. 그런 막당의 방이 이제는 녹의만큼이나 작아졌다. 정월이 지난 지금 막당의 나이는 십오 세가 되었다.

가끔은 소년의 몸을 바로 쳐다볼 수 없을 정도로 새로운 변화가 막당의 몸 이곳저곳에 돋아났다. 녹의가 땀에 젖거나 폭포수에 젖을 때면 막당의 몸이 고스란히 드러났는데, 지금은 그런 일이 없이도 확인이 가능했다. 옷이 작아서 몸속 근육이 뚜렷하게 내비치며 팽팽함을 자랑했기 때문이다.

"언니, 뭐 해?"

"옷감 찾아."

"엇! 당아 새옷 만들어줄 거지? 잠깐만, 잠깐만!"

우화경은 목갑을 열다 말고 곽성린의 부산 떠는 모습을 주시했다. 예전과 달리 이제는 막당에게 친절을 베풀어도 별로 신경 쓰지 않는 것 같다. 아니, 오히려 그것을 자신에게 베푸는 친절처럼 고마워했다. 그것이 때로는 달갑지 않을 때도 있다. 지금처럼.

"이렇게 만들 수 있어?"

"이게 뭐야!"

우화경이 못 볼 것이라도 본 사람처럼 나무판을 던졌다. 곽성린이 입술을 삐죽 내밀며 구석을 뒹구는 나무판을 다시 집었다. 그리고 우화경 앞에 판의 그림을 보이며 검지를 가져갔다.

“이거 이상해?”

“이상한 정도니? 이제 한겨울이 됐는데 이런 옷을 입고 어떻게 살아? 게다가 이 정도로 섶을 낮추면 배꼽도 보이겠다. 팔도 다 드러내고… 바지는 왜 종아리 부분이 없는 거니? 대체 넌 뭘 생각하는 거야?”

“이런 옷을 입으면 진짜 무사처럼 보여서 멋있을 것 같단 말야.”

“옷은 멋있으라고 입는 게 아니라 실용적인 게 우선이야.”

우화경은 야멸친 동작으로 곽성린의 그림을 밀친 뒤 목갑을 열었다. 뒤늦게 생각해 보니 곽성린은 자신이 막당의 옷을 만들어주기를 기다린 듯싶다. 막당을 생각하는 사매의 마음이 부러워 목갑을 향해 미소 지었다.

목갑의 내부를 뒤적거리니 곱게 개인 녹색 옷감이 보였다. 뒤늦게 우화경은 깨달았다. 다른 옷감과 다르게 이 옷감만 전혀 건들지 않았구나. 파탄검의 수련 때 상당량의 옷감을 소비했는데, 그때도 녹색 옷감만큼은 사용한 적이 없었다. 나도 막당의 옷을 만들 때를 기다렸던 걸까? 우화경은 쓰게 웃었다. 파탄검 수련을 포기했을 때, 녹색 옷감을 쓰지 않아도 된다는 안도감에 젖었던 것이 기억났다. 곽성린의 뚱한 목소리가 들려서 우화경은 상념 속을 벗어났다.

“조금만 참조하면 안 될까, 언니?”

“더 좋은 생각이 있어, 린아야.”

옷감이 넉넉하여 폭에 여유를 줄 수 있었다. 머릿속에 그려지는 막당의 몸은 육모탕과 비교하여 그리 살찌지 않았다. 다만 몸 어느 곳도 탄탄하지 않은 데가 없어서 살을 쥐어짜 묶은 듯 견고한 모양새였다. 누구도 막당을 열다섯 살로 여기지 않을 것이다. 곽성린이 바느질을 하는 우화경에게 바짝 붙으며 눈을 굴렸다.

"무슨 생각? 응? 무슨 생각?"

"이 옷에 네 이름 '린' 자를 붙여줄게."

"아악! 언니, 부끄러워!"

"아야얏!"

곽성린이 연신 등을 때려서 바늘에 손끝을 찔릴 뻔했다. 좋아서 어쩔 줄을 몰라 하는 사매를 보니 미소가 절로 지어졌다. 곽성린의 이름 중에 가장 그리기 어려운 자가 '린(璘)' 자였다. 하지만 소중한 사매를 위해서라도, 그리고 언제나 성실한 당아를 위해서라도 정성을 담고 싶었다.

육모탕은 폭설이 그칠 때까지 수련을 쉬라고 했는데, 그 시간 동안 우화경은 바느질에 열중했다. 만든 김에 남는 옷감까지 사용하여 육모탕과 곽성린의 옷까지 만들었던 것이다. 먼저 시작한 것은 막당의 옷이었건만 제일 나중에 완성된 것이 막당의 옷이었다. 녹색 옷감을 모두 사용하자 짙은 흑색의 옷감만 남았다. 오직 자신의 옷을 만들 때만 사용되는 옷감이었다. 우화경은 거의 사용하지 않은 흑색 옷감을 다시 개어 목갑에 넣었다. 그리고 길게 한숨을 뱉은 뒤 막당의 옷과 함께 몸을 돌렸다. 곽성린이 방에 엎드린 채 발장난을 하다가 우화경의 모습을 보고 재빨리 앉았다.

"자, 어때?"

"꺄!"

막당의 옷을 넓게 펼치자 곽성린이 만세를 불렀다. 등에 새겨진 백색의 '린' 자가 특히 마음에 드는 듯싶다. 우화경은 옷감과 실을 정리하며 말했다.

"이제 네가 전해주렴. 난 피곤해서 낮잠 좀 자야겠어."

"안 돼! 언니가 전해줘."

목침을 끌어당기던 우화경이 놀라서 돌아봤다. 곽성린은 막당의 새로운 녹의를 앞으로 내민 채 입술을 삐죽 내밀고 있었다. 우화경이 아미를 찌푸리며 고개를 저었다.

"네가 전해줘. 피곤하단 말야. 누가 전해주든 상관없잖니?"

"언니가 전해줘야지. 얼마나 고생해서 만든 건데. 그리고 옷감 치우지 마. 나도 뭐 하나 만들 거란 말야."

우화경에게서 좀처럼 볼 수 없는 특별한 표정이 지어졌다. 우화경은 천상 저 너머의 옥황상제 막내딸처럼 거만한 눈으로 곽성린을 깔아보며 냉소했다.

"후! 이게 무공을 수련하는 것보다 열 배는 더 어렵다는 건 알고 있니? 아무나 하는 줄 아나 봐?"

"씨이, 내놔봐! 나라고 못할 줄 알고? 반드시 만들 거야."

곽성린이 앞에 펼친 나무판을 보고 우화경이 대경했다.

"그 옷을 정말 만들어보려고? 안 돼! 옷감 아까워!"

"일단 실험 삼아 작게 만들어볼래. 옷감, 안 내놔? 우리 사이가 이 정도였어, 언니?"

결국 우화경이 한숨을 뱉으며 약간의 옷감을 내줬다. 곽성린은 신이 났는지 바닥에 배를 깔고 옷감과 놀기 시작했다. 막당의 옷을 든 채 몸을 일으켰는데 돌아볼 생각도 않는다. 우화경이 심통을 내듯 퉁명스럽게 말했다.

"그럼 내가 갖다준다?"

"응, 응. 방해하지 마."

"나중에 가르쳐 달라고 말만 해봐라. 그 옷을 만들 속셈이 있는 한 죽어도 안 가르쳐 줘."

"나 곽성린이야, 언니. 내가 마음먹어서 못한 일 있어? 까륵!"

우화경은 고개를 설레설레 저으며 방을 나왔다. 고개를 돌려 낙화동을 보니 폭설이 그칠 줄을 몰랐다. 자연은 위대했다. 천하의 막당마저 포기한 낙화동 마당은 온통 설원이었다. 방울을 달아놓은 나무들도 하얗게 뒤덮여서 초록 고동을 찾아보기 어려웠다. 우화경은 옷을 두 손에 든 채 막당의 방문 앞에 섰다.

"당아야, 문 좀 열어봐."

“뭐냐?”

막당의 방문 대신 뒤쪽의 육모탕 방문이 열렸다. 육모탕이 이불을 뒤집어쓰고 환자처럼 초췌한 얼굴로 목을 긁었다. 우화경은 육모탕을 향해 한숨을 쉬며 고개를 저었다.

“언제까지 그러고 계실 수는 없잖아요. 지금이라도 이불 주세요. 겉 천이라도 제가 빨게요.”

“제자가 대성하면 사부의 목숨을 앗아간다더니 그 말이 틀리지 않구나.”

육모탕이 이불을 굳게 쥐더니 급히 문을 닫았다. 우화경의 웃음소리에 맞춰 폭설이 마루 위를 후려쳤다. 다시 한 번 불렀지만 막당이 대답하지 않자 우화경은 마루 구석의 거적을 펼쳐 신을 꺼냈다. 그리고 녹의를 품에 안은 채 마당으로 내려섰다.

위이이이이!

귓전에 울리는 지속적인 바람 소리가 듣기 싫었다. 하지만 그 밖의 모든 것이 좋았다. 무릎까지 빠지는 눈이 좋았고, 창공이어야 할 하늘을 백색으로 뒤덮은 무량수의 눈송이들도 마음에 들었다. 녹의 때문이다. 우화경은 힘껏 외쳤다.

“당아야, 연무장에 있니?”

“예, 경 사저! 연무장에 있습니다!”

위이이이이!

막당의 대답이 바람 소리를 타고 우화경을 지나쳤다. 우화경이 다시 한 번 고함을 지르려다가 어깨에 힘을 주더니 큰

폭으로 다리를 들어올렸다. 퍽퍽 빠지는 눈밭을 거침없이 가로지르는 걸음에서 패기마저 느껴졌다. 우화경이 연무장으로 향하는 길로 들어서며 낙화동 마당에서 모습을 감췄을 때다. 방 안에서 곽성린의 목소리가 새어 나왔다. 바람에게 눌려 사라지는 작은 음성이었다.

"나한테는 이것도 수련이라고. 언제까지고 질투할 수는 없는 일이잖아?"

윙! 휘이잉!

낙화동보다 낮은 지대건만 내려가면 내려갈수록 바람의 저항이 거셌다. 눈발도 여기저기서 몰아쳤기 때문에 시야를 제대로 갖추기가 어려웠다. 하지만 익숙한 길목인지라 걸음에 무리가 없었다. 우화경은 연무장으로 향하면서 자신의 입가에 미소가 떠나지 않았음을 알았다. 왜 이렇게 기분이 좋을까? 오래 생각하면 불안감을 느낄까 봐 우화경은 폭설에 신경을 집중했다.

턱! 텅! 츠차아!

막당이 수련하는 소리가 들렸다. 바람 소리가 변덕이 심하여 노인이 중얼거리는 소리처럼 들릴 때도 있었는데, 연무장에 가까워질수록 뚜렷한 바람 소리였음을 알 수 있었다. 둔덕에 시선을 놓으니 수련 중인 막당의 모습이 보였다. 우화경은 반가워 입을 벌리려다가 급히 다물었다.

쿡! 퍼허!

"어얏!"

콰아학!

우화경의 동그래진 눈매가 한동안 좁혀들지 못했다. 폭설 속의 사내는 막당 같지가 않았다. 우리가 배운 무공이 저런 것이었던가? 우화경은 제자리에서 움직이지 못한 채 폭설 저 편의 존재를 주시했다.

펑!

이미 대지에 모인 눈송이가 다시 하늘로 치달았다. 바람 없이는 스스로 날카로울 수 없는 눈송이들이 지금은 막당의 도움을 받아 위세를 부렸다. 분명 익숙한 무공을 펼치고 있었는데, 여러모로 다른 동작들이 눈에 띄었다. 변형, 그리고 변형. 대부분의 사도 무공이 그러하듯 초식은 변형을 수월하게 이루기 위한 기본 골대에 불과했다. 그것을 겨울 하늘에 알리기라도 하듯 막당은 수많은 변초를 펼치며 눈밭을 휘저었다. 땅을 헤치는 눈덩이들이 하늘에서부터 미친 듯 흩어졌다. 그 위세가 하늘로부터 떨어지는 눈송이와 사뭇 달랐으니 날카로운 패기에 눌려 먹구름이 겁먹을 지경이다.

"하아아아!"

콰! 터텅! 촤라라라!

막당의 보폭이 커지고 신형이 눈밭을 휘저을 때마다 냉랭한 한기가 연무장을 지배했다. 동월공의 진수다. 막당과 어울리지 않는 무공이라 여겼지만 이제 보니 막당의 모습 자체가 동월공이었다. 차가웠다. 겁이 나서 접근할 수가 없었다. 바람이 멎어 잠시 나풀거리던 눈송이들이 막당 주변에 접근만 하면 천 근의 무게를 얻은 것처럼 수직으로 추락했다. 내공이다. 어느새 막당은 동월공의 초식으로 주변에 내공을 흘려 물리적인 영향을 끼치기에 이르렀던 것이다. 우화경은 막당이 이렇게까지 강해졌으리라 생각해 본 적이 없었다. 육모탕을 뛰어넘은 것은 진작에 알았다.

하지만 지금 연무장에서 폭설을 떨치며 수련하는 막당의 모습은 동월공의 초식마저 뛰어넘고 있었다. 그야말로 저것은 동월공이 아니라 '막당동월공' 이었다.

스. 툭. 투.

파천쌍익붕. 갑자기 막당의 몸이 깃털처럼 가벼워졌다. 폭설 사이로 몸을 날렸는데 같이 숫구쳤던 눈송이가 시간의 흐름을 잃은 듯 고요히 떠올랐다. 폭설 가득한 하늘을 그리며 눈을 감는다. 꼭 물고기가 수면을 떨치고 물방울과 함께 숫구치는 것만 같다. 우화경은 저도 모르게 탄성을 질렀다. 아름다웠다. 설화(雪花)와 하늘 호수에 몸을 맡길 수 있는 막당의 수준이 너무도 부러웠다.

"경 사저?"

막당이 추락하며 중얼거렸다. 그제야 우화경은 꿈이 아닌 꿈에서 깨어났다. 얼굴이 붉어졌다. 우화경은 두근거리는 가슴을 진정하며 녹의를 꼭 안은 채 막당에게로 걸었다. 막당이 수련한 영역이 제법 넓어서 다른 지역과 차이가 컸다. 막당 주변 삼 장의 눈밭은 그 외곽보다 훨씬 낮게 깔려 있었다. 괴이한 것은 그 분량의 눈을 찾을 수가 없었다. 발로 밟아 눌렀기 때문일까? 보법으로 헤쳐서 내보냈다면 외곽 지역에 눈덩이들이 쌓이는 게 옳았는데, 그런 모습을 보이는 지역이 한곳도 없었다. 어쩌면 막당이 분출한 내력에 의해 녹았을지도 모른다.

"이렇게 눈이 오는데 수련하고 있니?"

우화경은 폭설을 헤치며 막당에게 접근했다. 허벅지까지 차 올랐던 눈밭이 갑작스레 낮아진다. 막당이 수련한 지역이리라. 발목도 덮지 못할 만큼 낮게 깔려서 걷기에 편할 듯싶었다. 우화경은 허벅지까지 덮은 눈덩이를 앞으로 밀쳐 부수고 발을 내밀었다. 그때 매서운 바람이 정면에서 몰아쳤다.

퀴이이이이이잉!

"아유! 이런 날씨에 수련하다가 눈에 파묻혀 죽을 거야. 정말 바보 같아."

"죄송합니다. 수련하지 않겠습니다, 경 사저."

앞을 잔뜩 가린 눈발 저편에서 막당의 목소리가 들렸다. 바람이 멈추지 않아서 한 치 앞도 볼 수 없었지만 걷는 것이 즐거웠다. 열 걸음? 아니면 열다섯 걸음? 내 품에 있는 녹의를 보고 좋아할 사람이 앞에 있다. 우화경은 우수로 눈앞을 연신 휘저으며 힘차게 전진했다. 그 순간 바람이 방향을 바꿨다.

키엑!

"아앗!"

정면에서 몰아치던 바람이 이번에는 등에서부터 몰아쳤다. 앞으로 기울어지는 상체를 주체하기 위해 몸을 젖히는 순간 발이 미끄러졌다. 어느 순간부터 눈밭이 아니었다. 막당 주변은 온통 얼음판이었던 것이다. 우화경의 몸이 중심을 잃고 뒤로 기울어졌다.

츠슥! 차아아아아아!

넘어졌어야 할 시간이 지났다. 하지만 우화경의 몸은 더 이상 뒤로 쓰러지지 않았다. 수많은 눈송이가 곁을 지나쳤다. 몸이 하염없이 미끄러진다. 자신의 허리 뒤로 막당의 팔이 느껴졌다. 그리고 백설이 지나치는 시선 속에 막당의 얼굴이 가득 들어왔다. 막당은 우화경의 허리를 부축한 채 길게 미끄러졌다. 몸을 내맡긴 우화경은 폭설 가득한 하늘 어딘가를 미끄러지는 것 같은 기분이었다. 짧은 시간이었으나 두 사람은 부드럽게 눈 속을 흘러갔다. 수많은 눈송이가 앞을 지나쳤지만 마주하는 서로의 얼굴과 시선을 감당하지 못했다. 막당의 동공 속에 우화경 자신의 얼굴이 보였다. 바람이 세차게 불었는데 소리가 들리지 않았다.

"괜찮습니까, 경 사저? 넘어질 뻔하셨습니다."

우화경은 또 한 번의 꿈 아닌 꿈에서 깨어났다.

“손… 치워.”

간신히 말했다. 막당이 우화경의 허리를 밀치듯 힘을 주어 뜻을 따랐다. 둘은 마주한 채 폭설을 받았다. 폭설이 고마웠다. 지독한 소리를 내는 바람이 고마웠다. 귀 밝은 막당이 행여나 자신의 두근거리는 심장 소리를 들었다면 창피해서 혀를 깨물었을지도 모른다. 우화경은 바람과 눈송이를 깊게 들이켜며 두 손을 내밀었다. 그 위에 녹의가 있었다.

“어!”

눈발 사이로 보이는 막당의 얼굴이 급작스레 변했다.

“제 옷입니까!”

“그래. 나중을 생각해서 좀 크게 만들었으니까 여기 따로 있는 끈으로 네가 알아서 조절해 입어.”

“감사합니다! 감사합니다! 경 사저, 정말 고맙습니다!”

막당은 어린애처럼 좋아하며 녹의를 품에 안았다. 힘껏 펼치자 그 속에 담아두었던 네 개의 끈이 폭설에 날렸다. 우화경이 깜짝 놀라며 손을 뻗는 순간 그 앞으로 막당의 얼굴이 지나쳤다. 하마터면 막당의 뺨을 만질 뻔하여 우화경은 급히 팔을 당겼다. 막당은 폭설보다 더 빨리 빙판을 휘저으며 네 개의 끈 모두를 손에 쥐었다. 그리고는 머리를 흔들며 기뻐했다. 그 모습을 보니 우화경도 웃음을 참을 길 없어 입을 가리고 말았다. 막당이 말했다.

“전 경 사저가 너무 좋습니다.”

하늘에서 쏟아지던 눈의 군사들이 일제히 멈춘 것만 같다. 바람 소리도 안 들렸다. 우화경은 정신을 차리고 미소 지었다.

"흥! 옷을 줄 때만?"

"아니, 아닙니다. 저는 경 사저가 낙화동에서 제일 좋습니다. 어느 때는 경 사저를 보면 가슴이 뜹……."

텁!

우화경이 스스로 막당에게 붙었다. 눈처럼 하얀 손이 흑의를 미끄러져 막당의 입을 가리고 있었다. 우화경은 눈보다 창백한 얼굴이 되어 막당에게 속삭였다.

"너, 절대로 그 말을 다른 사람에게 하면 안 돼. 특히 린아에게 그 말을 했다가는 혈풍이 불어닥칠 거야."

막당이 우화경의 손에 입이 막힌 채 눈을 동그랗게 치켜떴다. 곧 막당이 그 눈을 유지하며 고개를 힘껏 끄덕거렸다. 너무도 놀랐는지 우화경의 손바닥에서 막당의 뜨거운 콧김이 느껴졌다. 급히 손을 떼니 따스한 숨결이 남아서 물방울처럼 고여 있다. 이 손을 어떻게 해야 할지 몰라 난감했다. 당아의 입술에 손을 붙이다니, 이런 망측한 일을……. 우화경은 표독스러운 얼굴로 막당을 노려보며 다시 말했다. 절대 그 말을 입에 담지 말라고. 막당이 주먹까지 불끈 쥐며 고개를 끄덕인다. 그제야 우화경이 미소 지었다.

"완전히 목석은 아니구나. 끝까지 바보가 아니었으면 방심

할 뻔했어.”

“전 언제쯤 바보가 아니게 됩니까?”

우화경의 웃음소리가 폭설을 따라 하늘로 흩어졌다. 쏟아지는 눈의 양이 많아져서 우화경이 부수었던 설벽의 끄트머리도 뭉툭해졌다. 빙판을 감싸는 설벽은 이제 우화경의 허리를 덮을 지경에 이르렀다. 우화경은 막당이 꼭 끌어안은 녹의를 응시하다가 갑작스레 기지개를 켰다.

“아아! 이러다가 우리 둘 다 눈에 파묻혀 죽을 거야. 어서 돌아가자.”

“예, 경 사저. 초구야, 너도 나와라.”

“초구가 있었어?”

갑자기 설벽 저편에서 초구가 솟구쳤다. 지금껏 눈에 파묻힌 채 얌전히 있었다는 것이 신기하여 우화경은 탄성을 질렀다. 초구의 등을 쓰다듬었는데 한기가 느껴지지 않는다. 우화경은 조심스레 빙판을 걸으며 말했다.

“그러고 보니 한 번도 묻지 않았네. 초구는 어디서 데려온 거니? 고향에서?”

“아닙니다. 보아가 있는 마을에서 데려왔습니다.”

“보아?”

“한보입니다. 꼭 보아라고 불러야 만나줄 거라고 해서 보아입니다.”

“친구가 있었구나. 보고 싶겠다.”

“예, 보고 싶습니다. 보아는 발도 빠르고 말도 잘해서 대단
히 좋은 친구입니다. 저를 좋아해 주었습니다.”

“누구라도 널 좋아할 거야.”

폭설이 하얘서 솔직해지는 것일까? 우화경은 시끄러운 바
람 소리를 믿고 마음껏 말했다. 하지만 바람 소리가 잦아들
때면 자신이 지금 하는 말들을 절대 누설하지 말라며 주의를
주었다. 막당은 허벅지로 설벽을 후려칠 때마다 고개를 끄덕
여야 했다.

우화경의 앞으로 초구가 나서며 길을 만들었다. 걷기가 한
결 수월해진 우화경은 막당보다 앞서 걷기 시작했다. 하지만
곧 어깨를 나란히 하고 말았다. 엄청나게 강한 바람이 우화경
을 멈춰 세웠기 때문이다. 막당이 곁에 와서 괜찮냐고 물었는
데, 우화경은 엉뚱한 대답을 했다.

“네가 아무한테도 말하지 않을 거라는 거 믿어도 돼?”

“예? 예, 그렇습니다. 절대 말하지 않겠습니다.”

“나도 너 좋아. 하지만 린아만큼은 아냐.”

“절대 말하지 않겠습니다.”

“응, 절대 말하면 안 돼. 이것만큼은 절대로.”

우화경이 잠시 고개를 숙이며 아랫입술을 물었다. 곧 하얀
치아가 입술 속으로 사라지더니 볼에 보조개가 패였다. 우화경
은 막당을 돌아보며 자신이 짓고 있는 미소로 폭설을 녹였다.

“이것만큼은 절대로. 알았지? 실은 말야, 나랑 정혼한 분

은······."

휘이이이이!

쏟아지는 폭설 속에 두 사람이 오랫동안 마주했다. 초구가 지루한 듯 하품한다. 바람 소리가 괴이하여 나무가 울고 있는 소리인지 구름이 찢어지는 소리인지 분간하기 어려웠다. 막당이 폭설 속에서 고개를 힘차게 끄덕거렸다. 절대 말하지 않겠다며 몇 번을 다짐한다. 그럴수록 폭설은 강해지고 우화경의 미소는 백설에 감춰졌다. 우화경이 초구에게 턱짓하여 길을 만들라 하더니 또 한 번 크게 기지개를 켰다.

"너무 속이 시원해! 겨울이 좋아!"

"경 사저가 좋아하시니 다행입니다."

막당이 웃으며 뒤를 쫓았다.

낙화동에 오르니 곽성린이 마당에서 비질을 하고 있었다. 돌아보는 얼굴이 초조했으나 곧 활짝 웃는다. 우화경과 막당이 약속이라도 한 듯 손을 저어 곽성린의 빗자루 마중에 답했다.

"눈이 이렇게 많이 오는데 무슨 비질이니? 옷 만드는 건 벌써 포기했어?"

우화경이 쓰게 웃으며 곽성린을 질책했다. 곽성린이 어깨를 으쓱하며 짓궂은 표정을 지었다가 이내 빗자루를 놓았다.

"정말 쓸어도 쓸어도 끝이 없네. 에이, 안 할란다."

이제까지 곽성린의 행태를 지켜보고 있던 육모탕이 한 치만 열린 문틈 사이로 주둥이를 내밀었다.

"쓸어도 쓸어도? 어흠."

곽성린의 고개가 눈발만큼이나 세차게 휘몰아치며 표독스러운 시선을 암기처럼 날렸다. 문틈 속 육모탕은 조금도 아랑곳 않고 이불 속에 틀어박힌 얼굴로 이죽거렸다.

"너희는 왜 이리 늦었느냐? 산파가 너희들 아이를 받으려고 아까부터 기다렸으니 뜨거운 물도 다 식었겠구나."

"꺄악!"

빗자루가 날아갔다. 어느새 문을 닫은 육모탕이 자신의 방문을 믿고 계속 떠들었다. 곽성린과 우화경은 합심하여 방문을 당겼고, 육모탕은 무공까지 시전하며 버텼다. 결국 문이 열렸다. 육모탕이 눈물을 찔끔거리며 애원했건만 우화경과 곽성린은 이불을 빼앗아 겉 천을 떼어냈다.

"속 이불이라도 다오! 이 사부가 얼어 죽는다!"

"폭포수에 빠뜨리지 않은 것만도 다행으로 여기세요!"

"아이고! 아이고! 이 사부 얼어 죽네! 아차! 그렇지! 당아야, 네 이불을 가져오너라!"

"예, 사부님."

"절대 안 돼! 당아는 거기서 꼼짝도 하지 마!"

"예, 린 사저."

곧 육모탕이 막당에게 '네 이불을 가져오라'는 말을 끊임없이 노래했다. 중간 중간 곽성린이 움직이지 말라고 경고를 했는데, 그때만 걸음을 멈출 뿐 막당의 몸은 조금씩 방에 가까워지고 있었다. 곽성린이 참다못해 우화경의 지원을 요청했다. 때아닌 겨울 참새들이 막당을 사이에 두고 재잘거렸다. 막당이 결국 울상 지으며 '누구의 말도 따르지 않겠습니다'라고 말하여 세 사람을 주화입마에 빠뜨렸다.

"쿨럭쿨럭! 마른 나무는 또 없느냐? 살을 녹이기 전에 숨통이 막혀 죽겠다."

설원이 달빛을 받아 일부의 어둠을 물리치는 밤이다. 육모탕은 손을 저으며 눈물을 흘렸다. 화로에서 끊임없이 연기가 흘러나오니 밖은 검어서 앞을 보기 어렵고, 안은 하얘서 앞을 보기 어려웠다. 우화경과 곽성린도 문을 활짝 열어 부채질에 열중했다. 막당 홀로 마른 장작을 찾아 진땀을 쏟았다. 막당이 모든 장작을 헤쳐서 바짝 마른 장작 몇 개를 구한 뒤 도끼질하니, 초구가 잽싸게 물고 육모탕의 방으로 뛰어들었다. 육모탕이 초구를 버릇없다 하여 혼쭐냈으나 우화경의 뒤에 숨어서 나가려 하지 않는다. 그다지 넓은 방이 아니어서 네 명의 사람이 모이기도 벅찬데 초구까지 들어오니 몸을 감싼 이불이 화로에 닿을 지경이었다.

"초구야, 나가."

온전한 자리를 잡지 못해 서성거리던 막당이 불평하듯 말했다. 초구가 고개를 숙인 채 고민하다가 몇 번 끄덕이더니 콧김을 한 번 뿜고 나가 버렸다. 밖에서 땅을 파헤치는 폭음이 들린다. 육모탕은 손뼉을 치며 웃다가 부채질을 하는 여제자들에게 문을 닫으라 했다. 연기가 모두 빠지고 나니 금세 졸음이 올 듯 안락하여 네 사람 모두 미소를 지었다. 막당은 덥다며 이불로 몸을 감싸지 않았지만 육모탕과 자매는 삼각 이불에 고개만 내밀고 화로의 열기를 즐겼다.

"이제 계속해요."

곽성린이 웃으며 육모탕을 재촉했다. 그러자 우화경이 목언저리에서 두 손을 빼냈다. 우화경은 연기가 심해지기 전에 했던 것처럼 귀를 두드리기 시작했다. 육모탕이 메기수염을 손가락으로 쓰다듬으며 흥얼거렸다.

"어디까지 얘기했더라……. 그래, 그렇지. 천검이 집에 돌아와 보니 무덤에 있어야 할 아내의 시체가 방구석에 웅크리고 있더라 이 말이다. 어디 그뿐이랴! 반쯤 썩어서 진물이 흐르는 눈이 천검을 보며 '부귀영화를 위해 조강지처를 버리고도 무사하리라 여기셨습니까? 하고 호통을 치는 게다!"

"아아! 아아아아! 아라라라! 아아!"

우화경이 귀를 두드리는 것도 부족하여 노래를 부르듯 소리쳤다. 그럴수록 육모탕의 목소리도 커졌다. 덕분에 즐거운 사람은 막당과 곽성린이었다. 둘 다 육모탕과 우화경을 번갈아 보며 웃음을 그치지 못했다.

"천검이 칼을 빼 들고 '부인이 온전히 죽지 못하여 강시가 되었으니 이제 내 애검으로 영혼을 달래려 하오’ 라 외쳤지. 그리고 벼락처럼 검을 내려쳤는데 이게 어쩐 일이냐? 부인의 시체가 감쪽같이 사라졌구나. 검이 내려칠 때까지 그 시퍼렇게 날 선 동공이 천검을 노려봤는데 아무것도 없었으니 기가 막힌 일이지. 천검이 당황하여 이리저리 방 안을 둘러봤지만 부인의 모습이 보이지 않았다. 그런데… 엇!"

갑자기 육모탕이 창백한 얼굴로 고개를 들었다. 곽성린은 ‘폽!’ 하며 입바람을 뿜었다. 육모탕의 시선이 우화경의 바로 뒤쪽 허공에 머물러 있었기 때문이다. 우화경이 귀를 두드리고 소리 내는 것으로 열심히 저항했지만 육모탕의 시선만큼은 감당하기 어려웠다. 차마 뒤를 돌아보지 못하고 울상이 된 우화경이 발을 동동 굴렀다.

"그러지 말아요, 사부님! 아앙! 자꾸 그러지 말라니까요!"

"……."

"자꾸 그러시면 전 방에 갈 거예요!"

우화경이 참지 못하고 두 손을 펼쳐 이불을 떨치자 갑자기 육모탕이 ‘으악!’ 하고 비명을 질렀다. 우화경은 찢어지는 비명을 지르며 곽성린을 끌어안았다. 곽성린이 우화경을 안고 등을 다독거리면서도 육모탕에게 웃음 지으며 ‘제대로였어요, 사부님’ 이라 칭찬했다. 육모탕이 크게 웃으며 말을 이었다.

"천검이 ‘요망하다! 어디 있느냐!’ 라고 소리치는데 밖에서 귀곡성이 들렸다. 그래서 천검은……."

휘이이이잉!

바깥바람이 육모탕의 방문을 범접하지 못했다. 화톳불이
방문을 붉게 달구고, 이따금 우화경과 곽성린의 그림자가 너
울거렸다. 막당의 웃음소리가 들리고, 우화경의 비명 소리가
들렸다. 바람 소리가 좀 더 잦아들었다.

초구는 낙화동 마당의 눈으로도 부족했는지 연무장으로
달려갔다. 연무장의 눈을 마음껏 파헤치자 제갈당숙이 자신
의 흔적을 감출 수 있다 여기고 뛰어들었다. 남상괴의 유일한
직계제자 초구가 눈 속에 몸을 묻고 으르렁거리니 제갈당숙
또한 긴장하며 싸울 태세를 취했다. 달궈진 방문에 자매의 그
림자가 너울거릴라 치면 하늘 외로이 머문 달에 돼지와 노인
의 그림자가 너울거렸다.

"이제 구미호의 내단 이야기를 듣겠느냐?"

"좋아요!"

"무서운 얘기 아니죠?"

"사람 간 빼 먹는 얘기가 조금 있다만 그다지 무섭지는 않
다."

"충분히 무섭다고요! 다른 얘기해 주세요! 맞아, 그 얘기 끝
까지 안 해주셨잖아요. 사랑하는 여인이 쑥과 마늘을 먹고 살
을 빼서 다른 남자 품에 안겼다는 얘기. 그 뒤로 호 대협은 동
굴을 나가서 어떻게 됐어요?"

"아, 잘 먹고 잘살았지."

"그게 뭐예요!"

"사부님, 언니는 내버려 두고 그냥 구미호 얘기해 주세요."

육모탕이 구미호 얘기를 시작하자 우화경은 잠 잘 시간 지났다며 칭얼댔다. 막당이 뜬금없이 항상 이렇게 지냈으면 좋겠다는 말을 꺼냈다. 모처럼 모두가 고개를 끄덕이며 웃었다. 화톳불에서 불똥 하나가 튀어 육모탕의 이불 위에 떨어졌는데, 그 덕에 연기 사태만큼이나 요란한 소동이 벌어졌다. 달빛은 저들을 질투하여 돼지와 노인의 싸움만 비추었다. 구름이 그마저 질투가 났는지 눈발을 쏟으며 너스레를 떨었다.

휘이이잉!

겨울바람이 차갑지 않으니 이제 곧 봄이 올 듯싶었다.

16장

늦은 봄 낙엽 지고

늦은 봄 낙엽 지고

삼월이 끝나고 있었다. 눈은 녹은 지 오래며 봄꽃이 만발할 시기도 이제 지났다. 기암골은 꽃이 적었다. 눈이 많이 왔기 때문에 이번 봄의 기암골은 꽃과 풀이 만발하리라 여겼건만, 이상하게도 작년만 못했다. 일부의 나무들은 여전히 앙상한 가지만을 내세운 채 아직도 겨울이라 주장했다. 바람도 봄바람 같지가 않아서 육모탕이 가끔씩 이불을 뒤집어쓴 채 마당을 거닐 때도 있었다.

"콜록! 언니, 당아 좀 불러줘. 콜록콜록!"

곽성린이 힘없는 목소리로 애원했다. 나흘 전의 낙화동은 여름처럼 따뜻하여 드디어 봄이 떠나는가 싶을 정도였다. 하지만 어제 오후부터 갑작스레 겨울이 왔다. 기온의 변화에 둔 감한 곽성린이 첫 번째 희생자가 되었다. 당연히 따뜻한 날씨 거니 여기며 평평한 바위 위에서 잠이 들었다가 감기에 걸린 것이다. 두 번째 희생자는 육모탕이었다. 곽성린과 반대로 기온의 변화에 가장 민감한 육모탕이었지만, 그래서 감기에 걸렸다. 육모탕이 몸져눕고 곽성린이 몸져눕자 우화경과 막당이 바빠졌다.

"당아는 초구와 같이 약초를 구하러 갔어."

우화경은 곽성린의 이마에 물수건을 올려주며 혀를 찼다. 곽성린이 초췌한 얼굴로 쓴웃음을 지었다.

"이번에는 무슨 콜록, 독초를 구해오려고?"

"내가 점검할 테니까 걱정하지 마."

"언니가 더 무서워. 어제 그거… 콜록! 그거 진달래꽃이라고 했잖아."

"철쭉꽃이 삼월에 필 줄 누가 알았겠니? 며칠간 너무 더워서 시기를 착각하고 피었었나 봐. 진달래꽃이라고 해도 그렇지, 네가 초구니? 그걸 왜 뜯어먹어서 복통까지 일으키고 난리야. 어제 내가 얼마나 놀랐다고."

"콜록콜록!"

우화경은 안쓰러운 얼굴로 곽성린의 열을 살폈다. 목을 긁는 기침 소리가 걱정스러웠다. 육모탕이 우화경을 부른다. 하지만 일어나지 않았다. 육모탕의 기침 소리는 거칠고 탁했지만 작위적인 느낌이 더 강했다. 게다가 간호의 명목으로 이마를 짚어달라느니 땀 좀 닦아달라느니 칭얼대는 꼴이 징그러워 곁에 있기 부담스러웠다. 우화경은 길게 한숨을 쉬며 몸을 일으킨 뒤 건너편 방의 육모탕까지 들을 수 있는 음성으로 말했다.

"나도 약초를 찾아볼게. 일단 이불을 꼭 뒤집어쓰고 열 좀 내고 있어."

"옆에 있으면 안 돼?"

"당아 혼자서는 제대로 된 약초를 찾아오기 힘들 거야. 전에 내가 떨어져 다쳤을 때 너하고 사부님이 약초를 찾아오셨으니 이젠 내 차례지, 뭐."

우화경은 웃음을 머금고 방문을 열었다. 육모탕의 방문이 손바닥만큼 열려 있었다. 육모탕은 약초는 됐고 말상대나 해달라며 곧 임종할 사람의 얼굴을 보였다. 우화경이 두 손을 가슴에 모으며 사부를 향해 애처로운 표정을 지었다.

"흐흑! 사부님과 린아가 저렇게 아파서 제 가슴이 찢어져 죽을 거예요. 그러니 약초를 구해올게요."

서글픈 여인의 몸짓은 당연히 농담이었다. 그 농담이 우화경답지 않고 어찌나 아름다운지 육모탕은 넋을 잃고 바라보기만 했다. 우화경이 낙화동 밖으로 향하는 길을 걷자 뒤늦게 정신 차린 육모탕이 억울한 듯 소리쳤다.

"고얀 것! 우리를 간호하기 싫으니 놀러 가는 것이렷다! 약

초를 캐러 간다는 계집이 왜 약초 가방도 들고 가지 않는 게
냐!"

"어머, 내 정신 좀 봐."

우화경은 스스로 머리를 쥐어박더니 홍겨운 걸음으로 되
돌아와 약초 가방을 들었다. 육모탕을 향해 고갯짓을 하며 살
풋 웃는다. 육모탕은 우화경의 뒷모습을 물끄러미 바라보다
가 시큰둥하게 중얼거렸다.

"우리는 아파 죽겠는데 뭐가 저리 즐겁누."

닫힌 방문에서 곽성린의 힘없는 목소리가 새어 나왔다.

"콜록! 우리라고 하지 말아요. 징그러워요."

"같이 누우랴? 좀 더 열을 내면 빨리 나을 텐데 말이다."

"말씀만 들어도 열이 올라서 당장 쾌차할 것 같아요. 콜록!
먼저 낫기만 해봐라. 콜록콜록!"

육모탕이 징그럽게 웃음 짓고 방문을 닫았다. 다시 작위적
인 기침 소리가 흘렀다.

우화경은 줄을 타고 내려가 주변을 살폈다. 바위가 많은 곳
인지라 약초를 구할 만한 지역은 아니었다. 막당과 초구는 분
명 산속 깊은 곳에 들어가서 아무 풀이나 뜯어오리라. 자신의
품에 없는 풀만 골라서 뜯어오기 때문에 그중 약초는 반드시
구할 수 있었다. 하지만 특별하게 많이 필요한 약초도 그 속
에 소량으로 내밀어질 것이다. 그런 약초들은 우화경이 직접

구해야만 한다. 우화경은 육모탕이 중경을 갈 때 주로 애용하는 하산 길을 택했다. 언젠가 육모탕을 배웅할 때 그 길에서 자신이 원하는 약초를 본 적이 있었다. 사람들이 많이 찾지 않는 길이니 분명 지금도 있을 것이다.

"오늘은 또 덥네."

우화경이 나뭇가지 사이로 비치는 하늘을 보았다. 햇빛이 강하여 손으로 눈썹을 짚어야 했다. 얼마 걷지도 않았는데 이마에 땀이 맺힌다. 앙상한 가지는 곧 신록이 되리라. 여름을 권하는 하늘을 원망하며 가지들이 봄바람에 몸부림쳤다. 가을 하늘처럼 구름이 없었다. 그러나 가을 하늘의 빛도 없었다. 아침도 아니고 저녁도 아닌데 붉은 기운이 하늘에 어렴풋이 맺혔다. 햇살이 뚜렷하여 음영이 지독한 바위와 잡초 곳곳에서 아지랑이가 피어올랐다. 우화경은 바위 그늘을 유심히 살피며 약초를 찾는 데 열중했다.

"이쪽이 틀림없느냐?"

어디선가 사람 소리가 들렸다. 우화경은 햇빛을 가리던 손을 떼어 고개를 들었다. 햇빛도 강하거니와 사람들의 두런거리는 소리가 마음에 들지 않아 눈살을 찌푸렸다. 불안한 기분도 들었다. 평소처럼 자신의 곁에 곽성린이라도 있으면 안심하겠지만 이렇게 혼자 있을 때는 사람들의 목소리가 거슬렸다. 우화경은 사람들의 두런거리는 소리를 좋아하지 않았다. 자신을 두고 욕질하는 소리처럼 들리기도 했고, 때로는 자신

을 두고 수작질을 꾸미는 것 같은 공포심을 느끼기도 했다. 우
화경은 소리가 나는 방향을 짐작한 뒤 천천히 걸음을 돌렸다.

"틀림없습니다. 이곳에서 신수가 싸우는 것을 보았습니
다."

또 다른 자의 음성이 들렸다. 땅을 밟는 소리가 많은 것을
보니 한두 명의 무리는 아니었다. 게다가 목소리에 긴장감이
담겨져 있어 기분이 좋지 않았다. 우화경은 좀 더 걸음을 빨
리하여 저들과의 거리를 벌렸다.

"이제부터 모두들 정신을 바짝 조여야 할 것이다. 언제 우
리들의 목숨이 떨어져 나갈지 모르는 일이야. 조금이라도 수
상한 기척을 느끼면 바로 보고해라."

"유 형님께서 너무 한쪽으로만 생각하시는 건 아닙니까?
이곳에 꼭 정도맹의 세력이 있으리라 여길 일은 아니잖습니
까?"

사내들의 대화에 우화경의 어깨가 경련을 일으켰다. 산을
오르고 있는 자들은 무림인이구나. 그렇게 판단되자 기분이
더 나빠졌다. 육모탕은 중경에 다녀올 때마다 강호의 전쟁이
얼마나 끔찍한지를 말했고, 힘없는 자들이 얼마나 큰 고통을
받는지 떠들었다. 눈을 쪼는 햇살만큼이나 저들이 보기 싫었
다. 우화경은 마음속으로 약초를 찾는 것을 포기했다. 막당이
가져오는 약초만으로도 충분할 거라며 자신을 속이기까지 했
다. 그때 호된 외침이 우화경을 놀라게 했다.

"강 아우는 강호가 그리 만만하게 보이는 거냐? 방심은 언제나 금물이다! 게다가 지금은 곡주님마저 몇 달째 자리를 비우고 계신다! 이 상황에서 정도맹이 이곳을 점하기라도 했다면 어쩔 거냐? 그야말로 귀암곡은 사면초가가 아니냐!"

귀암곡이라는 말에 우화경이 눈을 치켜떴다. 이제는 더 이상 망설일 필요가 없었다. 만나서는 안 될 사람들이다. 사부인 육모탕은 귀암곡에서 도망친 제자다. 괜히 저들과 엮여서 사부의 신변이 밝혀지기라도 한다면 그야말로 골치 아픈 일이 될 것이다. 우화경은 낙화동 방향으로 걸음을 서둘렀다. 때때로 평탄한 길이 나오면 무성신법을 사용했다. 소리가 다시 잦아들었다. 손바닥을 가슴에 얹고 안도의 숨을 쉬었는데, 그때 또다시 호통 소리가 들렸다.

"네놈들이 진작에 그 사실을 고해바쳤다면 이렇게 조심할 필요도 없었다! 겨울의 일이 왜 이제야 내 귀에 들어오는 게냐! 이곳에서 정도맹의 세력을 만난다면 너희들도 각오해야 한다! 멍청한 것들!"

희미하지만 애원하는 목소리가 뒤를 이었다. 우화경은 이 정도면 충분하다 싶었는지 주변의 굴곡도 무시한 채 천자강림신법을 펼쳤다. 신법 속에 담겨진 빠른 이동의 보폭만을 취했는데, 그것이 도움되어 우화경의 신형이 바람을 가로질렀다.

지직!

"아아앗!"

그 빠른 보법이 오히려 해가 되고 말았다. 급히 지나친 나무의 곁가지에 약초 가방이 걸렸다. 우화경은 앞서던 속도와 약초 가방의 저항을 감당하지 못하고 넘어졌다. 넘어지며 외친 스스로의 비명이 너무도 커서 가슴이 내려앉았다.

"누가 있다!"

우화경의 심장만큼이나 겁먹은 고함 소리가 들렸다. 뒤이어 웅성거리는 무사들의 목소리가 산속을 떠돌았다. 우화경은 몸을 일으키자마자 달리기 시작했다. 곽성린이 그리웠다. 이럴 때 곽성린이라면 도망치지 않고도 해결할 수 있었을 텐데.

"그쪽에 누가 있소?"

소리가 들렸다. 대답하지 않았다.

"분명 여인의 목소리였습니다. 혹시 신수를 부른 여인이 아닐까요?"

"비슷했느냐?"

"그런 것 같기도 하고……."

"멍청한 놈!"

넘어질 때 다친 팔꿈치가 욱신거렸다. 급하게 달릴수록 놈들의 목소리가 가까워지고 있었다. 뒤늦게 우화경은 자신이 펼치는 신법에 문제가 있다는 것을 깨달았다. 무성신법도 아니고 천자강림신법도 아닌 괴상한 보법을 쓰고 있었다. 마음이 급하여 밟아야 할 곳을 밟지 못한 것이다. 힘껏 팔을 휘저었다. 어떻게든 빨리 달려서 낙화동으로 올라가는 밧줄을 쥐고 싶었다. 그곳에 가면 곽성린과 육모탕이 있다. 분명히 저 놈들을 해결해 줄 것이다.

"저기 있다!"

"멈추시오!"

"멈춰라!"

뒤에서 여러 가지 소리가 들렸는데, 제일 크게 들리는 소리에 살기가 느껴졌다. 우화경은 자신도 모르게 '꺄악!' 하고 비명을 질렀다. 약초 가방마저 팽개치고 전신을 힘껏 휘저었다. 그 바람에 허리춤 깊숙한 곳에 담아둔 소중한 물건이 떨어졌다. 상아를 깎아 새긴 육각의 패(牌)였다. 부모님의 유품이자 자신을 증명할 수 있는 유일한 물건이었다. 그것을 줍기 위해 몸을 돌리는 순간 놈들의 모습이 보였다. 열 명이 넘는 무사가 병장기까지 지닌 채 아귀처럼 산을 오르고 있었다. 우화경은 창백한 얼굴로 놈들을 주시하다가 시선을 급히 땅으로 내렸다. 패가 보이지 않는다. 당황하여 이리저리 고개를 돌려보니 일 장쯤 떨어진 바위 곁에 그것이 있었다.

"어떻게 해."

우화경은 울상이 되어 다시 한 번 놈들을 보았다. 아직 충분한 거리가 있었지만 놈들 쪽으로 한 걸음 다가서는 것조차 무서웠다. 그래도 용기를 내어 한 걸음 내밀었는데 '어서 쫓아오란 말이다, 쓸모없는 것들아!' 라며 저 편의 누군가가 악귀처럼 고함쳤다. 우화경은 불에 덴 사람처럼 '꽥!' 하고 비명을 지른 뒤 유품을 포기한 채 다시 도망쳤다.

"이건!"

얼마 지나지 않아 뒤에서 누군가가 외쳤다.

"이것 봐라! 정도맹이다! 저 계집은 정도맹이야!"

한마디 한마디에 소름이 끼쳤다. 우화경은 보법이고 뭐고 다 잊은 채 필사적으로 발을 놀렸다. 놈들의 목소리가 점점 가까워졌다. 그리고 눈앞을 가리는 바위와 나무들 사이로 두 개의 기암이 보였다. 그 가운데 놓인 것은 밧줄이다. 낙화동으로 올라가는 밧줄이 일순 바람에 밀려 흔들거린다.

"서라, 죽고 싶지 않으면! 귀암곡의 정예를 상대로 끝까지 도망칠 수 있다고 생각하느냐!"

뒤에서 날카로운 외침이 들렸다. 그 순간 우화경의 얼굴이 창백해졌다. 자신이 왜 도망치기 시작했는지를 깨달았다. 저 앞에 흔들리는 밧줄이 육모탕의 목을 매달게 될 살부(殺符)로 보였다. 그 짧은 순간 우화경의 머릿속에 수많은 번뇌가 지나쳤다.

탁탁탁탁탁!

자신의 발소리도 놈들의 발소리도 귓전 어디로 스며들더니 희미하게 사라졌다. 그때의 기억이 떠올랐다. 아미파의 비구가, 막당의 뺨에 용문을 그렸던 그 끔찍한 비구가 곽성린에게 한 말을.

"다시 묻겠다. 너희들의 사부가 누구냐?"

곽성린은 그때 망설이지 않고 말할 수 없다고 했다. 하지만 우화경 자신은 달랐다. 죽음이 두려워 당장 말을 꺼내지 못했다. 그 짧은 순간의 망설임이 어떤 결과를 낳는지 알면서도 그런 짓을 했다. 만약 막당이 아니었다면 비구는 곽성린을 죽이고 자신에게 다시 물어봤을 것이다. 겁 많고 의리없는 계집이라는 것을 짐작했을 테니 충분히 그렇게 했을 것이다.

탁탁탁…….

밧줄이 점점 더 가까워지고 있었다. 이대로 조금만 더 달리면 뒤쪽에서 쫓아오는 자들도 밧줄을 발견할 것이 뻔하다. 한 걸음 한 걸음을 내밀 때마다 육모탕의 목이 저 밧줄에 걸쳐지는 환영이 보였다.

탁탁…….

산 정상에서 춤추던 육모탕이 절벽에 떨어질 때, 막당과 곽성린은 망설이지 않고 달려갔다. 하지만 우화경 자신은 그렇게 하지 못했다. 본 적도 없는 절벽 아래로 떨어지는 것이 두려워 꼼짝도 하지 못했다. 한낱 미물인 초구마저 도왔거늘 자신은 안전을 확인하고서야 발을 뗄 수 있었다. 만약에 자신이 돕기 전에 모두가 떨어졌다면? 꿈속에서조차 생각하기 싫은 일이었다. 우화경은 그때 바로 발을 떼어 곽성린처럼 도움을 주지 못한 것이 가슴 아팠다. 망설이지 않는 곽성린이 부러웠고, 망설이는 자신이 원망스러웠다.

탁!

밧줄이 보였다.

차차차! 탁탁! 타타탁!

뒤를 돌아보니 놈들의 얼굴까지 확인할 수 있을 만큼 가까워진 상태다. 열두 명이었구나. 우화경은 미소 지었다. 이미 우화경의 발은 땅에 붙어 움직이지 않는 상태였다. 곧 발이 갈 곳을 정했다. 우화경의 몸이 비틀어지고, 미소가 다른 길을 향했다.

파아핫!

낙화동으로 오르는 밧줄이 시야를 미끄러지며 오른쪽으로 사라졌다. 바위와 나무와 잡초가 가득한 미지의 비탈길이 눈앞에 펼쳐졌다. 어디로 가야 할까? 어디로 뛰어야 할까? 아무래도 상관없었다. 우화경은 달렸다. 낙화동의 밧줄이 보이지 않는 곳이면 어디라도 좋았다. 곽성린과 육모탕의 기침 소리가 들리지 않는 곳이면 저들의 두런거리는 소리쯤 얼마든지 들어줄 수 있었다. 미소가 우화경의 다리에도 머물렀는지 보폭이 크게 달라졌다. 무성신법이 온전하게 펼쳐지며 발끝이 바위를 찍고 잡초를 눌렀다.

"무성신법? 설마?"

뒤에서 뭐라고 떠들던 상관없었다. 기침 소리만 아니면 된
다.

"이 산에서 너희가 뭘 한 거냐! 귀암곡 무공을 정탐했던 거
냐!"

돌아서서 뺨이라도 한 대 갈기고 헛소리 마라 외치고 싶었
다. 하지만 입 다물고 달렸다.

"서두르란 말이다, 바보들아! 정도맹의 첩자에게 귀암곡의
무공으로 뒤처질 셈이냐!"

악에 받친 외침 소리가 마음에 들지 않았다. 구석에 몰려 겁
에 질린 살쾡이가 키키대는 소리처럼 거슬린다. 귀암곡은 상상
력을 기준으로 수장을 뽑는 것일까? 정도맹의 첩자가 되어 귀
암곡의 무공을 훔친 여자가 되어버리니 서럽기만 했다. 그렇지
않다고 외치면 멈추라고 하겠지. 우화경은 가슴이 답답했다.

위잉! 팍!

갑자기 소름 끼치는 소리가 우화경을 엄습했다. 반 보쯤 떨
어진 곳에서 급작스레 지나친 바람 소리에 살기가 느껴졌다.
또한 자신이 방금 지나쳤던 나무에서 들린 둔탁한 음향도 살
기를 풍겼다.

위이잉!

우화경은 자신도 모르게 소리쳤다.

"당아야아!"

화살이었다. 뒤에서 활을 쏘는 것이다. 누군가 당황하며

'유 형님, 활을 쏘지 않아도 잡을 수 있을 겁니다!' 라고 외쳤다. 하지만 화살이 또 하나 날아와 우화경을 지나쳤다. 곧 '닥쳐!' 하는 외침이 뒤를 이었다. 우화경의 눈에 눈물이 맺혔다. 알 수 없는 서러움이 콧잔등을 달궜다. 왜 쏘는 거야! 놀라서 뱉었던 이름을 다시 부르고 싶었다. 가슴에 담아두었던 소원처럼. 곽성린이 외칠 때 부러웠던가? 어쩌다 내가 외칠 때면 기분이 좋았던 이유가 그것일까? 우화경은 숨을 들이켰다.

위잉!

또 하나의 화살이 어깨 위를 지나쳤을 때, 우화경은 힘껏 소원을 이루었다.

"당아야!"

기분이 좋아졌다.

"예, 경 사저!"

가슴이 내려앉았다.

"경 사저, 무슨 일이십니까?"

맺혔던 눈물이 끝내 볼을 가로질렀다. 뒤를 이었던 막당의 고함 소리를 가슴에 안고 싶었으나 놈들의 웅성거림이 방해했다. 우화경은 다시 숨을 들이켰다가 힘껏 외쳤다.

"도망가!"

휘익!

퍽!

"아아아악!"

종아리에 불같은 통증이 일었다. 몸의 중심을 잃는가 싶더니 비탈길이 급작스레 얼굴 앞으로 달려들었다. 손을 뻗어 얼굴을 박는 것을 막았지만 그 대신 축축하게 젖은 땅에 손바닥이 미끄러졌다.

콰드드드!

굴렀다. 어깨가 뭔가에 부딪쳐 떨어져 나간 것처럼 고통스럽더니 하늘이 확하고 지나쳤다가 저 밑의 바위가 급작스레 달려든다. 그런데도 우화경은 미소 지었다. 망설이지 않았다는 사실이 너무도 기뻤다. 도움을 청해도 될 터인데 도망가라고 외친 자신이 너무도 대견스러웠다.

터턱!

나무에 허리가 걸렸다. 새우처럼 몸을 웅크렸다가 이를 악물고 펼치니 수많은 발이 주변을 감싸고 있었다. 우화경은 겁에 질린 눈으로 발과 정강이를 노려봤다.

"무성신법을 이렇게까지 펼치다니. 이건 심각하군."

곱살한 얼굴에 얇은 입술을 가진 놈이 우화경의 목으로 활시위를 겨누는 중이다. 활을 쥔 손에 땀이 가득하여 당장이라도 화살이 미끄러질 것 같았다. 우화경의 얼굴이 흙과 눈물로 덮였다. 입술이 떨려 신음도 제대로 나오지 않았다. 상체를 일으키니 종아리를 관통한 화살이 보이고 자신의 피가 보인다. 차라리 보지 않는 것이 나았다. 보는 순간 충격으로 혼절하지 않은 게 이상할 정도였다. 우화경은 자신이 뒹구는 것을

막아준 나무를 끌어안았다. 어깨, 허리, 등 어느 곳도 쑤시지
않는 데가 없었다. 특히 활에 맞은 다리가 아팠다.

"마, 말해라! 정도맹이 왜 이 산에 있는 거냐? 어째서 우리
귀암곡의 무성신법을 훔친 거냐!"

"아녜요. 정도맹이 아녜요. 살려주세요."

우화경이 입술을 떨었다. 그러나 놈의 시위는 더 길게 당겨
질 뿐이었다. 놈의 눈가에 잔주름이 가득하고 얇은 입술이 우
화경의 것만큼이나 심하게 떨렸다.

"두, 두 번 묻고 싶지 않다! 어서 밝혀라! 나, 나머지 놈들의
소재와 귀, 귀암곡의 무공을 어디까지 훔쳤는지 당장 말해!"

"유 형님, 이 여자가 겁먹은 듯합니다. 그러니……."

"시끄러워!"

놈이 험악한 얼굴로 뒤쪽 남자를 돌아봤다. 우화경은 기회
라고 생각했다. 활을 쥔 놈의 손은 분명히 떨고 있다. 그것이
시위를 고정하는 데 힘을 쓰느라 떠는 것이 아님을 확신할 수
있었다. 우화경에게 활을 겨누고 있는 귀암곡 무리의 수장은
겁에 질려 있었다. 그 이유를 알 수 없었으나 이 사내의 방심
이 우화경에게는 마지막 희망이었다.

열두 명의 무리 중에서 활을 가진 자는 이 사내뿐이었다.
게다가 놈들이 포진한 위치는 활로를 두고 있었다. 큰 바위
하나가 세워진 지점을 놔두고 반원을 그리는 포진이었는데
우화경이 보기에 바위 위로 뛰어오를 수 있을 것만 같았다.

게다가 그 바위의 위치는 비탈 아래로 이어지고 있어서 도약하는 것이 가능했다.

"아직 이 여자가 적이라는 것도 확신할 수 없……."

"닥치라니까!"

핏대를 올리는 놈의 목으로 우화경의 주먹이 날아갔다. 우화경과 정면으로 대치하던 자의 눈이 동그래졌다.

"유 형님!"

활을 든 자는 낌새를 채고 급히 고개를 돌렸다. 하지만 어느새 우화경의 우권이 놈의 목 울대 가까이로 접근하고 있었다.

"이 계집!"

후욱! 퍽! 피이!

화살이 하늘로 쏘아졌다. 목을 지키느라 급히 당긴 팔꿈치가 우화경의 권을 막았는데 그 덕에 화살을 놓치고 말았던 것이다. 자신감을 얻은 우화경의 좌수가 놈의 옆구리를 노렸다. 하지만 그보다 먼저 놈의 좌수가 허리에 찬 검집에서 손잡이를 당겨 공세를 차단했다.

팟!

우화경은 기다렸다는 듯 좌수의 방향을 바꿔서 놈의 우수에 쥐어진 활을 빼앗았다. 놈이 당황하며 외쳤다.

"이 계집이 보통은 아니구나!"

"유 형님, 제가 맡겠습니다."

"강량(姜良), 네놈이 날 능멸하려는 거냐? 나, 유책일이 아무렵 이따위 계집에게 낭패를 볼까! 더는 나서지 마라! 일 초라도 나선다면 너는 더 이상 내 아우가 아니다!"

스스로를 유책일이라 말한 자는 두 눈에 시퍼런 살기를 담고 검을 빼냈다. 우화경의 얼굴은 놀랍도록 차분했다. 활을 검 삼아 놈에게 겨누니 마음마저 안정된다. 유책일이 대갈일성을 터뜨리며 검을 뻗는 순간, 우화경의 신형이 비틀어졌다.

삐링!

"혁?"

검과 활의 싸움이다. 화살도 없었다. 단숨에 활을 자르고 목을 겨누리라 여겼는데 뜻밖의 일이 벌어졌다. 활이 비틀어지더니 검의 방향을 틀어버리고 오히려 매서운 공세로 허리를 가르고 있었다. 비록 검날이 아니라 화살을 튕기는 실이었지만 살기가 만만치 않았다. 급히 도약하여 회피할 수는 있었으나 이름 모를 계집의 다음 공세가 첩첩산중이었다. 자신이 착지하는 지점을 미리 알고 세로로 가로지르는데, 인간의 관절이 감당할 수 없는 교묘한 경로였다. 검으로 막아낼 시기를 놓친 유책일이 급히 외쳤다.

"그게 대체!"

타항!

위기의 순간에 강량의 검이 도왔다. 우화경은 급히 활을 거두며 크게 도약했다. 비록 막당의 도약만큼은 아니었으나 무리가 보기에 우화경의 파천쌍익붕은 선녀가 승천하는 것만 같았다.

"유 형님, 죄송합니다! 어쩔 수 없어……."

곁에서 강량이 급히 포권하며 사죄했으나 유책일은 돌아보지도 않았다. 유책일은 미처 못한 말을 이었다.

"대체 무슨 검법이냐?"

턱!

"으윽!"

우화경은 자신이 원하던 바위에 착지하자마자 인상을 찌푸렸다. 다리가 아파서 눈물이 절로 났다. 그동안 수많은 무공을 배웠건만 정작 자신에게 도움되는 것이 훈련 중 포기한 파탄검의 초식일 줄이야.

우화경은 활을 든 채 처음 목적했던 방향으로 몸을 돌렸다. 하지만 이미 그곳은 놈들이 새로 자리를 잡고 포진한 뒤였다. 새로운 길을 찾기 위해 주변을 살폈는데 열두 명이 각각 좋은 자리를 잡아서 도망칠 곳을 찾기 어려웠다.

"이, 이젠 볼 것도 없다! 보통 고수가 아니니 모두 죽음을 각오하고 쳐라!"

유책일이 외쳤다. 얼굴이 달아오른 것을 보니 쉽게 활을 빼앗겼던 것을 창피하게 여기는 듯했다. 검을 세우는 모양새에 살기가 가득해서 보기에 불편했다. 놈들이 한 걸음 한 걸음 내밀며 우화경을 향해 접근했다. 우화경은 두려움을 떨칠 요량으로 하늘을 보았다. 하늘에는 붉은 기운이 여전히 남아 있었다. 언제부터인지 새소리가 들리지 않는다. 우화경은 다시 시선을 내려 놈들을 보았다. 다행히 두려움은 어느 정도 가라 앉았다.

"하앗!"

누군가 고함을 지르며 검을 당기는 순간, 강량이 '잠깐' 이라 외치며 저지했다. 모두의 시선이 강량에게 쏠렸다. 강량이 눈살을 찌푸리며 중얼거렸다.

"무슨 소리가 들리지 않습니까?"

그러자 일제히 침묵했다. 정말로 무슨 소리가 들리고 있었다.

쿠두두두두두!

"경 사저, 어디에 계십니까?"

"당아?"

열세 명의 눈길이 일제히 산 위로 쏠렸다. 바위 가득한 언덕에서 먼지바람이 불었다. 마치 지진이라도 일어나는 것처럼 매서운 소리가 끊임없이 산을 흔들었다.

"안 돼……."

우화경이 입술이 벌어졌다.

"오지 마, 당아야! 도망가!"

힘주어 외쳤지만 막당이 달려오는 소리는 멈추지 않았다. 놈들이 서로 떠들기 시작했다. 우화경은 인상을 찌푸렸다. 저들이 검을 들고 끼리끼리 이야기를 나누는 게 불쾌했다. 알아들을 수 없는 저들만의 이야기가 옛날 그때의 수군거림과 겹쳐졌다. 결국 우화경은 잊고 싶었던 그때를 떠올리고 말았다. 검을 든 무사들이 속삭이는 소리에 두꺼비집을 외면하고 고개를 치켜들었던 어린 시절의 자신이 기억났다. 아홉 살 소녀였던 자신의 모습이.

"저곳이 우양호의 집입니다, 소주군."

무사들의 알아들을 수 없는 대화 속에서 유일하게 또렷하게 들린 한마디였다. 아홉 살 소녀의 맑은 눈망울이 수많은 무인들을 담았다. 붉은 옷을 입은 청년이 무인들의 앞에 서서 짤막하게 외쳤다. 몇몇 흑의인이 화살처럼 좌우로 쏘아지며 어디론가 사라졌다. 홍의청년의 발이 갓 그친 비가 고인 곳을 거침없이 밟았다. 모처럼 얻은 진흙으로 두꺼비집을 만들던 소녀는 애써 만든 집이 무너질까 두려워 움직이지 않았다. 노을만큼이나 붉은 옷을 입은 청년이 소녀를 보고 걸음을 멈췄다.

"넌 이 집에 사는 애니? 귀엽구나."

청년의 얼굴이 너무 예뻐서 소녀는 고개조차 끄덕이지 못했다. 청년의 해맑은 웃음이 노을을 등지고 있었다. 청년 뒤에서 무사들이 또다시 두런거렸다. 그때 소녀의 아버지가 말했다. 소녀 뒤쪽에서 정문을 열고 축축한 음성으로.

"귀한 몸이 이 누추한 곳에 연락도 없이 어쩐 일이시오?"

청년이 일어섰다. 소녀가 고개를 좀 더 치켜들었다. 청년의 맑은 미소를 좀 더 보고 싶었다. 저 뒤의 무사들이 또다시 두런거렸다.

쩔그럭쩔그럭.

듣기 싫은 쇳소리가 발소리를 대신했다. 청년은 소녀의 머리 위로 포권을 내밀었다.

"만천신장(萬天神掌) 우양호(優陽浩) 대협께 인사드립니다. 우 대협께서 알고 계신 것을 묻고자 찾아왔으니 너무 박대하지 마십시오."

"제가 알고 있는 것은 정도맹에서 직접 맹주께 알리리다. 굳이 그쪽에서 나설 일은 아니오."

처음 듣는 아버지의 냉랭한 말투였다. 청년이 포권을 풀더니 소녀를 향해 미소 지었다.

"넌 여기 가만히 있어. 이따가 너도 죽어야 하거든."

"그 무슨!"

아버지의 호통, 그리고 검을 뽑는 소리, 두런거리는 소리, 청년의 목소리.

"제가 철신삼십호(鐵身三十號)을 이끌고 왔을 때부터 짐작한 것 아니셨습니까?"

"철신대마저 그놈의 것이었더냐! 역시 네가……."

수많은 그림자들이 쇳소리를 내며 하늘을 날았다. 수많은 칼부림과 피 내음이 노을을 덮었다. 소녀의 두꺼비집이 무너졌다. 누군가 소녀를 안고 달렸다. 흉수들이 서로 떠들었다.

날카로운 검날이 소녀의 이마 위를 지나치더니 급히 멈췄다. 소녀를 안은 자가 신음성을 토하고, 이마 위의 칼날에서 핏방울이 떨어졌다. 불길이 치솟았다. 지독한 냄새가 소녀의 전신을 뒤덮었다. 참을 수 없이 역겨운 냄새였는데, 가슴에 칼을 박은 사내가 절대로 나오지 말라고 한다. 사내는 가슴의 칼을 뽑고 측간을 뛰쳐나갔다. 냄새가 지독했다. 두런거리는 소리, 아우성 소리. 노을보다 진한 불빛이 음습한 구덩이까지 쳐들어왔다. 어디선가 아버지의 고함 소리가 들렸다.

"동방인… 아니, 조인(朝仁)! 네놈은 천벌… 크아악!"

똥독으로 몸이 부어오를 때까지 소녀는 움직이지 못했다. 아니, 움직이더라도 구덩이를 나올 방법이 없었다. 울었다.

"누가 살아 있었구나."

한참을 울 때 누군가의 목소리가 들렸다. 소녀가 겁에 질려 울음을 멈췄지만 굵직한 팔뚝이 구덩이 안으로 들어왔다.

"내 손을 잡아라."

소녀는 거칠고 커다란 손에 자신의 지저분한 손을 내밀었다. 소녀를 구덩이에서 빼낸 자는 별을 담은 하늘만큼이나 짙은 그림자로 덮여서 얼굴을 알아보기 어려웠다.

"도망쳐라. 다시는 무가에 얼씬도 하지 말아라."

그림자가 말했다. 구름이 달을 열었을 때 음울한 눈과 콧잔등의 검흔이 보였다. 은인은 달을 향해 사라졌다. 소녀는 역겨운 냄새를 풍기며 떠돌아다녔다. 두런거리는 사람과 돌을 던지는 아이들. 은인이 쥐어주었던 부모님의 유품들이 하나 하나 사라졌다. 모든 것이 무서웠다. 모두가 자신의 몸 안 어딘가에 감춰진 부모님의 유품을 빼앗을 자들처럼 보였다. 누군가 두런거릴 때마다 도망쳤다. 외진 곳에서 농사일을 하는 노부부를 만나지 않았다면 소녀는 진작에 객사했을지도 모른다. 한동안 소녀를 보살펴 주었던 노부부마저 몇 년 후에 늙어죽었다. 다시 세상이 두런거렸다. 갈 곳이 없었다. 소녀는 세상을 포기할 마음을 먹고 하나 남은 패물을 악쥐었다. 목을 매달 나뭇가지가 바람의 힘을 빌어 손짓했다. 소녀는 패물을 땅에 놓고 신을 벗었다.

"예쁘다, 그거!"

얼굴 거뭇한 소녀가 고함쳤다. 활짝 웃는 소녀의 얼굴에 놀라 죽음이 달아났다. 어느새 두런거리는 소리가 사라지고 자신을 언니라 부르며 손을 잡아끄는 소녀의 목소리만 있었다.

"경 사저, 대답해 주십시오!"

쿠두두두!

우화경은 막당의 외침에 정신이 들었다. 왜 그때의 일이 떠올랐을까? 마치 주마등과 같은 듯하여 팔뚝에 소름이 돋았다. 우화경을 둘러싼 놈들이 긴장을 감추지 못하여 계속 옆사람과 말을 주고받았다.

우화경은 생각했다. 그래, 저것이었어. 조잘조잘 서로 떠드는 무사들이었어. 이제까지 우화경은 단 한 번도 가문의 복수를 떠올린 적이 없었다. 그저 두려워 도망쳤다. 하지만 지금은……. 우화경은 손에 쥐어진 활을 보았다. 저들의 수장이 자신에게 쉽게 활을 빼앗겼으니 나머지 놈들의 무위도 그다지 뛰어나지는 않을 것이다. 복수다. 우화경은 천천히 허리를 숙였다. 이건 복수야. 검을 들고 소곤거리는 강호에 대한 복수야! 놈들의 눈썹이 일그러지며 우화경을 경계했다.

뚝!

우화경은 다리에 박힌 화살 끄트머리를 부러뜨렸다. 뽑는 것은 자신이 없었다. 피가 흥건한 화살대가 우화경의 손에 쥐어지니 놈들의 안색이 변했다. 우화경의 손에 묻은 피가 얼굴과 어울렸다. 싸늘한 미소는 분명 살기를 품고 있었다.

"복수야."

우화경은 중얼거렸다. 오랜 시간 자신의 뒤를 쫓아왔던 두런거리는 소리에게 드디어 몸을 돌린 것이다. 그것이 성사될 리 없음은 누구보다 잘 알았으나 적어도 원하는 것은 이룰 수 있으리라. 막당은 빠르다. 내가 죽으면 막당은 도망치기 시작할 것이고, 누구도 그 빠른 보법을 감당하지 못할 것이다. 나또한 억울하지 않다. 이것은 복수니까.

툭.

우화경의 무릎이 굽혀지는가 싶더니 가볍게 바위를 찼다. 가장 경사가 심한 비탈에 자리 잡은 놈에게 우화경의 신형이 쏘아졌다.

"으윽!"

"조심해라!"

놈은 우화경을 향해 급히 검을 뻗었다. 하지만 자신을 향해 몰아치는 여인의 무표정한 얼굴을 감당하지 못하고 중심을 잃었다. 검신을 따라 활대가 미끄러졌다. 검날에 줄이 끊기니 활대가 매섭게 펼쳐지며 놈의 턱을 올려 쳤다.

뻐억!

"어어억!"

"저 계집이!"

턱을 맞자마자 허공으로 팅기는 놈, 좌우에서 바위를 차며 급히 달려드는 놈들, 앞에서 눈을 부릅뜨는 놈들, 놈들……. 우화경은 비탈 아래로 나뒹구는 놈을 볼 새도 없이 몸을 회전했다. 한 놈은 검을 내세우고, 또 한 놈은 권을 내밀었다. 권을 내미는 동작이 익숙했다. 분명 육모탕이 가르쳐 줬던 권법이다. 투로를 알고 있으니 회피도 쉬울 것이라 여겼다. 하지만 놈의 권이 묘하게 비틀리며 엉뚱한 곳을 공략했다.

"앗!"

우화경은 얼굴을 노리던 주먹이 가슴으로 내려앉자 급히 상체를 비틀었다. 그사이에 날카로운 검날이 허리를 가로질 렀다. 파천쌍익붕으로 도약하여 위기를 모면했으나 다리의 상처가 괴로웠다. 땅에 내려서니 두 명의 공격이 더 추가되어 네 명의 협공을 받았다. 우화경은 곁의 나무에게 도움받아 세 개의 검과 한 개의 각을 피하고 막았다. 숨이 가빠지며 어지러웠다. 막당이 달려오는 소리가 점점 크게 들리니 조급해졌다. 또 한 번 막당의 외침이 들렸다. 우화경은 검을 머리 위로 치켜드는 놈에게 힘껏 활대를 튕기며 외쳤다.

"도망가라니까, 바보야!"

탓!

"크악!"

절도있는 손놀림이 활대에 탄력을 주니 끝에 매인 실이 빠르게 날아가 놈의 눈을 후려쳤다. 놈이 검을 급히 당기며 얼굴을 감싸 쥐었다. 뒤에서 발이 날아든다. 급히 신형을 돌려 좌장으로 막았으나 힘을 감당하기 어려웠다. 좌수가 허공으로 튕기는 순간 옆에서 검이 일직선을 그렸다. 우화경은 우수를 급히 당기며 활대로 검면을 쳤다.

티힝!

쉴 틈도 없이 다른 방향에서 주먹과 검이 날아들었다. 검면에 튕겨진 활대를 사용하여 또 하나의 검을 막을 수 있었지만 활대에 검날이 박히고 말았다. 게다가 나머지 한 놈의 주먹이 얼굴 가까이 근접한 상태다. 우화경은 허리를 뒤로 젖히며 놈의 주먹을 지나 보냈다. 그리고 이를 악문 채 오른쪽 다리를 휘둘렀다.

"끄아아아아악!"

주먹을 내밀었던 놈이 처절한 비명을 질렀다. 우화경의 정강이 밖으로 튀어나온 화살촉이 놈의 뺨에 박혔기 때문이다. 우화경도 고통스러워 신음했다. 하지만 우화경은 내심 기뻐했다. 자신의 무공이 이렇게 뛰어날 줄은 꿈에도 생각 못했던 일이다. 어쩌면 살아날지도 모른다는 생각이 들었다. 강량이 달려드는 모습을 보는 순간까지는.

"허업!"

상체를 세우자마자 강량의 일검이 빠르게 호선을 그렸다. 왼쪽 다리에 힘을 집중하여 비탈 아래로 신형을 날렸지만 어깨가 후끈거렸다. 나무와 바위가 소용돌이처럼 회전하고 있었다. 발을 뻗어 급히 중심을 잡았는데 뒤에서 살기가 느껴졌다. 강량이다. 우화경은 땅을 딛자마자 허공으로 도약했다. 예상대로 자신이 있던 자리에 강량의 검이 지나갔다. 강량은 재빨리 고개를 돌려 우화경의 신형을 살폈다.

굳게 다문 입술도 무서웠지만 호랑이처럼 매서운 눈매가 소름 끼쳤다. 강량이라는 자는 이제까지 싸웠던 놈들과는 차원이 달랐다. 검세가 매끄럽고 날카로우며 몸의 움직임이 다른 자들에 비해 두 배는 빠른 것 같았다. 우화경이 땅에 착지하기도 전에 강량의 검끝이 배를 노렸다. 가냘픈 허리를 힘껏 뒤틀어서 검신을 지나치게 하자 그것이 급히 멈추며 호선을 그리기 시작했다. 아픔을 무릅쓰고 두 다리 모두 힘을 주어서 뒤로 도약했다. 하지만 배를 가린 흑의의 일부가 찢어지며 피를 뿌렸다.

"경 사저, 누구입니까? 그 사람들은 누구입니까?"

초구의 모습이 보이고 막당의 모습이 보였다. 하지만 주변 바위들과 함께 빠르게 휘몰아치며 막당의 모습이 사라졌다. 계속 막당을 보고 있으면 회피가 불가능했기 때문에 어쩔 수 없는 일이다. 강량의 검이 또다시 허리를 자를 듯 반원을 그렸다. 우화경은 허리를 숙이며 오른쪽으로 회피했다. 끝까지 반원을 그릴 것처럼 위세를 보이던 검이 급히 멈췄다.

"아!"

우화경은 낮게 탄성을 질렀다. 다음 동작에 대비하기 위해서 허리를 세웠을 때, 강량의 검이 아름다운 곡선을 그리고 있었다. 짧은 순간이었으나 그것이 우화경에게는 천 년의 시간처럼 느껴졌다. 강량의 검은 이미 자신의 가슴 앞까지 다가오고 있었다. 검신이 햇빛을 받아 눈부셨다.

"싸우지 마십시오! 경 사저를 괴롭히지 마십시오!"

막당의 외침이 가까워졌다. 초구가 땅을 차는 소리가 귓전에 울렸다. 강량의 머리 위로 작은 새 한 마리가 날았다. 마른 가지만 가득하여 좀처럼 볼 수 없었던 봄의 나뭇잎 하나가 새를 지나쳐 나풀거렸다.

"경 사저!"

우화경은 고개를 돌려 뒤를 보았다. 비탈 언덕 저편 바위에서 막당이 도약하고 있다.

"당아야……."

우화경은 미소 지었다. 흙 묻은 하얀 얼굴이 햇빛을 받아 더욱 하얗다. 작은 새의 날갯짓에 바람이 불더니 우화경의 미소가 급히 쓸리며 바위를 지나치고 나무를 지나쳤다. 막당의 눈에 고인 방울이 볼을 지나쳐 용 문신에 닿았다.

투훅!

혈(血) 이파리 흩어지고 여인의 등이 검신을 낳았다.

"경 사저!"

막당이 쉰 목소리로 소리쳤다. 초구가 마지막으로 땅을 터뜨리며 높이 떠오르더니 우화경의 곁에 섰다.

퍽! 퍼엉!

땅을 파헤치는 돼지의 기세에 눌려 강량은 몇 걸음 물러섰다. 강량의 부근에서 누군가가 '저 돼지입니다! 제가 말한 신수입니다' 라고 외쳤다. 하지만 여인의 가슴에서 검을 뽑아낸 강량에게는 돼지가 신수이건 아니건 상관없었다. 강량의 시선은 우화경의 가슴에 머문 흑화(黑花)에 머물러 있었다. 짙은 흑의가 피를 감당하지 못하고 더욱 짙어지니 몸을 주체하기 어려웠다. 강량이 비틀거렸다.

"대체 왜……."

강량은 유책일을 돌아보며 소리쳤다.

"왜 우리가 이 여자를 죽인 겁니까? 왜!"

"몰라서 묻느냐?"

유책일의 호통이 원망스러웠다. 강량은 눈살을 찌푸리며

더욱 거세게 사형을 질책했다.

"정말 아시는 겁니까? 제 검이 왜 이 여자의 몸을 꿰뚫은 겁니까? 유 형님의 두려움이 제 검에 아직 머물러 있습니다! 이 여자의 죄가 무엇인지 말씀해 주십시오! 도망쳐서입니까, 아니면 이 산에 들어올 때부터 죽음을 각오해야 한다며 수도 없이 다짐한 유 형님의 두려움 때문입니까?"

"다, 닥쳐라! 애들을 앞에 두고 우리가 이 무슨 부끄러운 짓이냐! 네, 네가 그리하니 도저히 못 참겠구나. 의절하자! 너 따위 동생은 필요없어!"

"……."

강량은 더 이상 말하지 않았다. 자신의 검에서 비릿한 냄새가 풍겼다. 동료가 다치는 것을 보고 급히 출수한 스스로의 경거망동이 부끄러워 미칠 것만 같았다. 마음속으로 빌었다. 이 흑의여인이 정말로 정도맹의 첩자이기를.

"경 사저어! 어허헝!"

막당이 우화경을 끌어안고 울음을 터뜨렸다. 우화경이 눈을 뜨지 않는다. 창백한 얼굴, 하얀 입술, 그 긴 속눈썹이 조금도 꿈틀거리지 않았다. 이렇게 끌어안으면 금세 표독한 눈매로 '비켜'라고 말할 텐데 그리하지 않았다. 흔들면 흔들리고 부여잡으면 늘어진다. 막당은 용문의 틈새에 눈물을 가득 채우고 발을 동동 굴렀다. 그럴 때마다 초구가 쉰 소리를 냈다.

“으이잉! 으헝!”

막당은 우화경을 나무 옆에 내려놓은 뒤 녹색 소매로 눈물을 훔쳤다. 강량이 긴장하며 한 걸음 물러섰다. 막당은 울음을 참지 못해 잔뜩 일그러진 얼굴로 모두를 돌아보더니 우권을 치켜들었다.

“싸우겠습니다.”

그러자 유책일이 신음을 토했다.

“모두 조심해라. 나이는 어려 보이나 이곳까지 오는 보법이 심상치 않았다. 저 계집과는 다를 것이다.”

막당이 주먹을 내세운 채 발을 동동 구르며 애원했다.

“빨리 싸워주십시오. 제가 빨리 이겨야 경 소저가 삽니다.”

“무, 무슨 소리지?”

“우리 초구도 그래서 살았습니다. 제발 싸워주십시오!”

아무도 막당이 원하는 말을 던져 주지 않았다. 참다못한 막당은 스스로 외쳤다.

“싸워라!”

콰악!

막당과 초구가 동시에 날았다. 맨 처음 초구를 만났던 자가 초구에게 당했다. 임락규는 신수로 여기는 동물에게 천벌을 당하는 중이라 여긴 듯 허공을 날면서도 끊임없이 용서를 외쳤다. 아래가 비탈인데 몸은 마냥 일직선으로 질주한다. 추락한 임락규는 비탈을 구르던 도중에 숨이 끊어졌다. 초구에게 부딪친 복부가 크게 찢겨 흉측했다.

퍽!

강량은 막당에게 일권을 당했다. 하지만 욱신거릴 정도의 충격일 뿐 그 이상의 고통은 없었다. 괴이했다. 피할 수도 없을 만큼 빠르게 달려온 자의 주먹이 아니다. 오히려 나무 옆에 놓여진 흑의여인의 공세가 더욱 강했다.

'혹시 내가 내상을 입은 걸까?'

갑자기 두려움이 일었다. 막당이 윤양덕의 공세를 피하여 반격했는데, 강량이 보기에 그 자세가 터무니없었다. 저런 완벽한 기회를 버리고 왜 저따위 동세로 반격하는 것일까? 강량뿐 아니라 모두가 의아한 표정을 지었다. 막당이 중얼거렸다.

"이걸로는 안 돼. 흐잉! 이건 아냐. 허엉!"

막당이 출수한 무공은 태목구가 사용한 공렬장이었다. 아니, 태목구의 공렬장을 흉내 냈던 자신의 어설픈 손놀림에 불과했다. 막당은 싸움의 방식을 바꾸기로 결정했다. 육모탕에게 배운 무공. 그것이라면 상대를 아프게 하고 끝내 쓰러뜨릴 수 있다고 생각했다. 하필 그때 윤양덕이 검을 치켜들었다. 막당의 공격을 받고도 아무렇지 않으니 자신감을 얻은 것이다. 막당이 발을 끌었다.

츠, 촤아아아아!

드드득!

강량의 눈이 동그래졌다. 막당이 지나간 자리. 잡초와 바위가 있던 자리에 흔적이 남았다. 잡초가 있던 흙바닥과 바위의 자리가 마치 똑같은 바닥이라도 되는 것처럼 발을 끌어 만든 흔적이 똑같았다. 강량은 외쳤다.

"조심해라!"

두극.

윤양덕이 검을 든 채 강량을 보았다. 원망이 가득한 눈이다. 왜 그 말을 이제 하냐고 묻는 듯한 얼굴이었다. 얼굴이 점차 멀어졌다.

꽈앙!

세워진 바위에 윤양덕의 전신이 달라붙었다. 눈 깜짝할 사이에 벌어진 일이어서 강량을 제외한 모두가 윤양덕을 보았을 때는 오공(五孔)에서 피를 흘리는 시체가 천천히 미끄러지는 중이었다.

"죄송합니다! 엉엉엉! 죄송합니다!"

막당이 윤양덕에게 허리 숙여 사죄했다. 그리고 다시 권을 치켜들며 말했다.

"제가 이겼습니다. 훌쩍! 그러면……."

"모두 협공해라!"

유책일이 파랗게 질린 얼굴로 고함쳤다. 동시에 막당도 외쳤다.

"싸워라!"

초구가 다시 몸을 띄웠다. 막당이 스스로에게 외치는 소리를 자신에게 명령하는 소리로 받아들였던 것이다. 열 명의 전투 무사가 십오 세의 소년과 돼지를 향해 득달같이 달려들었다.

부아악!

검이 막당의 가슴 앞을 가로로 쳤다. 날카로운 바람이 옷섶을 협박했지만 건드리지는 못했다. 일검이 실패하자 다시 물러선 강량은 검의 손잡이를 고쳐 쥐었다. 모두 긴장한 얼굴로 막당을 노려봤다. 아무도 막당이 십오 세 소년이라 생각하지 못했다. 체구도 그렇거니와 윤양덕을 일권에 저승으로 보낸 자다. 모두의 눈에는 막당이 오외천의 귀향공(歸鄕公)처럼 보였다. 강량이 뒤를 돌아보지도 않고 지시를 내렸다.

"모두 지형을 잘 점하여 서로의 검세에 다치는 일이 없도록 해라! 협공이다!"

"예!"

유책일이 명령할 때는 서로 수군거리거나 엇갈린 대답을 하던 이들이 강량의 명령에는 일사불란하게 답했다. 유책일은 눈살을 찌푸리며 강량의 곁에 섰다.

"협공도 필요없다. 내가 알아서 할 테니 아우는 주변의 위협이 더 없는지 찾거라. 몇몇은 저 신수를 맡고."

"유 형님께는 무리입니다."

강량이 차분한 목소리로 말했다. 그러자 유책일의 험악한 눈이 강량에게 쏠렸다.

"네가 곡주님의 총애를 받다 보니 기고만장하여 나까지 업신여기는구나. 애초에 나는 이곳에 오면서 죽음을 각오했고, 너 또한 죽음을 맹세했다. 이들 모두가 죽음을 맹세했단 말이다."

"압니다! 그러나……."

"싸워주십시오!"

"그러나는 무슨 그러나! 더 말할 것 없다! 목숨을 맡겼음을 인정했으니 내가 하라는 대로만 하면 된다! 저놈은 내가……."

"싸워도 되겠습니까?"

"아, 시끄럽다! 싸우고 싶으면 싸우는 거지, 그걸 일일이 물어보는 이유가 뭐냐? 네놈이 싸우고 싶으면 싸워라!"

울먹이는 외침이 거슬린 듯 유책일이 험악하게 막당을 돌아보며 호통 쳤다. 그 순간 막당의 신형이 급작스레 가까워졌다. 조금 전까지 기세를 보이던 것과는 다르게 유책일은 급히 뒤로 물러섰고, 강량이 검을 세우며 앞을 막았다. 막당의 일장이 강량의 가슴을 노렸다. 하지만 강량의 검이 좀 더 빨랐다.

씨아앙! 식! 씨링!

단숨에 세 번 검을 휘둘렀는데, 이미 막당은 처음의 자리로 후퇴한 뒤였다. 강량은 호흡을 고르며 검봉(劍鋒)을 낮췄다.

등에 식은땀이 흘렀다. 검을 피하는 막당의 몸놀림은 귀암곡 장로들에게서도 본 적이 없을 만큼 빨랐다. 혼자서는 절대로 감당할 수 없는 자가 분명했다. 유책일이 화를 낼 것이 분명했으나 강량은 어쩔 수 없이 다시 명령했다.

"협공해라!"

"이 자식!"

유책일의 얼굴이 일그러지는 순간 함성이 터져 나왔다. 귀암곡의 무사들이 일제히 검을 세우고 막당을 향해 달려갔다. 이미 강량도 선두를 달리며 검을 휘두르고 있었다. 막당이 반월의 경로를 따르며 일권을 날리려다가 다른 자의 검에 의해 방해를 받고 물러섰다.

부욱!

또 하나의 검이 막당의 옆구리를 노렸다. 막당은 몸을 띄울 듯 무릎을 굽히다가 또 다른 두 개의 검이 공세를 취하는 것을 보고 아예 엎어지듯 몸을 숙였다. 허공에 몸을 띄우면 다음 공격을 감당하기 어려웠기 때문이다. 머리로 생각하는 것이 아니라 몸이 반응했다. 시야에 검이 들어오면 어깨가 움찔거렸고, 살기가 느껴지면 발끝이 탄성을 질렀다.

부악! 휙! 콰아앗!

싱! 쓰아아앗!

매서운 바람이 사정없이 막당의 주변을 지나쳤다. 여덟 개의 검이 작년 겨울의 폭설처럼 매섭게 쏟아졌다. 막당의 몸이 점점 더 낮아졌다. 검날과 검봉이 막당의 주변을 끊임없이 휘감았다.

여덟 개의 바람. 일곱 개의 바람. 여섯 개의 바람. 점차 막당의 몸을 노리는 검의 수가 줄어들었다. 막당에게 공격을 받아서 검을 휘두르지 못하는 게 아니었다. 몇몇이 막당을 노리지 못하여 새로운 위치를 점하려고 분주하게 움직였다. 강량뿐 아니라 막당을 제외한 모든 사람들의 얼굴이 창백해진 상태였다. 물론 그중 세 명은 죽어서 창백한 얼굴이었다.

"대, 대체⋯⋯."

강량이 검을 휘두르며 신음했다. 막당의 몸이 더욱 낮아진다.

"이런 보법은⋯⋯."

검날을 피하고 검봉을 피할수록 막당의 몸은 낮아졌다. 몸을 허공에 띄우면 검을 피할 수 없으니 수많은 검풍(劍風)이 난무하는 곳에서는 당연한 회피법이었다. 그러다 보니 몸의 높이가 무릎보다 낮아진다. 발을 비스듬히 기울이는 것도 한계가 있었다. 발을 땅에 붙일 수 없을 정도로 몸이 낮아졌을 때 막당의 몸이 괴상한 짓을 하고 말았다. 손이 발을 대신하여 고도공의 경신술을 펼친 것이다.

아니, 고도공의 경신술만이라고 하기도 어려웠다. 검을 피할 때의 과정은 막당이 무성신법과 함께 수련했던 연무장 돌기였다. 몸을 여러 방향으로 기울이며 달리는 법을 연마한 것이 지금의 경신술과 혼합된 상태였다.

카아아앙!

"제, 제기랄!"

강량의 뒤에서 한 녀석이 부러진 검을 들고 인상을 찌푸렸다. 막당을 노리다가 바위를 후려쳤기 때문에 검이 부러진 것이다. 강량은 생각했다. 누구도 이런 보법을 본 적이 없으리라. 검을 휘두르는 자신들이 마치 미꾸라지 한 마리를 잡기 위해 냇물에서 날뛰고 있는 어린아이들 같았다.

막당은 검세를 피하여 나무와 바위와 잡초와 사람 사이를 헤집고 다녔다. 빠른 것은 둘째 치고 향하는 방향을 예측할 수 없어서 애꿎은 검날만 상했다. 어느새 유책일까지 합류하여 막당 때려잡기에 열을 올렸다. 귀암곡에서 배운 수많은 검법들을 하나도 사용할 수 없었다. 자신의 발 밑으로 검을 후려치는 동작밖에 없는데 무슨 놈의 초식이란 말인가!

부욱!

"허어억!"

퍽!

힘껏 검을 치켜들었던 녀석이 비명조차 지르지 못하고 비탈 아래로 굴렀다. 강량은 자신의 눈을 의심했다. 저렇게 낮게 깔려 움직이던 놈이 무슨 재주로 도약하여 공세를 취할 수 있었을까? 귀암곡주가 일급수에 오른 제자들에게 직접 가르쳐 준 부상어소의 초식이라고 여기는 자는 아무도 없었다. 고도공을 배운 강량과 유책일마저도 지금 자신들을 괴롭히는 막당의 무공이 고도공이라는 것을 전혀 눈치 채지 못했다.

"저, 저놈은… 괴물이야."

바위를 미끄러지며 매섭게 꿈틀거리는 막당을 보고 유책일이 신음했다. 유책일은 막당을 향해 검을 던졌다. 하지만 그것은 햇살을 반사하는 바위에 떨궈져 나뒹굴었다. 유책일이 비명을 질렀다.

"으아! 으아아! 괴물이야! 괴물이라고!"

"유 형님!"

목숨을 걸겠다며 떵떵거리던 자가 제일 먼저 도주하고 있었다. 비탈 아래서 가슴을 부여잡고 신음하던 녀석이 유책일을 보고 뒤를 따라 도망쳤다. 귀암곡 제자들의 의지는 여지없이 무너지고 말았다. 강량을 제외한 모두가 검신에 조바심을 보이더니 비탈 아래로 몸을 돌렸다. 그리고 달렸다. 막당이 뒤를 쫓으려다가 일순 멈추더니 강량 쪽으로 머리를 향했다. 그리고 몸을 세웠다.

"흐흐흐흐흐흐."

강량은 검봉을 막당에게 향하며 쓰게 웃었다.

"아무리 봐도 그것은 사도의 무공이구려. 정도의 검법처럼 초식에 구애받는 무공이라면 정말 난감하겠소. 그런 무공을 쓰는 자가 정도맹의 사람일 리 없지. 흐흐흐, 내 검이 돌이킬 수 없는 죄를 지었구려."

막당의 얼굴은 눈물에 흠뻑 젖어 있었다. 어깨가 쉴 새 없이 들썩거렸다. 그 얼굴을 보고 있는 강량도 괜히 눈시울이 붉어질 정도다. 강량은 숨을 들이켰다. 그리고 힘껏 검을 뺐었다.

"내 이름은 강량! 귀암곡의 일급 무사로서 부끄럼없이 싸우리라!"

부아아아앗!

일직선의 검세가 막당의 목을 꿰뚫었다. 하지만 느낌이 없었다. 잔상이군. 강량은 힘차게 어깨를 돌리며 막당이 있을 곳에 선을 그렸다. 검이 반원의 잔상을 남기며 바위의 끄트머리를 날카롭게 베었다. 이번에도 막당은 그곳에 없었다. 하지만 옷자락이 펄럭이는 소리가 가까이서 들렸다. 근육이 상하는 것을 막기 위해 좌수로 오른쪽 상박의 비유혈(臂儒穴)을 쥐고 급히 검의 방향을 바꿔 휘둘렀다. 가까스로 녹의 자락을 스쳤지만 실오라기 하나 베지 못했다. 강량의 검날과 막당이 조금씩 가까워지고 있었다. 혼신을 다한 검세가 막당의 움직임을 따라잡고 있었던 것이다.

찡!

"으윽!"

강량의 검이 멈췄을 때 막당도 검을 들고 있었다. 검세를 떨쳐 내기가 어렵다고 느낀 막당이 바닥에 떨어져 있던 유책일의 검으로 막은 것이다. 강량은 검을 회수하는 동작에 호선의 움직임을 보이며 자연스레 공격으로 전환시켰다. 일순간

부드러웠던 움직임이 어느새 폭풍이 되어 막당의 심장을 노렸다. 그러자 막당의 검신도 매섭게 흔들렸다.

짜앙!

둘의 검이 급히 튕겼다. 귀암곡 최강의 검술 중 하나인 귀야검법(鬼夜劍法)이 일말의 정도 남기지 않고 펼쳐졌다. 대성하지 못한 검술이지만 곡주에게서 후기지수라는 말을 듣게 된 계기가 바로 이 귀야검법이었다. 가진 초식을 모두 펼치며 자신의 짧은 생애 동안 한 번도 대하지 못했던 최강의 적수에게 예를 보였다. 막당의 검술은 처음 보는 것이었다. 자신의 검에 의해 목숨을 잃었던 여인이 잠깐 보여줬던 초식과 비슷했지만 공격하는 경로와 위세가 달랐다.

짱! 찌엥!

검날이 부딪칠 때마다 열기가 흘렀다. 주변이 온통 후물거렸다. 아지랑이가 햇볕마저 녹일 듯 정신없이 승천했다. 서로의 검풍이 나무에 상처를 주고 바위에서 불꽃을 일으켰다. 조금씩 강량이 공세를 빼앗으며 막당을 몰아갔다. 막당의 검이 이리저리 비틀리며 허점을 보이기 시작했다.

강량은 막당의 검술이 뛰어나지 못함을 알고 좀 더 적극적으로 초식을 펼쳤다. 허점을 향해 찔러 들어가면 그것을 막으려다가 더 큰 허점을 보인다. 그러한 허점을 늘리면서 상대가 감당할 수 없는 최후의 허점을 만드는 것이 귀야검법의 묘미였다. 강량은 막당의 옆구리에 세 치 지름으로 둥글게 자리

잡은 허점을 향해 눈을 부릅떴다. 강량의 입에서 대갈일성이 터져 나왔다.

"하아아아!"

쒀아앗!

찌항!

막당의 검날이 가까스로 튕겨냈다. 그리고 이리저리 비틀리는 어수룩한 검날이 강량의 다리를 노렸다. 그로 인해 드러나는 막당의 허점이 너무도 컸다. 강량은 이제 끝이라고 생각했다. 다리를 들어 회피함과 동시에 막당의 오른쪽 어깻죽지를 자를 요량으로 힘껏 검을 내려쳤다.

"어?"

일순간 강량이 급히 검을 회수하며 어깨를 비틀었다. 등에서 식은땀이 흘렀다. 막당의 검이 옆구리를 노리며 반원을 그린다. 급히 검신을 세워 옆구리를 막으려 했다.

"으흑?"

강량은 검신을 좀 더 안쪽으로 당겨서 옆구리뿐 아니라 허벅지까지 보호한 채 세 걸음을 후퇴했다. 그리고 곤혹한 얼굴로 뒤를 돌아봤다. 아무도 없었다. 있다면 나무 아래 놓여진 여인의 시체다. 막당이 검신을 세우고 날아드는데 어떻게 해야 할지 난감했다. 뭔가 이상했다. 가슴을 노릴 듯 사선을 그리며 내리찍는 검을 피해 우측으로 몸을 뒤트는데 또다시 소름 끼치는 느낌을 받았다. 강량은 급히 허리를 숙이며 막당의 좌측으로 신형을 날렸다. 그것이 막당에게 절호의 기회가 된다는 것을 알았으나 어쩔 수 없었다. 뒤에서 누군가가 검을 뻗고 있었기 때문이다. 하지만 고개를 돌렸을 때 자신이 있던 자리에는 아무도 없었다.

"어헝헝!"

막당의 울음소리가 또렷하게 들렸다. 세 번의 검풍이 강량을 괴롭혔다. 강량은 여섯 번의 검풍을 만난 것만 같았다. 막당의 검이 아닌 또 다른 검이 자신을 노리고 있다. 이것은 협공이다. 강량은 그렇게 생각하며 또 한 명의 흉수를 찾기 시작했다. 점점 강량의 검은 수세에 몰렸다.

부아아아악!

막당의 검이 강량의 왼쪽 허벅지를 깊숙하게 지나쳤다. 그제야 강량은 깨달았다. 자신을 노리는 또 하나의 검이 어디에 있는지를.

쐐애액!

막당의 검이었다. 저 알 수 없는 검법은 두 개의 검기를 담고 있었다. 그리고 두 개의 검기에 의해 하나의 생로(生路)만을 남긴다. 지금 자신은 마지막 생로를 곁에 두고 있었다. 그러나 그 생로를 향해 신형을 날릴 정도로 뛰어난 경신술을 갖고 있지 않았다.

푸후!

강량은 파탄검의 마지막 결과를 견식할 자격이 없는 자였다. 막당이 홀로 펼친 파탄검의 마지막 초식에 의해서 강량은 가슴이 뚫렸다. 강량이 막당을 마주하며 말했다.

"용서를… 비오."

강량이 무릎을 꿇더니 막당의 발 아래 엎어졌다. 막당은 잠시 울음을 멈췄다. 창백한 얼굴로 강량을 보다가 고개를 몇 번 휘젓더니 급히 우화경에게로 달려갔다. 막당은 다시 울음을 터뜨리며 우화경의 몸을 흔들었다.

"경 사저, 제가 모두 이겼습니다! 이제 살아나십시오! 어헝헝! 경 사저!"

우화경의 몸이 막당에게 내맡겨질 뿐 스스로의 의지를 보이지 못했다. 시체였다. 죽은 자의 몸이었다. 막당의 눈물이 우화경의 흑의를 적셨다. 초구가 옆에서 벌름거리는 코로 우화경의 볼을 밀었다. 나뭇잎 하나가 바람에 날려 우화경의 흑의를 적신 핏물에 달라붙었다. 막당은 서럽게 울며 우화경의 몸을 안았다. 허리띠에 걸쳐진 마지막 풀잎 하나가 바람에 흘려 날아갔다. 우화경이 찾고자 했던 범의귀잎이었다.

"사부님! 사부님! 엉엉! 린 사저! 어허허헝!"

막당이 낙화동 마당에서 울부짖었다.

"네가 울 줄도 아느냐?"

육모탕이 작위적인 기침 소리와 함께 문틈으로 신기해하는 얼굴을 보였다. 하지만 곽성린의 방문은 열리지 않았다.

“사부님! 빨리 와주십시오! 어어어엉! 경 사저가 살아나지 않습니다! 엉엉엉! 제가 이겼는데 살아나지 않습니다!”

육모탕이 눈살을 찌푸리며 고개를 좀 더 내밀더니 안색이 굳었다. 막당의 품에 안긴 우화경의 늘어진 몸이 보였기 때문이다. 육모탕은 목까지 덮은 이불을 떨치며 문을 부술 듯 밀고 나왔다. 그리고 우화경의 늘어진 몸으로 떨리는 두 손을 가져갔다.

“이거…….”

늘어진 손을 잡았다. 손목을 더듬었는데 맥이 뛰지 않았다. 손이 좀 더 요동쳤다. 육모탕이 잠시 비틀거렸다가 주정뱅이의 그것처럼 심하게 요동치는 손을 우화경의 목으로 가져갔다. 목의 맥을 짚었으나 역시 뛰지 않았다. 마치 쓰러지듯 허리를 급히 숙여 우화경의 코에 자신의 귀를 붙였다. 숨소리도 없었으며 숨바람도 느껴지지 않는다. 그제야 육모탕이 눈을 부릅뜬 채 한 걸음 물러섰다.

“이게… 무슨 일인 거냐?”

“경 사저를 살려주십… 으에에에엥!”

막당의 울음소리가 달라졌다. 우화경과 함께 무너지는 막당의 몸이 사정없이 들썩거렸다. 막당은 하늘을 향해 입을 쩍 벌리고 서럽게 울었다. 살려주세요! 살려주세요! 몇 번을 외쳤건만 곽성린은 여전히 나올 생각을 하지 않았고, 육모탕은 아무 말도 못했다.

"으에에! 으아아아앙!"

방 안의 곽성린은 귀를 막고 있었다. 낙화동 마당에서 막당의 울음소리가 들리는 순간부터 이불을 떨쳤던 곽성린이었다. 하지만 가슴이 심하게 뛰어 일어날 수가 없었다. 무릎을 품에 안은 채 자신의 불안감이 대수롭지 않은 것임을 기대하고 있었다. 막당이 별일 아닌 것으로 저렇게 법석을 떠는 것이리라 믿고 싶었다.

하지만 막당의 입에서 우화경의 죽음이 선고되기도 전에 곽성린은 그 사실을 알고 말았다. 느낄 수 있었다. 우화경의 죽음을. 이상한 일이지만 막당의 울음소리를 듣는 순간부터 자신의 하나밖에 없는 언니가 세상을 떠났다는 것을 알 수 있었다.

『용들의 전쟁』 3권에 계속…

FANTASTIC
ORIENTAL
HEROES

FANTASTIC
ORIENTAL
HEROES

잘나가고 싶은 사람은 읽어라!

그에게 한눈에 반했다! 그것은 분위기 탓?
애인과 나란히 걸어갈 때 당신은 좌, 우 어느 쪽에 서는가?
이성은 왜 서로 끌리는 걸까? 그 심층 심리를 해명한다!

30초의 심리학

■ **30초의 심리학**
아사노 하치로우 지음 / 계일 옮김 | 값 8,500원

처음 본 사람인데 와 닿는 느낌이
너무나도 강렬한 사람이 있다.
흔히 하는 말로 '필이 꽂힌 사람',
그래서 잊혀지지 않는 사람,
한눈에 반했다고 하는 것이 바로 그것이다.
이런 인간의 감정을 논하는 데
남녀의 구분이 있을 수 없다.
사랑하는 그, 혹은 그녀를
생각하는 것만으로도 가슴이 두근거린다.
이상할 것 없다. 당연히 그럴 수 있는 것이다.
그렇기에 인간을 감정의 동물이라 하지 않는가.
그러나 그렇게 좋아하는 그 사람이
어느 날 갑자기 싫어지는 경우는 왜일까?

Psychology